Crome-Schwiening
Die Elbpiraten

Die Elb - Piraten

Ein Roman
aus dcm magdeburgischen Schifferleben
von Carl Crome-Schwiening, 1905

Neu gesetzt, illustriert und
herausgegeben
von
Barbara und Harald Pinl

Altencelle 2021

Umschlag
Nach dem Umschlag der „Elbpiraten" aus
der Faberschen Buchdruckerei Magdeburg von 1905

Herstellung und Verlag:
BoD - Books on Demand, Norderstedt

ISBN: 9783754375440

Inhalt

	Vorwort	7
	Die handelnden Personen	8
	Orte an der Mittelelbe	8
1	Dem Strom entgegen	9
2	Eine nächtliche Unterredung	23
3	Ein Retter in der Not	35
4	Die schwarze Bruderschaft	44
5	Unerwartete Begegnungen	59
6	Geheime Mächte	71
7	Das Geheimnis eines Fischerhauses	84
8	Zwei bedrückte Herzen	96
9	Gluten	106
10	Elbpiraten	116
11	Was die Löcknitz sah	129
12	Im Magdeburger Werftkeller	139
13	Die schwarze Hanne	153
14	Die Augen der Rache	161
15	Die erste Spur	171
16	Wetterleuchten	183
17	Eine Nacht, die Augen hat	193
18	Eine niederschmetternde Entdeckung	201
19	Um rotes Gold	211
20	Eine schwere Stunde	223
21	In höchster Not	231
22	Über allem die Liebe	243
	Dankadresse	253
	Quelle und Literaturhinweise	253
	Abbildungsnachweis	255
	Anhang : Vita und Werke; Ortsangaben; Glossar	256

C. Crome: Schwiening.

Portrait aus dem Werk „Die Elbpiraten" von 1905

Vorwort

Bei der Suche nach Schriften über Magdeburger Elbschiffer stießen wir auf den Roman „Die Elbpiraten" von Carl Crome-Schwiening. Er spielt in den ersten Jahren nach 1900 auf und an der Mittelelbe und spiegelt das Schifferleben zwischen Dömitz an der Mündung der Löcknitz, Tangermünde und Magdeburg wider.

Von dieser Schrift, die 1905 in der in Magdeburg alteingesessenen Faberschen Buchdruckerei gedruckt wurde, sind nur noch wenige Exemplare zugänglich, eines davon in der Staatsbibliothek zu Berlin, das wir digitalisieren ließen. Somit ist die Schrift jetzt auch als digitale Ausgabe in der Bibliothek verfügbar. Auf diesem Digitalisat beruht diese Schrift. Ihre Fraktur wurde in einen moderneren Schrifttyp übertragen, die Rechtschreibung geringfügig an die heutige angepasst und der Text mit überwiegend geographischen Abbildungen illustriert. Ansonsten aber wurden Ausdrucksweise, Wortstellung, Stil und Formen Crome-Schwienings beibehalten, um den authentischen Charakter der Wortfindung um die damalige Jahrhundertwende zu wahren. Für uns Heutige ungebräuchliche Worte werden in Fußnoten und einem Glossar kurz erläutert.

Erweitert wird die Schrift um eine kurze Biographie des Autors Crome-Schwiening. Auf dessen Verbindungen zu Hannover und Celle, wo er auch seine letzte Ruhestätte gefunden hat, soll bereits jetzt hingewiesen werden. Außer dem Glossar schließen sich noch Anmerkungen zu den Örtlichkeiten der Handlung an.

Viel Vergnügen beim Lesen eines Krimis, der in einer „versunkenen Welt" mit Raub, Mord und – natürlich – Liebe spielt.

Altencelle, im Oktober 2021   Barbara und Harald Pinl

Die handelnden Personen

Bartmann, Johann (Schiffseigner)

Franz (Bootsmann)

Hekke, Lude (Rothaariger; Haupt der Schwarzbruderschaft)

Holub (Bootsmann, Deckname für Reimann)

Karle (der „lange Karle", Mitglied der Schwarzbruderschaft)

Köthke, Hinrich (Gastwirt in Gaarz)

Rebacker, Wilhelm (Kaufmann und Hehler in Dömitz)

Rebacker, Marie (geb. Wendtland, Frau des Hehlers Rebacker)

Reimann, Ernst (Pionier-Vizefeldwebel a.D., Kriminalkommissar)

Schwarze Hanne (Artistin, Seiltänzerin; Geliebte von Lude Hekke)

Streblow, Meta (Stieftochter von Tampke)

Tampke (alter Fischer)

Tampke, Fritz (Sohn des Fischers Tampke)

Tampke, Gustav / Täve (Sohn des Fischers Tampke)

Wölling, Karl (Schiffseigner aus Tangermünde)

Wölling, Fritz (Sohn von Karl Wölling; Schiffer)

Orte an der Mittelelbe

Baarz (Fischerdorf an der Elbe)

Besandten (Fischerdorf an der Elbe)

Dömitz, mit Zingel und Dömitzer Brücke

Gaarz (Fischerdorf an der Elbe)

Havelberg

Kietz

Lenzen und Lenzener Wische

Magdeburg

Tangermünde

Wittenberge an der Elbe

Een Strom, de föhrt op jeden
Schritt
ln sinem Water Mudde mit ;
So geiht't ok bi de Schifferi :
Bi veele Gode is een Slechten bi !
Den driwwt wi ut bilang mit
Schand un Spott ;
De ehrsam Schiffahrt - de bewohr
uns Gott !
(Schifferspruch.}

Ein Strom, der führt auf jedem
Schritt
In seinem Wasser Modder mit :
So geht's auch bei der Schifferei :
Bei vielen Guten ist ein
Schlechter bei !
Den trieben wir bisher aus
mit Schande und Spott :
Die ehrsame Schifffahrt –
die bewahre uns Gott !

1. Kapitel
Dem Strom entgegen

Am Zingel [1] in Dömitz vorüber wälzte seine schweren, bleigrauen
Fluten der Elbstrom zu Tal. Der Aprilmond des zweiten Jahres des
neuen Jahrhunderts [1901] war mit sonnigen Blicken erschienen,
unter denen weit droben im Land der letzte Schnee schmolz und in
tausend Rinnsalen zu den Flüssen und Strömen niedereilte. Längst
waren überall in den Elb-Winterhäfen, in denen die vielen Hun-
derte der großen Elbkähne Zuflucht gesucht vor Eisgang und Eisstoß, die Stätten, wo sie aneinandergelegt die Wintermonate überdauerten, wieder leer geworden. Reges Leben herrschte auf der
Elbe. Den schwarzen Qualm gegen den noch immer grauen Früh-
lingshimmel in dicken Wolken aus den rußigen Schloten aussto-
ßend, keuchten die Schlepper, drei, vier, fünf der schwerbeladenen
Kähne an den Trossen, zu Berg. Einzelne Kähne, tief im Wasser

---

[1] Landzunge, die bogenförmig in die Elbe hinein ragt.

liegend, schwammen, das Steuer voraus, die günstigen Flutverhältnisse benutzend, ohne den großen Mast aufzurichten und die eigene Segelkraft zu benutzen, den Strom hinab. Seit langen Wochen wieder war der Elbstrom frei für die Schiffahrt, und wer als Eigner oder Haupter [2], Bootsmann oder Junge den Strom befuhr, freute sich, dass die schiffahrtslose Zeit wieder vorüber.

In diesem Frühjahr des Jahres 1901 machte die Elbe, die sonst gern ihre feuchten Arme weit in das Land hineinstreckt, es gnädig. Der wie ein gebogener Zeigefinger in den Strom hineinragende Dömitzer Zingel war freilich bis an die oberste Kante seiner Steinböschung bespült und das Gartenland vor dem Dömitzer Scheunenviertel am Zingel, das seine hässlichen fensterlosen Scheunengiebel nach der Elbe hinausreckt, war leicht überschwemmt. Aber man konnte noch, vom Dömitzer Marktplatz herabkommend, auf allerdings schmalem, aber vom Wasser nicht überspülten Wege die gebogene, auf Steingrund ruhende Landzunge, den Zingel, erreichen, und wer gerade an dem gegenüberliegenden höher gelegenen hannoverschen Elbufer zu tun hatte, das schnelllaufende Benzinboot des Schwiegersohnes des Dömitzer Badeanstalt-Besitzers als Fähre über den Strom benutzen.

An einem Frühmorgen in der ersten Hälfte des Aprils des genannten Jahres war es, als ein breitschultriger und untersetzter Mann mit ergrautem Bart, der wie ein breiter Rahmen das massive, rasierte Kinn umgab, an der Seite eines hoch gewachsenen, leicht daher schreitenden schlanken Mädchens von kaum zwanzig Jahren von Dömitz her den niederführenden Weg zum Zingel herabschritt. Er war in kaum besserer Tracht, als sie die Fischer aus den Fischerdörfern der Lenzener Wische [3] gemeinhin tragen, und auch

---

[2] Lotse, der am „Haupt" der zu lotsenden Schiffe voraus fährt. Vgl. Anhang.
[3] „Wiese", Feuchtgebiet bei Lenzen, zwischen den Flüssen Elbe und Löcknitz.

seine Begleiterin war einfach gekleidet, aber was sie trug, war in höchstem Maße sauber und gab ihr im Verein mit der eigenen, frischen Jugendlichkeit ein eigenartiges, anmutendes Gepräge.

Der alte Fischer Tampke aus Baarz [4], der mit seiner Stieftochter Meta Streblow jetzt auf dem Steindamme des Zingels stand und den Fluss hinab spähte, ob die Rauchsäule des Schleppzuges, den er erwartete, noch nicht sich zeigen wollte, musste in Dömitz wohlbekannt sein, denn auf dem Wege von dem Fischerdorfe herüber nach der kleinen Stadt und in deren Straßen hatte ihm manch' einer vertraulich zugenickt, seine hübsche, schlanke Begleiterin aber mit verwundertem Auge gemessen. Man wusste wohl, dass Tampke von seiner zweiten Ehefrau her, die nun auch schon seit Jahren im Grabe ruhte, eine Stieftochter im Hause hatte, die ihm nun die Wirtschaft führte, aber man sah die Meta so selten außerhalb des kleinen strohgedeckten Häuschens und des anschließenden Gärtchens, dass außerhalb des Dorfes sie kaum jemand von Ansehen kannte. Die sich ihrer aber erinnerten und sie heute auf flinken, elastischen Füßen neben dem Alten einherschreiten sahen, dachten: „Tausend ja – ist das Mädchen groß und hübsch geworden !"

Dem Stiefvater abgekehrt stand Meta Streblow neben ihm. Dicht an ihr vorüber schossen die leise gurgelnden Fluten der Elbe. Diese Fluten waren ihr von Kindheit an vertraut. Ihr Vater war in Tangermünde Schiffseigner gewesen, und schon als kleines Mädchen hatte sie am liebsten neben dem Vater hinten auf dem Kahne gestanden, wenn dieser das schwere Steuer handhabte. Eine schwere Havarie, die der Vater mit seinem Kahne erlitt, brachte dunkle

---

[4] Fischerdorf , ostelbisch und elbaufwärts von Dömitz

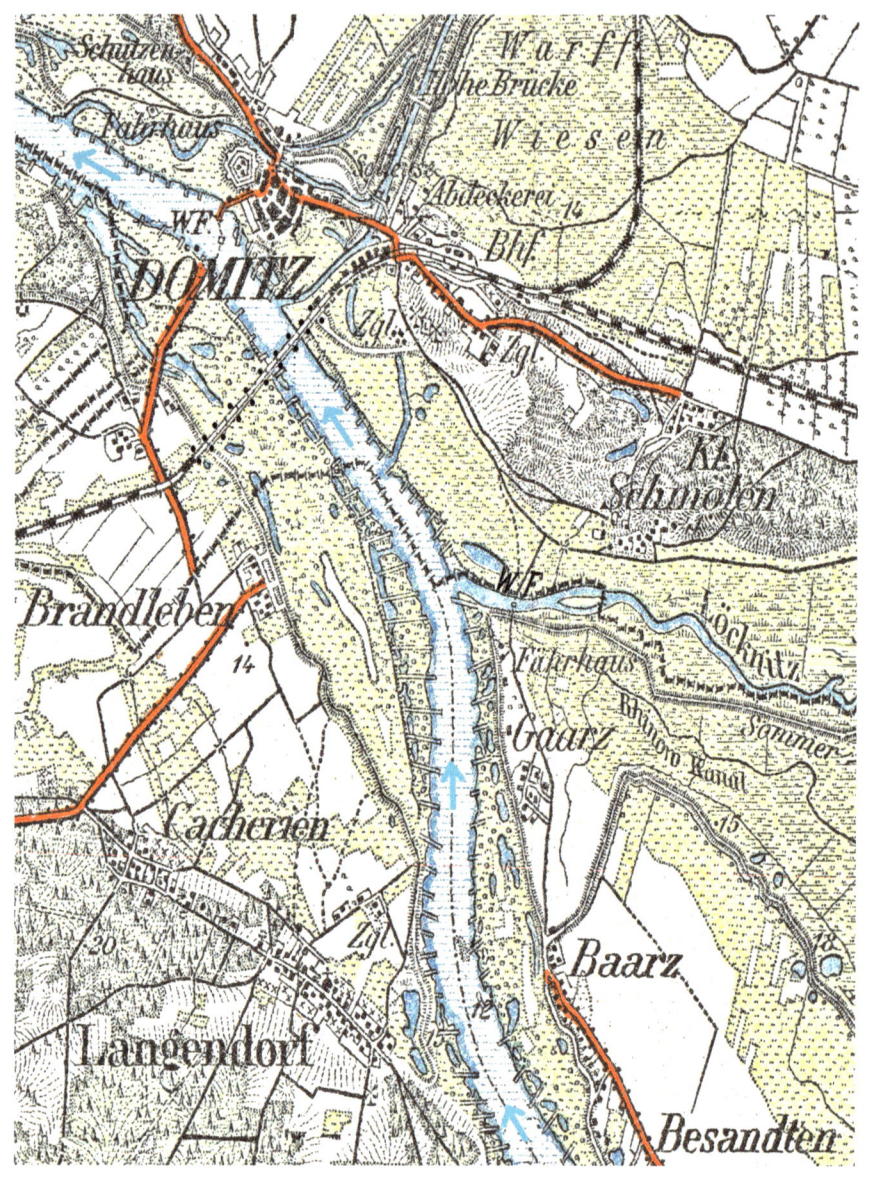

An der Elbe von Dömitz bis Gaarz, Baarz und Besandten.
Bhf. Bahnhof, W.F. Wagenfähre, Zgl. Ziegelei
Nach der Reichskarte 1 : 100.000 (1928)

Tage über die kleine Schifferfamilie, die vollends trüb wurden, als er sich auch noch aufs Krankenlager legte, um nicht wieder aufzustehen. Die Großmutter, die in einem der an das alte Gemäuer der inneren Rossfurt in Tangermünde gleichsam angeklebten kleinen Häuschen wohnte, nahm Tochter und Enkelin zu sich, bis sich für die erstere eine Versorgung in Dömitz fand. Die wirtschaftliche, ruhige Frau war dem verwitweten Tampke damals wohl als die beste Versorgerin seines Hauswesens erschienen, denn er hatte sie geheiratet und auch Meta in sein Haus aufgenommen. Die eigenen Söhne hatten längst in den Dörfern der „Wische" [5] einen eigenen Hausstand gegründet.

Inzwischen mochte ein Jahrzehnt verflossen sein. Seit Meta die Dorfschule verlassen hatte und eingesegnet war, verfloss das Leben still und eintönig für sie, vor allem nach dem vor ein paar Jahren erfolgten Tode der Mutter. Aber die hatte ihrem Kinde in jungen Jahren die Lust zur Arbeit eingeflößt, und in Metas Hände ging nun die ganze Hausarbeit über. Ihr wortkarger Stiefvater ließ sie in allem ruhig gewähren. Nur Verkehr mit gleichaltrigen ehemaligen Schulgenossinnen duldete er nicht. Er wollte keine fremden Gesichter in seinem Hause !

In den ersten Jahren war's Meta wohl schwer geworden, sonntags, wenn Tanz war in Köthkes Saal in Gaarz [6] oder im Gasthofe in Besandten [7], so allein daheim zu sitzen, aber ihre schüchternen Bitten, auch einmal die Freuden der Jugend mitgenießen zu dürfen, hatten ihr eine so rauhe Abweisung des Stiefvaters gebracht, dass sie eine zweite Bitte nie wieder gewagt. Sie lebte vor dem finsteren, verschlossenen Alten in einer beständigen Furcht. Oft kam

---

[5] Niederdeutsch für Wiese. Gemeint ist die Lenzer Wische.

[6] Fischerdorf , ostelbisch und elbaufwärts von Dömitz.

[7] Fischerdorf , ostelbisch und elbaufwärts von Dömitz.

ihr in der Abgeschiedenheit des finsteren, dicht hinter dem Elbdamm liegenden Fischerhäuschens die Sehnsucht nach dem lichte-
ren Leben da draußen. Aber außer der alten Großmutter, die ver-
grämt und kränklich in Tangermünde ihre letzten Erdenjahre ver-
lebte, hatte sie niemanden auf der weiten Gotteswelt. Sie war an
das finstere, einsame Fischerhaus, an den gefürchteten Stiefvater
gebannt.

Auf ihren sonst ernsten, reinen Zügen lag heute ein ungewohnter
Schimmer, und ihre Brust ging stärker in der Luft, die hier kühl
und herb vom Elbstrom aufstieg. Ihre klaren grauen Augen ruhten
auf der Silhouette der langgespannten Dömitzer Elbbrücke [8] und
sandten sehnende Blicke weiter stromaufwärts. Es war ihr schier
selbst ein Wunder, dass sie hier stand und dass sie ein Stück Elb-
leben wiedersehen sollte.

„Halt' Dich fertig morgen früh ! Ich muss in Geschäften nach
Tangermünde, und Du kannst mitkommen," hatte ihr Stiefvater
am gestrigen Abend geknurrt, ehe er wieder, wie zumeist, in die
Nacht hinausging, um dann erst mit Tagesgrauen heimzukommen.

In freudiger Erwartung hatte Meta Streblow wenig geschlafen die
Nacht. Tangermünde – wo sie geboren, als Kind sich herumge-
tummelt, in den dunklen Ausfallpforten der hier noch fast unver-
sehrt erhaltenen, jahrhundertealten Stadtmauer Verstecken ge-
spielt hatte, wo ihre alte Großmutter noch lebte, und wo morgen
gerade – sie hatte es gestern just im Kalender gelesen – auf dem
alten Klosterplatze [9] vor dem in seiner kastellartigen Schöne ehr-
würdigen Neustädter Tor das ganze bunte Marktleben des Ostermarktes – das ganze Entzücken ihrer Kinderjahre – sich entrollen
würde !

---

[8] Eisenbahnbrücke der Strecke Hamburg – Dannenberg – Dömitz - Berlin.
[9] Platz in Tangermünde vor dem ehemligen Dominikanerkloster.

Jetzt wieder dachte sie daran, und der rosige Schimmer auf ihren Wangen vertiefte sich. Auch auf die Fahrt freute sie sich. Dass der alte Tampke sie auf dem Kahne eines Bekannten stromauf machen wollte, anstatt die Bahn zu benutzen, schrieb sie seinem Geiz zu, aber ihr war es doppelt recht. Und dauerte die Fahrt auch bis zum Abend – sie würde schon von weitem die Türme ihrer alten Geburtsstadt über dem Elbstrom aufsteigen sehen, den hohen Kapitelturm und den Gefängnisturm da oben auf der Höhe, wo einst das alte Schloss Kaiser Karls des Vierten stand. Tausend lichte Erinnerungen stiegen, gleichsam durch die Bogen der Dömitzer Elbbrücke da drüben auf dem Strom zu ihr heranflutend, in der Seele des jungen Mädchens auf. Und ein tiefer Seufzer der Erwartung kam von ihren blühenden Lippen.

Die Stimme des alten Fischers Tampke riss sie wieder in die Gegenwart zurück. „Da kommt er!" hörte sie ihn zu dem Besitzer des Motorbootes sagen, und auch ihre Augen folgten seinem deutend ausgestreckten Arme. Dort unten in der Flussbiegung unterhalb Dömitz konnte man den Schleppzug schon herankommen sehen. Schon sahen die scharfen Augen des jungen Mädchens die Schornsteinabzeichen, die beiden roten Streifen im weißen Felde, der ihn als der Elbe-Dampfschiffahrtsgesellschaft [10] zugehörig erkennen ließ. Mit drei Kähnen im Schlepp schob er mit seinen starken Maschinen durch die Flut, langsam dem Zingel sich nähernd.

Hier hielt selten nur ein Schleppzug an. Aber Meta Streblow kannte ja das Schiffsleben. Dies flinke Motorboot würde sie an den langsam zu Berg fahrenden Schleppzug heranbringen, sich längseit an den Kahn von Tampkes Bekannten legen, und sie würden am breiten Heck an Bord desselben übersteigen. Das Blut des jungen Mädchens rollte rascher durch die Adern, die lange gedämpfte

---

[10] Zu den Dampfschiffahrtsgesellschaften der Elbe vgl. Glossar

Lebenslust brach sich neue Bahn in ihr, und mit leiser Ungeduld harrte sie des Augenblicks, da der Schleppzug die Höhe des Zingels erreicht haben würde.

Schornsteinsignal „E"   Photo Eckbert Busch

Jetzt konnte sie schon das „E" zwischen den beiden roten Streifen an den Schloten des Schleppers erkennen – wenige Minuten noch, und er qualmte an ihnen vorüber. Jetzt winkte ihr Stiefvater, und sie sprang zu ihm in das Motorboot, das gleich darauf in flotter Fahrt in den Strom hineinschoss, dann den scharfen Bug gegen die Strömung kehrte, und nun an den letzten Kahn heranglitt.

Auf die Sitzbank des Benzinbootes tretend, schwang sich Meta Streblow leicht an Bord des Kahnes. In seiner gelassenen Ruhe folgte ihr der alte Fischer. Mit ein paar halblaut geknurrten Worten und einem flüchtigen Händedruck begrüßte er den Führer des Kahnes. Der schrie nach dem Bootsmann hinüber, der vorn, die Hände in den Taschen, auf dem Bugdeck des Kahnes stand, den schwarz geräucherten Kalkstummel [11] zwischen den Zähnen, auf den Ruf aber, behend über die schräge Bedachung laufend, hinten erschien.

„Pass op dat Stüer!" Der Bootsmann nickte nur und trat an des Kahnführers Stelle, der mit Tampke in der kleinen Kajüte verschwand. Das junge Mädchen hatte nur einen Blick auf den Mann geworfen, der nun, den Arm auf den langen Steuerarm gelegt, in ihrer Nähe stand. Aber in diesem kurzen Augenblick war es ihr gewesen, als ob zwischen ihrem Stiefvater und diesem Bootsmann ein blitzartiger Blick des Einverständnisses ausgetauscht wäre.

Aber sie hatte sich wohl geirrt. Mit diesem abstoßenden Schiffsknecht da, dessen bloße Nähe schon Meta wie ewas Unangenehmes empfand, konnte ihren Stiefvater auch nicht die loseste Gemeinschaft verbinden. Unter der alten, fettigen, blauen Schirmmütze zeigte sich strähniges brandrotes Haar, und auf dem blatternarbigen Gesicht mit der starken Hakennase und den wulstigen Lippen hatten List und Verwegenheit ihre Züge eingegraben. Und beides funkelte auch aus den Augen des Bootsmannes, die jetzt aufblitzend das junge Mädchen streiften.

Ein Rot des Unwillens schoss bei diesem keck sie musternden Blick in Metas Wangen. Die Nähe dieses Mannes, der am Ende der Zwanziger stehen mochte, verleidete ihr den Genuss, den der Ausblick rechts und links ihr bereitete. Sie trat so weit von ihm zurück, als es der Raum auf dem hinteren Deck gestattete. Was ging sie der Schiffsknecht an!

Und über den weiten Ausblick, den ihr Platz ihren Augen, die sich an das Enge hatten gewöhnen müssen, gewährte, vergaß sie den Mann hinter ihr am Steuer völlig. Längst hatten sie die Elbbrücke, den zur Linken einbuchtenden Dömitzer Hafen, die ersten

---

[11] Stücke vom Stil weißer Tonpfeifen. Vgl. Anhang.

Fischerdörfer der Lenzener Wische, die ja nun auch ihre Heimat geworden war, passiert, aber immer neu tranken sich ihre Blicke satt an dem, was der Strom und seine Ufer ihnen bot. Und doch waren es immer wieder dieselben Bilder. Kähne, die an ihnen vorüberschwammen, und deren in frischen Farben leuchtenden Buganstrich sie musterte, leer zu Tal gehende Schlepper, die gleiche eintönige Uferszenerie : links grünes Wiesengelände, am Stromufer hier und da mit reichem Buschwerk besetzt, zur Rechten über den Buhnen ansteigender gelber Sand mit Heidestreifen dazwischen und schweigenden Föhren. Und doch empfand das junge Mädchen das alles wie ein neues Leben, das ihr tausend neue Offenbarungen zu verheißen schien.

„Geh' runter, Meta ! Unten steht Frühstück für Dich !"

Die harte Stimme des Stiefvaters riss die Träumende in die Wirklichkeit zurück. Meta verspürte keinen Hunger. Gern wäre sie oben geblieben, anstatt in die enge Kajüte des Schiffers da unten hinabzusteigen. Aber sie war gewöhnt, jedem Gebot des Stiefvaters blindlings zu folgen. So stieg sie denn stumm die Stufen der kleinen Holztreppe hinab. Butter, Brot und Landwurst stand für sie bereit und der Schiffer nötigte sie mit ein paar derbfreundlichen Worten, zuzugreifen, während er selbst sich ein Glas aus einer bauchigen Flasche füllte und die Flasche und das Glas dann sorglich wieder in dem kleinen Wandschrank verwahrte.

Meta aß hastig ein paar Bissen. Es drängte sie, wieder aus der engen Kajüte hinauf an Deck zu kommen. Als sie dort auftauchte, sah sie den alten Fischer von dem rothaarigen Schiffsknecht jäh sich abwenden. Um dessen Mund aber zuckte es wie ein höhnisches Lachen. Eine Unruhe, die ihr den ganzen Genuss an der Fahrt zu vereiteln drohte, ergriff sie, als sie wahrnahm, dass jene beiden, wie nun auch der Schiffer wieder hinaufkam, sich benahmen, als habe der eine von der Existenz des anderen keine Ahnung.

Ein paar kurze Worte schickten den rothaarigen Bootsmann wieder nach vorn. Ehe er über die schrägen Bretter des Kahndaches dahinlief, wandte er Meta Streblow voll das Gesicht zu. Sekundenlang traf sie ein funkelnder Blick aus seinen Augen. Wildes Begehren lag darin. Ein Schauer lief dem Mädchen über den Leib und zugleich wallte es zornig in ihr auf.

„Vor dem Bootsmann hätt' ich Furcht !" sagte Meta halblaut zu dem Schiffer. „Der Lude Hekke ?" lachte dieser gutmütig. „Ich habe ihn nur bis Tangermünde angenommen, wo ich auslade. Lang hält der auf einem Kahn überhaupt nicht aus. Schad' drum, denn es gibt elbauf und elbab kaum einen zweiten Schiffsknecht, der es ihm gleich täte an Kraft und Gewandtheit. Aber er kann sich selten vertragen mit dem anderen Schiffsvolk, und dann sitzt ihm das Messer lose in der Faust. Sonst versteht er sich auf's Schifferhandwerk wohl ! Ich hab' nicht groß über ihn zu klagen gehabt, wenn er auf meinem Kahn war !"

Die Stunden rannen. Das Mittagessen war frugal, aber kräftig. Pökelfleisch mit Sauerkraut und Pellkartoffeln.

„Das versteht der Lude Hekke !" sagte der Schiffer, der es wie der alte Tampke sich gut schmecken ließ. „Er kocht wie die beste Schifferfrau !" Meta schob ihren Teller zurück, als der Schiffer ihn neu füllen wollte. Sie empfand plötzlich Ekel vor dem Essen.

„Ich danke !" sagte sie hastig, „ich habe genug !"

Ein ärgerlicher Blick aus den grauumbuschten Augen des Stiefvaters traf sie. „Meinst, in Tangermünde gibt es Braten und Lampreten [12] bei der Großmutter ?" sagte er hart und höhnisch.

Sie blieb mit gesenktem Kopf sitzen, während die Männer ihre

---

[12] Leckere Neunaugen. Vgl. Glossar.

19

Pfeifen anzündeten. So groß ihre Sehnsucht war, hinaufzugehen auf Deck – sie ahnte, dass der Rothaarige wieder am Steuer stehen würde, und sie wartete lieber, bis der Schiffer selbst hinaufging.

Es begann schon zu dunkeln, als man in die Nähe von Tangermünde kam und die Türme der Stadt auftauchen sah. Während Meta's Blick an der Silhouette der alten Stadt hing, die hier, nach der Elbseite hin noch ganz den Eindruck eines mittelalterlichen befestigten Platzes macht, waren alle Hände auf dem Kahne in Bewegung. Etwas oberhalb der Fähre und der Einfahrt zu dem schmalen Hafenbecken Tangermündes stoppte der Schlepper und ließ seine Anker zu Grund gehen. Der Kahn, auf dem sie fuhren, wollte hier die Trosse abwerfen und an dem Ausladeplatz an der Hafenbahn, unterhalb des Schlossberges, ankern. Die Bootsleute standen mit den langen Stangen bereit, den schwerbeladenen Kahn, sobald losgeworfen war, aus der Strömung in das ruhigere Uferwasser und an den Platz zu bringen, wo er löschen sollte.

Das heisere Signal aus der Dampfpfeife des Schleppers und das geschäftige Leben auf dem Kahne selbst hatte Metas Aufmerksamkeit für kurze Zeit wieder ihrer nächsten Umgebung zugelenkt. Die

Tangermünde von der Elbe aus   Photo Erich Kilian

Worte des Schiffers fielen ihr ein, als sie die Kraft sah, mit welcher sich Lude Hekke, der rothaarige Schiffsknecht, gegen die Krücke des Stakens legte, um das von der Trosse befreite Schiff, das mit dem Strom zurückglitt, aus diesem heraus und an den bestimmten Anlegeplatz zu bringen. Er musste eiserne Muskeln besitzen, dieser Mann, und dem, der ihm in Ungutem entgegentrat, ein gefährlicher Gegner sein!

Trotz der kalten Abendluft perlte der Schweiß auf der Stirn des Rothaarigen, als der Kahn endlich am Ufer lag und mit Bug- und Heckanker gesichert war. Während der alte Fischer Trampke sich von dem Schiffer verabschiedet, fiel Metas Blick auf den großen neuen Kahn hinter ihnen, der schon halb gelöscht hatte. In leuchtendem Rot war der Kahn bemalt, mit holzfarbener Bordkante. Auf dem blauen verzierten Namensschilde stand in weißen Buchstaben der Name des Schiffseigners „Karl Wölling Tangermünde".

Wie ihr Blick noch auf dem sauberen Bugdeck des Kahnes mit dem graugestrichenen Spill ruhte, tauchte aus der kleinen Kajüte der Bootsleute ein hochgewachsener Schiffer auf, die dunkelblaue Tuchmütze auf dem Kopfe, im dunklen Sonntagsgewand. Einen Augenblick begegneten sich die Blicke des Mädchens und des jungen Mannes, aus dessen hübschem gebräunten Antlitz ein paar offene blaue Augen in die Welt leuchteten. Von einer Empfindung überrieselt, von der sie sich keine Rechenschaft geben konnte, senkte Meta die Augen. Jener aber sprang auf das Laufbrett und schritt mit sicherem elastischen Schritt hinüber ans Land, wo er auf dem zur Schlossfreiheit [13] aufwärts führenden Wege, ohne sich noch einmal umzuwenden, verschwand.

Auch auf ihrem Kahn schob Ludde Hekke gerade die Laufplanke zum Ufer hinüber, und Meta hörte ihres Stiefvaters rauhen Ruf,

---

[13] Wohngebiet für Lehnsleute in Schlossnähe. Vgl. Anhang.

an's Land zu gehen. Dicht vorüber musste sie an dem bei der Planke stehen gebliebenen Rothaarigen. Ohne dass sie ihn ansah, fühlte sie, dass seine Blicke sie dreist musterten, und wieder schoss ihr das Blut bis unter das am Scheitel leicht gewellte nussbraune Haar. Sie lief fast über das Brett zum Ufer, um dem Blick aus diesen funkelnden Augen nicht mehr ausgesetzt zu sein, und doch nicht schnell genug, um nicht ein kurzes, leises Geflüster, das wie eine gebieterisch gegebene Frage und wie eine beschwichtigend erteilte Antwort klang, noch hinter sich zu vernehmen. Das konnte nur ihr Stiefvater und der Schiffsknecht gewesen sein. Wieder fühlte sie es wie eine leise Angst in sich aufsteigen; diese verschwand jedoch sofort, als der alte Fischer an ihre Seite trat und weniger rauh als gewöhnlich sagte :

„Geh zur Großmutter, Meta, und sieh, ob Du zur Nacht nicht bei ihr bleiben kannst. Ich geh' in die Herberge der Schifferbrüderschaft. Frag' Dich hin, wenn Du bei ihr kein Quartier findest. Ich lasse Dir dann in der Schifferherberge eine Kammer freistellen. Und morgen wirst Du Dich wohl nicht langweilen. Is' ja Markt hier ! Da sind ein paar Marktgroschen" – er drückte dem Mädchen ein paar Geldstücke in die Hand, „und dann merk Dir's ! Morgen nachmittag um 4 Uhr erwartest Du mich oben am Tangerhafen bei der Schleuse; in der Gastwirtschaft ,Zum Elbhafen' hab ich Geschäfte. Brauchst nicht erst nach mir zu fragen. Ich treff Dich schon !" Er nickte kurz und wandte sich demselben Wege zu, den vorhin der schmucke junge Bootsmann vom Nachbarkahn eingeschlagen. Meta Streblow aber eilte mit raschen Schritten durch die Anlagen an der Stadtmauer hin, deren Büsche zu knospen anhuben, dem Rossfurtturm zu, und wenige Minuten später der alten überraschten, aber das Mädchen in ihrer engen, aus Kammer und Stübchen bestehenden ärmlichen Wohnung willkommen heißenden Großmutter in die welken Arme.

Tangermünde: Rossfurt mit Elbtor   Ansichtskarte 1927

2. Kapitel

Eine nächtliche Unterredung

Langsam stieg der alte Tampke, nachdem er sich von seiner Stieftochter getrennt, den Weg zur Schlossfreiheit hinan, wo früher die Burgmannen in ihren Lehnhäusern [14] wohnten. Finster ruhte sein Auge auf dem unebenen Steinpflaster, über das seine Füße langsam und bedächtig dahinschritten. Die grauen, buschigen Brauen waren zusammengezogen. Ärgerliche Gedanken schienen dem Alten zu schaffen zu machen.

---

[14] Häuser für Lehnsleute, zunächst die Burgmannen, später Höflinge und andere Adelige, als Wohngebiet „Schlossfreiheit" mit besonderen Rechten ausgestattet.

Auf der Höhe der Schlossfreiheit angekommen, ließ Tampke seinen Blick sekundenlang rundum gehen, wie um sich zu vergewissern, dass er auf dem rechten Wege sei. Für die alten denkwürdigen Häuser hier mit ihren vielfachen historischen Erinnerungen hatte er ebensowenig Sinn wie für den schönen alten Turm des Hünerdorfer Tores, [15] in dem einst Grete Minde [16] saß, den er dann zur Linken liegen ließ, um in die Tangermünder Vorstadt Hünerdorf einzubiegen. Hier hatte sich in vergangenen Jahren die wendische Bevölkerung der Stadt angesiedelt, heute wird sie zumeist von Schiffern bewohnt.

In die lange Hünerdorfer Straße, von der nur wenige schmale Quergassen abzweigen, bog der alte Fischer ein, und er hatte bald gefunden, was er suchte : eine Gastwirtschaft mit zur Linken des Flurs liegender großer Gaststube. Ein Blechschild an dem Backsteinhause verkündete in halbverblichener Schrift, dass hier der „Schifferverkehr" [17] sei und dass Bootsleute hier Logis fänden.

Der morgige erste Markttag des besuchten Tangermünder Osterkrammarktes hatte viel fremdes Marktvolk in die Stadt geführt, das in den wenigen kleinen Herbergen und Wirtschaften Unterkunft gesucht. Der alte Fischer konnte von Glück sagen, dass er eine solche hier für die Nacht noch zugesagt erhielt. Jetzt saß er, ein Glas Stendaler Bier vor sich auf dem Tische, mit aufgestützten Armen in einer Ecke und blickte in die bunte Gesellschaft, die sich hier in der Gaststube zusammmengefunden hatte.

Marktbezieher und Schiffervolk saßen um die Tische herum und auf den an den Wänden sich hinziehenden Bänken. Die ersteren geschwätzig durcheinander schnatternd, die Bootsleute meist

---

[15] Mittelalterliches Doppeltor, das Stadt und Burg gegen Norden sicherte.
[16] Eigentlich Margarete von Minden. Fälschlicherweise der Brandstiftung beschuldigt und 1619 auf dem Scheiterhaufen verbrannt. Vgl. Anhang.
[17] Vgl. Glossar.

schweigsam, die kurze Pfeife oder Zigarre rauchend, und nur ab und zu kurze Worte miteinander wechselnd. Ein Dunst von Bier und Branntwein und dicke blaugraue Tabakschwaden durchzogen die niedrige Schankstube, hinter deren Schanktisch eine wohlbeleibte, unsaubere Frau die Getränke eingoss.

Längst war der Abend hereingebrochen. Meta Streblow war nicht zu dieser Schifferherberge gekommen. Die Großmutter hatte sie also aufgenommen. Dem alten Fischer war's recht so. Für das Mädchen wäre das hier doch wohl nicht der rechte Aufenthalt gewesen.

Der Zeiger der alten Standuhr wies auf die Neun. Der Fischer ließ langsam die letzten Tropfen aus dem Glase über die Lippen rinnen. Dieser Lude Hekke war pünktlich. Er, Tampke, konnte darauf rechnen, dass in den nächsten Augenblicken eine nervige Hand die Schankstubentür aufreißen würde und ein rothaariger Kopf in dem leichten bläulichen Rauchnebel, der den kleinen Raum erfüllte, erscheinen würde. Die dünnen Lippen des alten Fischers pressten sich zusammen. Wenn der Lude Hekke glaubte, mit ihm nach Gefallen umspringen zu können, dann wollte er ihm den Weg schon weisen ! So ließ sich der alte Tampke von keinem Schiffsknecht kommen.

Ein kalter Luftzug drang zu ihm herüber. Da stand der rothaarige Bootsmann schon in der offenen Tür, die er langsam hinter sich zuzog, indessen er einen spähenden scharfen Rundblick durch das Schankzimmer warf. Kaum merklich nickte der Rothaarige ein paar anderen Bootsleuten zu, als er in die Schankstube hineinschritt und sich durch die Gäste dem Schankstande zudrängte. Als er den alten Fischer sah, schien ein Lächeln in dem blattnarbigen Gesicht des Schiffers aufzuzucken. Er sandte jenem einen bedeutungsvollen Blick zu und warf den Kopf nach der Tür zu mit kurzem Ruck in den Nacken.

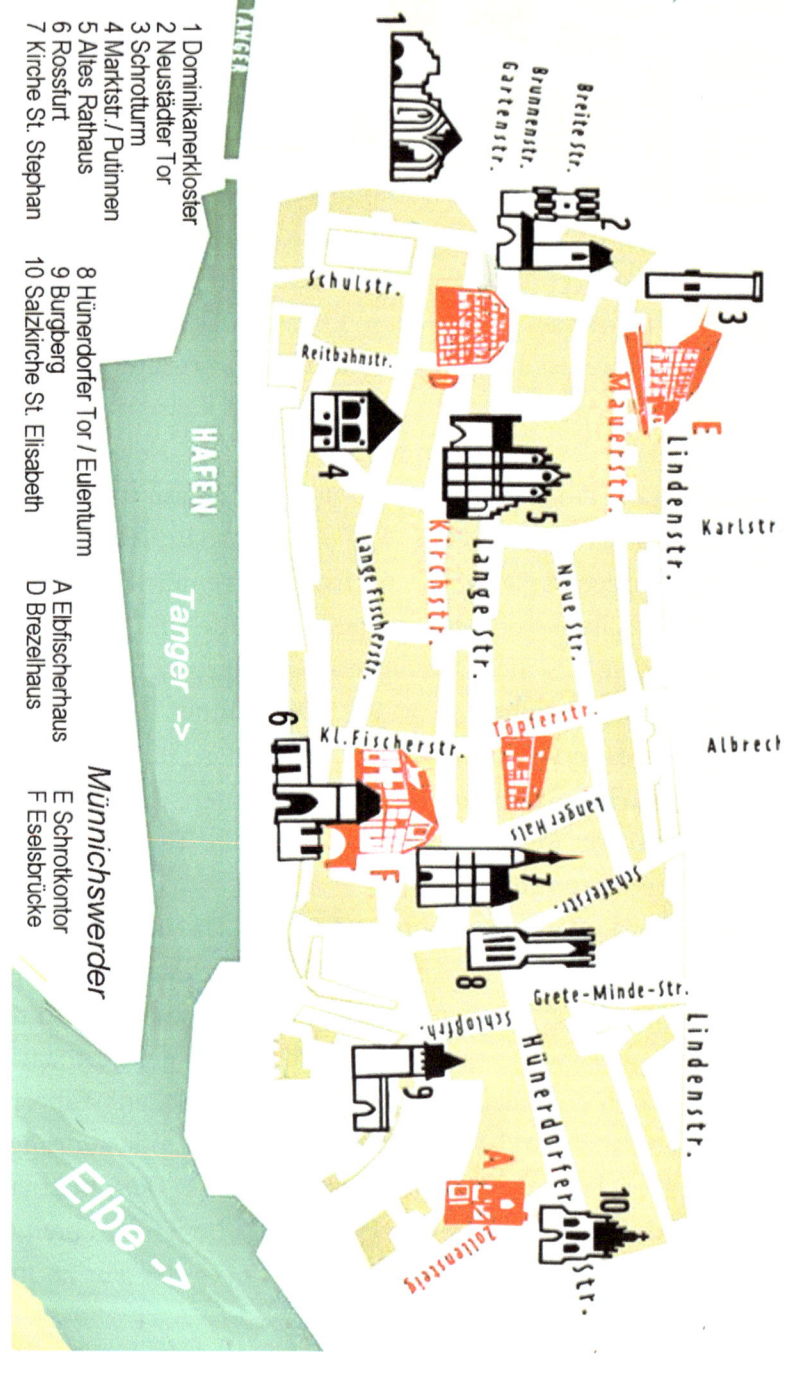

Tangermünde Altstadt

1 Dominikanerkloster
2 Neustädter Tor
3 Schrotturm
4 Marktstr. / Putinnen
5 Altes Rathaus
6 Rossfurt
7 Kirche St. Stephan

8 Hünerdorfer Tor / Eulenturm
9 Burgberg
10 Salzkirche St Elisabeth

A Elbfischerhaus
D Brezelhaus

E Schrotkontor
F Eselsbrücke

26

Das war ein zu deutlicher Wink, aufzustehen und den Bootsmann draußen zu erwarten, als dass ihn Tampke hätte nicht verstehen sollen. Dem stieg über den gebieterischen Wink der Unmut auf, so dass sich in die runzelige Stirn des Graubärtigen zwei tiefe Falten gruben. Der Rothaarige zog den Mund in höhnische Falten, schritt dann aber an Tampke's Tisch vorüber und zum Schankstand, wo er sich ein großes Glas Schnaps einschenken ließ. Das trug er zu dem Tische, an dem der Fischer saß. Und es hart niedersetzend, nahm er an der Seite des unwillig weiterrückenden Alten auf der Bank Platz, und jener hörte plötzlich an seinem Ohr die leise gezischelten Worte :

„Seht Euch mein Glas an, Tampke ! In drei Minuten habe ich es ausgetrunken. Dann geh' ich hier aus der Herberge. Und wenn ich Euch dann nicht schon draußen finde, dann ist die ‚schwarze Bruderschaft' fertig mit Euch – ein für allemal, merkt's Euch !"

Meta Streblows Stiefvater hatte bei den ersten Worten Lude Hekkes schon ein heftig abweisendes Wort auf der Zunge, aber die Erwähnung der „schwarzen Bruderschaft" ließ ihn zusammenzukken. In höchster Überraschung sah er zu seinem Nachbarn auf, der in vollem Gleichmut sein Schnapsglas hob und zur Hälfte leerte. Als er es wieder niederstellte, hatte sich der alte Fischer erhoben und drängte sich dem Ausgange der Schankstube zu. Nun trat ein geringschätziges Lächeln auf die Lippen Lude Hekkes und er murmelte :

„In einer Stunde ist der widerborstige Alte weiches Wachs in meiner Hand !"

Er schüttete den Rest des scharfen Branntweines in sich hinein, als sei es klares Wasser und folgte dann dem Fischer hinaus. Dieser erwartete ihn auf dem schlechtgepflasterten Straßendamm. Nur an wenigen Eckhäusern brannten Laternen, die ein spärlich Licht warfen. Die Nacht war dunkel.

Mit einer hastigen Frage wollte Tampke auf Lude Hekke zutreten, als dieser sichtbar wurde, aber der hob warnend die Hand.

„Nicht hier !" raunte er dem Alten zu. „Was wir zu besprechen haben, braucht keine Straße zu hören. Ich weiß hier einen Ort, wo wir ungestört reden können. Kommt !"

Schweigend folgte der Alte. Als Lude Hekke wieder zur Schlossfreiheit einbog, flüsterte der Fischer :

„Wollt Ihr zur Elbe hinunter ?"

„Schweigt doch," murrte der Rothaarige. „Und folgt mir – oder besser, gebt mir Eure Hand, dass ich Euch führe. Hier ins Dunkel bergab geht der Weg. Aber tretet nur ruhig fest zu – es ist ebener Weg unter Euren Füßen !"

Schwarz und drohend ragte vor ihnen der runde Gefängnisturm des Schlossberges auf. Lude Hekke hatte Tampkes Hand ergriffen und zog ihn auf absteigendem Pfad niederwärts. Ein Stück des alten tiefen Grabens der Burg, mit Büschen zum Teil besetzt, läuft hier noch um den Tangermünder Schlossberg. Ein schmaler Weg zieht sich auf dem Grunde desselben hin. Sie mochten die Länge des tiefen Grabens, über dem finstere Nacht lag, halb durchschritten haben, als Lude Hekke stehen blieb, ein paar der noch blätterlosen Stauden zurückbog und Tampke zuraunte, ihm zu folgen. Dicht hinter den Büschen stieg der Schlossberg an. Aber die tastende Hand traf hier wieder auf Quadermauern. Ein gemauerter Gang, breit genug, um einem sich bückenden Manne den Einschlupf zu gestatten, lief hier in das Innere des Schlossberges.

„Kommt nur," raunte Lude Hekke Tampke zu. „Der Gang ist trocken und weitet sich nach ein paar Schritten. Hab' manche Nacht drin zugebracht. Und drinnen sind wir sicherer vor Lauschern als sonst irgendwo den Elbstrom entlang." Er hatte drinnen ein Feuerzeug aus der Tasche genommen und einen Lichtstumpf angebrannt. In der schweren dumpfigen Luft brannte das Licht nur mit kleiner roter Flamme, kaum so viel Schimmer gebend, dass es die Züge der beiden Männer beleuchtete.

„Nun macht's Euch bequem, Tampke. Hier liegt ein alter Quader an der Steinwand, darauf setzt Euch."

Er selbst warf sich auf den trockenen Steinboden.

„Horcht !" mahnte der alte Fischer leise und erschreckt, als ein Rascheln in dem Gange erklang, durch den sie in dieses Versteck gedrungen.

„Nur 'ne Ratte," beruhigte Lude Hekke, den Lichtstumpf zwischen ein paar Steinbrocken vor sich auf dem Boden einklemmend. „Es ist hier das einzige Lebende außer uns."

„So sagt doch endlich, was Ihr von mir wollt !" knurrte der Fischer, der in seinem Beruf und auf seinen geheimnisvollen Nachtwegen in der Lenzener Wische die tausendfachen Nachtgeräusche längst gewohnt geworden war. „Ihr nanntet vorhin die ‚schwarze Bruderschaft' ![18] Was habt Ihr mit der zu tun und sie mit Euch ? Ich denk', Ihr betreibt Euer nächtliches Geschäft, wenigstens kannte ich Euch so, nur auf eigene Faust, wenn Ihr auch schon längere Zeit mir keinen Verdienst mehr gegönnt habt !"

Lude Hekke lachte leise auf.

„Ihr seid ein schlauer Fuchs ! Und Ihr habt die ‚schwarze Bruderschaft' der Schiffer arg über das Ohr gehauen. Still, versucht nicht zu widersprechen, der Lude Hekke weiß, was er sagt ! Und wenn sie morgen hier zusammen ist, geschieht es um Euretwillen. Sie will den Vertrag brechen mit Euch, Tampke."

Der alte Fischer zuckte auf :

„Warum ? Gibt's einen Besseren und Verläßlicheren an der Grenze gegen Mecklenburg hin, als ich einer bin ?"

---

[18] Geheimbund, der Elbkähne beraubt.

„Mag sein ! Aber bisher zogt Ihr die Fettfedern aus dem ganzen Handel und der Bruderschaft blieb ein armselig Teil. Das wird jetzt anders werden. Nun hat die Schwarzbruderschaft auf dem Elbstrome ein neues Haupt; sie wird die Sache im Größeren betreiben, will aber auch darauf sehen, dass ihr ein besserer Lohn bei ihrem gefährlichen Handwerk bleibt. Deshalb ist die ‚schwarze Bruderschaft‘ hier zum Ostermarkt nach Tangermünde zusammenberufen worden und Ihr dazu !"

Immer heftigeres Staunen malte sich in dem faltigen Gesicht des Fischers !

„Woher wisst Ihr das alles, Lude Hekke ?" raunte er mit schwankender Stimme. „Denn die Schwarzbruderschaft zählt Euch nicht zu den Ihren."

Wieder trat bei dem trübe schimmernden Lichte das höhnische Lächeln auf das Gesicht des Blatternarbigen. Statt aller Antwort streifte er den Ärmel des Rockes und den der wollenen Jacke darunter auf. Eine noch frische Tätowierung zeigte sich auf seinem Arm : ein Anker neben einem Totenkopf. Der alte Fischer war beim Anblick des Zeichens zurückgefahren.

„Die Bruderschaft hat Euch aufgenommen ?" flüsterte er mit allen Zeichen einer großen Überraschung. „Und das hat ihr Häuptling, den sie den Akener Elbtiger nennen, weil ihm keiner gewachsen ist auf dem Elbstrom, zugegeben ? Denn ich weiß, er war Euch feind, Lude Hekke !"

Die wulstigen Lippen des rothaarigen Schifferknechtes zogen sich von den derben weißen Zähnen zurück. Ein grausames Lächeln spielte um seinen Mund.

„Einer ist ihm doch gewachsen gewesen, Tampke," sagte er langsam, und die beiden Arme des Mannes zogen sich gegen die Schultern zurück, dass die Muskeln faustdick sich spannten. Mit schnellem Blick sah der Fischer zu ihm auf.

„Ihr ?" stieß er heiser hervor. „Ihr, Lude Hekke ? Und was – was ist aus dem Akener geworden ?"

Die Augen des Rothaarigen gingen zur Seite.

„Der Strom hat ihn geholt – wie so manchen von uns – über Bord, zur Nachtzeit – "

Der Fischer gab keine Antwort. Ein Grauen vor seinem Gegenüber wandelte ihn an. Von der Gewalttätigkeit des Rothaarigen raunte man sich manches in die Ohren, mehr noch von seiner Furchtlosigkeit. „Und die Schwarzbruderschaft nahm nicht Rache an Euch – ?" stammelte er endlich.

„Ihr seht es ja an meinem Arm, welche Rache sie nahm," sagte Lude Hekke ruhig. „Ich wusste zu viel von ihr, entweder sie oder ich mit ihr ! Ehrlicher Kampf war's, vor den Genossen, in dem ich den Akener warf – mein Messer war schneller als seins. Die mit Eisendraht an seine Füße gebundenen Steine halten ihn auf dem Elbgrund fest, bis die Flut und die Fische ihn unkenntlich gemacht haben. Aber die Bruderschaft hat noch mehr getan, Tampke – "

Dieser schnellte von seinem Sitze auf.

„Ihr seid – Ihr seid doch nicht –– ?"

„Ihr Führer, Tampke ! Doch – das bin ich. Ich war's der die Schwarzbruderschaft von Wallwitzhafen bis Lauenburg zusammenberief hierher nach Tangermünde, der Euch aufforderte, auf Johann Bartmann's Kahn die Fahrt hierher zu machen."

„Ihr, Lude Hekke !" stammelte der Fischer. „D e s h a l b traf ich Euch auf dem Kahn an ! Und um Euch vor der Zusammenkunft der Schwarzbruderschaft mit mir ins Reine zu setzen, flüstertet Ihr mir auf dem Kahne zu, Euch heut' abend in der Schifferherberge zu erwarten ?"

„Mag sein," meinte der Rothaarige langsam.

„Lude Hekke !" Der Alte beugte sich nieder und schlug dem auf dem Boden Hockenden vertraulich aufs Knie.

„Wenn Ihr und ich einig seid – Ihr seid der rechte Kerl, die anderen tun zu lassen, was Ihr allein wollt – für uns zwei spränge genug heraus dabei. Verbündet Euch insgeheim mit mir und vertretet meine Sache morgen wie Eure eigene vor der Bruderschaft – “.

„Mich mit Euch verbinden, Tampke,“ sagte Lude Hekke langsam und mit eigentümlicher Betonung des letzten Wortes.

„Der Gedanke ist mir heute auch schon gekommen, als ich Euch am Dömitzer Zingel auf den Kahn steigen sah und sah, dass Ihr nicht a l l e i n kamt !“

„Was wollt Ihr damit sagen, Lude Hekke ?“

„Ich wusste nicht, dass Ihr eine Tochter hattet, Tampke – ich dachte, Ihr hättet nur den Fritz und den Gustav, den Täve, der uns ein paarmal nachts an der Löcknitz zur Hand ging.“

„Wenn Ihr die Meta meint,“ sagte der Fischer, dessen Brauen sich wieder finster zusammenzogen – „die ist nicht mein eigen Kind. Meine zweite Frau hat sie mit ins Haus gebracht – – “

„Eure Stieftochter also, Tampke. Aber Ihr habt Macht über sie, dünkt mich !“

„Sie folgt mir wie mein eigen Kind,“ sagte der Alte rauh. „Aber ich denk‘, wir sind hier um anderer Dinge willen und nicht, um über Mädchen zu sprechen.“

„Wenn nun aber gerade das Mädchen, von dem wir sprechen, zusammenhinge mit allem anderen – hm ?“

„Ihr müsst deutlicher werden, wenn ich Euch verstehen soll, Lude Hekke !“ murrte der Alte. „Was soll’s mit der Meta ?“

„Wenn ich nun auch nach den gefährlichen Fahrten, die ich wage, ein Haus haben möchte und ein Weib drinnen, wie die anderen ?“ Der Rothaarige hatte sich weit gegen den Fischer vorgebeugt, und seine dunklen Augen blitzten ihn an. „Und wenn es just die Meta, Eure Stieftochter wäre, Tampke, die ich zum Weibe haben möcht‘, wie dann ?“

„Macht keine Narrensposen!" knurrte der Alte.

„Für Euch zog ich die Meta nicht auf. Und was das andere anbelangt – ich will in den Beutel greifen und tief genug, Lude Hekke, wenn die Schwarzbrüderschaft mir weiter die Waren liefert, die nachts aus den Kähnen –"

„Ums Geld ist mir's nicht!" rief der Rothaarige rauh.

„Aber um das Mädchen! Habe sie ein paar Stunden nur gesehen und, hol mich der Schwarze, Tampke – d a s Mädchen will ich und kein anderes. Und wagt Ihr es, sie mir zu verwehren – – " er lachte leise und spöttisch auf, während das verwitterte Antlitz des Alten plötzlich fahl wurde – „nun, so mein' ich, der Oberste der Schwarzbruderschaft auf dem Elbfluss hätte der Mittel nicht wenige, Euch zu zwingen!"

Der Alte rückte unruhig auf seinem Sitz. Habgier, Furcht und ein Rest besseren Gefühls stritten in seinem Innern. Er verhehlte sich nicht, welche goldenen Früchte ihm eine enge Verbindung mit diesem verwegensten der allen Nachforschungen unfassbar und unsichtbar gebliebenen Elbpiraten eintragen würde. Aber im stillen graute ihm vor der Gewalttätigkeit dieses Mannes, der keine Skrupel kannte, wenn es galt, seine Pläne zu Taten werden zu lassen. Und sein Stiefkind – welches Schicksal wartete seiner, wenn er es zwang, dieses wilden, häßlichen Burschen Weib zu werden?

Lude Hekke, der sein Auge nicht von dem Antlitz des Fischers abgewandt hatte, mochte wohl dessen Gedanken erraten haben, denn er bückte sich, um das Lichtstümpfchen zwischen den Steinen hervorzuziehen, und sagte:

„Ihr wollt nicht! Ich sehe es Euch an! Gut! Nichts hält Euch mehr in Tangermünde. Die Ladung der Schwarzbruderschaft an Euch erkläre ich für hinfällig. Und da Ihr Krieg wollt mit Lude Hekke, so mögt Ihr ihn haben. Sorget nur, dass er Euch nicht teuer zu stehen kommt!"

Die Hand des Fischers griff nach seinem Arm. „Seid doch nicht so eilig ! Was Ihr begehrt, ist nicht so leicht. An den Altar schleppen kann ich die Meta nicht – "

„Aber dem Mädchen zureden könnt Ihr, und wie Ihr sonst noch auf sie wirken mögt, in Güte oder in Strenge ! Und zugeben, dass ich häufig Euch aufsuche dort unten in Baarz, dass sie an mich gewöhnt wird. Denn jetzt sieht sie mich noch mit üblen Augen an, das hat sie mir wohl gezeigt. Nun, Tampke, die Meta mir zum Weib und Euch den Lude Hekke zum Freund – gilt der Handel ? Ich glaub', Ihr habt manch' schlechteren gemacht im Leben !"

„Wenn Ihr mir nur Zeit lassen wolltet – "

„Bin kein Freund von langer Überlegung. Das wisst Ihr doch. In dieser Sache will ich Euch zu Willen sein. Überlegt's Euch, ehe Ihr morgen in die Wirtschaft ‚Zum Elbhafen' kommt. Ich lauere Euch dort ab. Ein ‚Ja' oder ‚Nein' genügt. Und nun kommt – sonst können wir unseren Weg wie die Ratten im Dunkeln suchen !"

Wie zur Bestätigung seiner Worte glühte das Lichtstümpfchen noch einmal auf und erlosch dann plötzlich.

„Sagt' ich es nicht ? Gebt mir die Hand wieder und bückt Euch, so tief Ihr könnt – langsam, so, nun links halten – da ist schon die Maueröffnung. Und jetzt leise – Ihr wisst doch, dass die Nacht gern tausend Ohren hat !"

Sie standen wieder in dem alten Burggraben hinter den Sträuchern. Ein paar Sekunden lang horchte Lude Hekke nach allen Seiten. Nichts regte sich. Nur ein Turmfalke strich oben von dem Gesims des ragenden Gefängnisturmes mit leise flatterndem Flügelschlag ab.

„Kommt," flüsterte der Schiffer, „der Weg ist frei !"

Auf der Schlossfreiheit angekommen, deutete er nach rechts :

„Dahin geht Euer Weg, Tampke, zur Herberge! Ich gehe auf den Kahn zurück. Und vergesst nicht: bis morgen mittag geb' ich Euch Zeit! Keine Stunde länger!"

3. Kapitel
Ein Retter in der Not

Die sonst von Menschen wenig belebten Straßen Tangermündes zeigten heute am Markttage ein buntes Leben und Treiben. Um den alten Backsteinbau des Rathauses mit den schönen durchbrochenen Rosetten an der Hauptfront zogen sich die Krambuden hin und noch ein Stück in die Langestraße und Kirchstraße hinein. Den Hauptmarkttrubel aber mit den Schaubuden, den Karussells und dem ganzen vieltönigen Marktlärm gab es vor dem Neustädter Tor auf dem Klosterplatze, und die Ruinen des alten Dominikanerklosters, deren noch erhaltene Reste als Speicher und sonstigen landwirtschaftlichen Zwecken dienen, sahen schweigend auf das bunte Gewühl zu ihren Füßen nieder.

Die Jugend Tangermündes aber drängte sich vor allem um eine große Schaubude, die um die drei Käfigwagen einer Wandermenagerie aufgespannt war. Ein heiserer Rekommandeur [19] lockte in den gewagtesten Anpreisungen die Menge in diese „größte und sehenswerteste Menagerie der Welt", und ein junges Mädchen mit Wangen, deren Magerkeit auch die reich aufgetragene Schminke nicht verdecken konnte, erregte bei der Jugend der kleinen Stadt wahre Schauer, wenn sie eine träge armdicke Schlange, die der Anpreiser als die größte Boa constrictor Indiens, die einem Tiger

---

[19] Anpreiser, Ausrufer, der ein Fahrgeschäft mit lustigen Sprüchen begleitet und auf diese Weise Volksfestbesucher animieren soll.

die Knochen zermalme und ein Reh mit einem Male verspeise, um ihren Hals legte. Diese Bude, zunächst der engen Zufahrtsstraße zu dem niedrigen gewölbten Neustädter Tor aufgeschlagen, war denn auch immer von einer dicht sich ansammelnden großen Menschenmenge belagert.

Meta Streblow hatte den gestrigen Abend und den heutigen Vormittag stille Stunden bei der Greisin verlebt, die selbst schon zu moros [20] war, um ihr irgendwelche Unterhaltung zu bieten. Sie hatte mit ihren zitternden Händen das nussbraune Haar der Enkelin gestreichelt und in ihren grauen klaren Augen die Blicke der verstorbenen Tochter wiederzuerkennen vermeint. Und nach kurzen Fragen über ihr Ergehen, die Meta zufriedenstellend beantwortete, war die alte Frau in ihre schweigsame Stumpfheit zurückgefallen, und nur ihre alten Augen waren der Enkelin in ihrem ordnenden Tun in der kleinen Wohnung, in der die Greisin aus einer kleinen Rente, die ihr zufloss, von den Mitbewohnern des Häuschens verpflegt wurde, gefolgt.

Das unbequeme Lager auf dem altmodischen harten Sofa hatte dem klaren Blick des jungen Mädcherns nicht Eintrag getan. Und als sie am Mittag die Großmutter verließ, um die letzten Stunden ihres Aufenthaltes in Tangermünde noch den Erinnerungen ihrer Jugend zu widmen und die Stätten ihrer kindlichen Spiele wieder aufzusuchen, ging sie mit einem frischen Rot auf den Wangen und leuchtenden Blicken durch die Stadt, in der sich kaum etwas geändert hatte, seitdem das Schicksal sie daraus verschlagen.

Aus den Straßen trieb es sie wieder fort zur alten Stadtmauer auf der Elbseite der Stadt mit ihren Putinnen [21] und Ausfallpforten. Hier wurzelten ihre liebsten Kindererinnerungen. Von hier aus

---

[20] griesgrämig
[21] Türme auf der Stadtmauer

konnte sie einst schon von weitem den Kahn ihres Vaters erkennen, wenn er im Schlepp auf Magdeburg vorüberfuhr und mit der Fahne Weib und Kind grüßte, zu denen er dann nach ein paar Tagen zum Besuch für kurze Zeit heimkehrte. Hier hatte sie mit ihren Altersgenossinnen und den Buben getollt und unzählige Male waren ihre kleinen Füße die alten Granitstufen hinabgesprungen, die einst das Fußvolk der Stadt benutzte, wenn es einen Ausfall auf Belagerer zu machen galt.

Dann aber lockte die Drehorgelmusik der Karussells, die lärmende Blechmusik der Schaubuden sie endlich in die Gegend des Neustädter Tores, nachdem sie den Steigberg [22] mit flinkem Fuß wieder erklommen hatte und, durch die kleine Fischergasse wandernd, die Kirchstraße zum Rathaus wieder hinaufgegangen war. Und ehe sie dachte, stand sie unter dem massigen Neustädter Tor, dessen gewölbten Bogen sie langsam, hier schon in den Markttrubel des Klosterplatzes geratend, durchschritt.

Drüben freilich, in der durch die beiden hohen auslaufenden Mauervorsprünge eingeengten schmalen Toreinfahrt, blieb sie staunend stehen. Was sie als Kind als Ruine gekannt, war jetzt der ursprünglich durch Kurfürst Friedrich I. in der ersten Hälfte des 15. Jahrhunderts geschaffenen Anlage getreu vollkommen renoviert. Mächtig hob sich wieder das Hauptteil mit dem Turme empor, und an der Eingangsseite von der Neustadt aus zogen die fünf neuen, in den Toroberbau eingelassenen farbigen Adlerwappen die Blicke des Mädchens wie mit magischer Gewalt an.

In dem Lärm und dem Tönegewirr des Schaubudenplatzes drang ein plötzlicher gellender Angstruf, der von der Menageriebude herschallte, kaum zu ihr. Erst, als Kinder und Erwachsene, einzeln erst, dann in hellen Scharen, den Weg zu ihr niederstoben,

---

[22] Mit einen Wehrturm überbaute Treppe über die Stadtmauer.

kreischend vor Angst, sah Meta entsetzt um sich. Schon sah sie sich an die Mauer gedrängt, angerannt, gestoßen von den Vorüberfliehenden, aus deren wirrem Geschrei zu entnehmen war, dass irgend ein Tier der Menagerie seinem Käfig entwichen sein musste, welches der panische Schreck, der in die Marktbesucher gekommen war, gleich zu einem reißenden Tiere gestaltete.

Erregt und aufgeschreckt wie die Vorüberfliehenden, gab sie den sicheren Platz an der Mauer auf, aber im nächsten Moment scholl auch i h r Angstschrei von bleichen Lippen schrill empor. Von dem Ansturm einzelner Flüchtlinge niedergerissen, lag sie auf dem Pflaster des niederführenden Torweges, den Füßen der nachdrängenden kopflosen Menge, die nur so schnell wie möglich durch die enge Torwölbung in die Straßen der inneren Stadt zu kommen trachteten, rettungslos preisgegeben.

Ihr jammervoller Aufschrei trieb einen in dunkelblauer Schiffertracht gekleideten jungen kraftvollen Mann an ihre Seite. Mit der ganzen Kraft seines jungen auf dem Elbfluss gestählten Körpers warf er sich gegen die, welche schon, unbekümmert um die Niedergerissene, über sie hinweg die Flucht fortsetzen wollten. Und während sein Ruck die Anstürmenden aufhielt, schoben seine Fäuste rechts und links wuchtig beiseite, was sie erreichen konnten. Dann in Gedankenschnelle beugte er sich nieder und riss die halb Bewusstlose in die Höhe. Sie lehnte sich schwer gegen den sie umschlingenden Arm, während nach den Momenten entsetzlicher Angst ein Gefühl des Geborgenseins sie durchglühte. Tatsächlich stockte auch in den nächsten Augenblicken die panikartige Flucht. Der Menageriebesitzer hatte durch einige seiner Blechmusikanten, die sich nicht der allgemeinen Flucht angeschlossen hatten, einen lustigen Marsch blasen lassen. Das half mehr als seine mit Stentorstimme [23] gegebene Versicherung, dass die harmlose Hyäne, die einen Versuch gemacht hatte, durch ein paar schadhaft gewordene Stäbe ihres Käfigs zu entkommen, längst wieder eingefangen und in fluchtsicherem Behälter sei. Aber nur langsam kehrten die Leute zurück, während die Kinderwelt Tangermündes den Schreckruf „Der Löwe ist los" durch die ganze Stadt trug.

Der junge Schiffer, der Meta Streblow vielleicht vor schweren Verletzungen durch seine Geistesgegenwart und Kraft beschützt, führte die noch immer Bleiche und Sprachlose an der Brauerei hin, den Weg zum Tanger hinab. Hier, wo das junge Mädchen erst wieder all ihrer Sinne mächtig ward und ein paar Dankesworte zu ihrem Retter stammelte, meinte jener abwehrend :

„Das hätte jeder ehrliche Schiffer getan, Fräulein ! Des Dankes ist das nicht wert. Aber – mit Verlaub – eine Tangermünderin sind Sie nicht – sonst hätte ich Sie schon hier gesehen – und doch meine ich, mir wär' Ihr Gesicht schon vor Augen gewesen, hier oder wo anders !"

Meta Streblow hatte sich schüchtern aus seinem Arme losgemacht, und jetzt glitt ihr Blick zum ersten Male zu dem Antlitz des Schiffers an ihrer Seite hinüber. Es stieg ihr siedend heiß in der Brust auf, als sie ihn erkannte. Das war der junge Bootsmann von dem Kahne, in dessen unmittelbarer Nähe der ihre gestern zum Löschen an Land gelegt. Ein freudiges Gefühl wallte in ihr auf, dass sie diesem gerade ihre Rettung zu verdanken habe, und leise und mit gesenkten Augen antwortete sie :

„Ich war auf dem Kahn, der gestern bei einem großen neuen Elbkahn festmachte. Da haben Sie mich wohl gesehen, als Sie vom Kahn gingen."

---

[23] Stentor: Person mit außergewöhnlich lauter Stimme. In Homers Ilias ein mit überlauter Stimme zum Kampf Aufrufender.

„Also sahen auch Sie mich, Fräulein !" erwiderte der Schiffer, und ein wärmerer Ton klang durch seine Worte. „Aber dass wir heute so seltsam zusammentreffen müssen ! Sie wollten gewiss auch zu den Schaubuden – nun ist Ihnen wohl die Lust vergangen!"

Sie nickte.

„Das hier ist immer mein liebster Platz gewesen," sagte sie, als sie um die Ecke der Brauerei bogen und der langgestreckte Hafenplatz, an dem sich zur Linken in ihrer ganzen Länge die alte Stadtmauer erhob, während zur Rechten, hinter dem Münnichswerder [24], der breite Elbstrom, wie ein Silberband in der klaren Aprilsonne aufschimmernd, sich hinzog – wieder vor ihren Blicken lag.

„Immer gewesen ?" fragte der junge Schiffer überracht, „dann ist Ihnen auch Tangermünde nicht fremd ?"

„Ich habe als Kind hier gelebt !" erwiderte sie leise und um ihren Mund zuckte es schmerzlich. Die Erinnerung an ihre Kindheit ward ja hier mit jedem Schritt in ihr rege.

Der Schiffer an ihrer Seite sah es und unterdrückte eine weitere Frage, die ihm im Munde lag. Eine Scheu, über die er sich keine Rechenschaft geben konnte, hielt ihn davon ab. Das Mädchen an seiner Seite hatte sein Interesse mächtig erregt. Schon gestern, als sein Blick zufällig auf sie fiel. Die herbe Jungfräulichkeit, die von ihr ausging, tat es ihm heute noch mehr an. Gewiss war sie eine Schiffertochter, wenn sie auch nicht modisch aufgeputzt einherging, wie es heute unter den Töchtern der Schiffseigner an der Elbe Sitte war. Aber alles an ihr gefiel ihm, auch die einfache Tracht, die die schönen Linien ihrer schlanken Figur nicht verhüllte; der

---

[24] Elbinsel, den Mönchen (vmtl. den Dominikanern) zugeeignet.

federnde Gang des Fußes, der trotz des plumpen Schuhes, in dem er steckte, ahnen ließ, dass er klein und zierlich sein müsse.

Meta Streblow presste die Lippen wie unter einer bitteren Empfindung zusammen, als sie zur Linken, eine niedrige Quadermauer unterbrechend, den dreistufigen Zugang zu einem Garten sah, in dem ein niedriges Gebäude aufragte. Ein paar hohe Pfosten in grünlichgelber verwitterter Bemalung trugen ein breites Holzschild, auf dem die Worte „Restaurant zum Elbhafen" zu lesen waren. Sie empfand fast einen körperlichen Schmerz bei dem Gedanken, dass in kaum mehr als einer Stunde ihr ewig finsterer und rauher Stiefvater statt ihres jungen sympathischen Beschützers an ihrer Seite einherschreiten und der graue Vorhang der alltäglichen Einsamkeit daheim über die bunten Bilder fallen würde, die sie mit Augen und Seele begierig in sich einsog. Schneller, als müsse sie dem peinlichen Eindruck entfliehen, den die Nähe der nur von Bootsleuten besuchten kleinen Hafenwirtschaft auf sie gemacht, schritt sie aus und unwillkürlich wieder hinüber zu dem die ersten feinen Knospen zeigenden Strauchwerk, das jene starren Mauern, die Jahrhunderte überdauerten, in jedem neuen Lenz mit frischem Grün umgibt.

Der junge Schiffer las von ihrem Antlitz ab, dass sie Schmerz empfand, und schob es auf den Fall am Neustädter Tor.

„Sie haben sich doch wohl weh getan, Fräulein !" sagte er, und es klang herzliche Besorgnis aus seinen Worten, die ihr wohl taten, denn freundliche Worte hörte sie selten. „Vielleicht wollen Sie auch nach Hause und ich halt' Sie nur auf -- " Er rückte an dem Mützenschirm, als wolle er sich verabschieden. Eine Angst, jetzt allein bleiben zu müssen, bis sie drüben bei dem mißfarbenen Namensschild der Hafenkneipe den Stiefvater traf, erfasste sie.

„Nein !" sagte sie hastig, und das feine Rot auf ihren Wangen trat stärker hervor, „ich muss hier warten auf meinen Stiefvater, um vier Uhr soll ich ihn hier treffen !"

„Dann bleibe ich bei Ihnen, wenn Sie es dulden, Fräulein !" sagte in seiner frischen Natürlichkeit ihr Begleiter. „Denn heut', am Markttag, wo mancher mehr trinkt, als ihm gut ist, wäre es für ein junges Mädchen nicht geraten, gerade hier allein zu spazieren. Sehen Sie –" er wies auf ein paar Bootsleute, die gröhlend am Kai des Hafens entlang zogen – „heut' nachmittag feiern sie auf den Kähnen des Marktes wegen, und ich möchte nicht, dass Ihnen gerad' ein Schiffer auch nur mit einem Worte zu nahe käme !"

Meta lauschte seinen Worten wie einer fernen einschmeichelnden Musik. Wie in einem Traume ging sie neben ihm her, an den Putinnen vorüber, am Steigberg und der Rossfurt hin bis zum Schlossberg.

„Auf d e m Kahn saßen Sie gestern, und der rote da, – " sie sah, wie der junge Schiffer sich reckte und es wie ein helles Feuer aus seinen blauen Augen brach – „den fahr' i c h schon die nächste Fahrt allein ! Es ist Vaters neuer Kahn, aber für mich gebaut. Ich bin sein Einziger," fügte er mit stillem glücklichen Lächeln hinzu – „und seit ich von den Pionieren in Magdeburg wieder loskam, hab' ich unter Vaters Leitung schon unseren älteren Kahn geführt. Ich möchte nicht leben ohne den Elbstrom hier und die Schifffahrt !"

Dem Mädchen ward es warm ums Herz. Ein Widerschein des freudigen Stolzes, der auf seinem jungen Antlitz strahlte, schien auch in ihren Augen zu leuchten.

„Wollen wir hinauf ?" sagte ihr Begleiter dann, auf den Schlossberg deutend. „Es ist ein so schöner Tag heute !" Sie nickte froh. Ihr fiel es gar nicht auf, dass sie, die beiden fremden Menschen, die ein Zufall zusammengeführt, so vertraut miteinander sprachen und gingen, als hätten sie sich durch Jahre gekannt. Und auch ihrem Begleiter schien es so zu gehen. Ihr voraus stieg er die Höhe hinan, und sie folgte ihm. Und oben sahen sie beide mit glänzenden Blicken auf das Elbpanorama nieder, das im letzten Nachmittagssonnenschein des Apriltages vor ihnen lag.

Da hallten von dem Turme der nahen St. Stefanskirche vier Glockenschläge hernieder und schreckten das Mädchen aus dem glücklichen Traume hier oben auf.

„Vier Uhr –" stammelte Meta Streblow mit Lippen, aus denen das Blut wich. „Und ich bin noch hier oben!" Sie wandte sich zu ihrem Begleiter und bot ihm zaghaft die hartgearbeitete Rechte. „Ich muss Ihnen noch danken …"

Der junge Schiffer ergriff ihre Hand und hielt sie fest.

„Ich geh' mit Ihnen, bis Sie Ihren Vater gefunden –"

„Nein, nein!" stieß das junge Mädchen angstvoll hervor. „Lassen Sie mich allein gehen – ich bitte Sie –" Ein ängstlicher bittender Blick aus ihren Augen unterstützte ihre Worte. Sie riss sich von seiner Hand los und eilte mit der Schnelligkeit eines jungen Rehes über den Schlossplatz, durch das dunkle Burgtor und über die Steinbrücke zur Schlossfreiheit, dann niederwärts zum Hafenplatz, so schnell sie ihre Füße trugen. Wieder huschte sie am Fuße der steil aufragenden Stadtmauer dahin, aber ihre Augen sahen die pittoreske Schönheit ihrer Umgebung nicht mehr. Die graue Wirklichkeit, die sie neben ihrem Stiefvater erwartete, spann wieder ihre dichten Schleier um sie.

Fast atemlos kam sie an der Gartenmauer der Wirtschaft „Zum Elbhafen" an. Sie sah den alten Fischer Tampke schon auf den Stufen des Einganges stehen und nach ihr Ausschau halten. Aber er stand nicht allein da. Wie eine eisige Hand griff es nach dem Herzen des Mädchens. Neben ihm, im besseren Sonntagsgewand nicht minder abstoßend ihr erscheinend als gestern in der Arbeitstracht, hob sich die muskulöse Gestalt des Rothaarigen, und dreister noch als gestern hielt sie sein Blick umfasst. Er lüftete sogar die Schiffermütze zum Gruß, und sie hörte ihn, während ihr Herz vom raschen Lauf und einem Gefühl unbestimmter Angst laut und schnell pochte, sagen :

„Da ist Eure Tochter, Tampke ! Ihr braucht nicht zu eilen, Ihr kommt noch rechtzeitig zum Zug nach Stendal auf den Bahnhof. Und dann – vergesst nicht, was wir ausgemacht !"

Der Fischer nickte nur. „Komm !" rief er dem Mädchen in seiner gewohnten rauhen Weise zu. Schweigend, mit gesenktem Kopf, ging das Mädchen neben dem den Weg zum Klosterplatz Einschlagenden her. Als sie am Neustädter Tor vorüberkamen, zuckte Meta zusammen. Noch einmal malte sich blitzschnell das Bild des heutigen Nachmittages vor ihrer Seele. Es war ihr, als träte sie aus lachendem Sonnenschein nun wieder in trübe Finsternis. Nur eins ließ es warm wieder in ihrem Herzen emporsteigen :

Sie hatte nun eine Erinnerung, an der sie in dem einsamen Fischerhause in Baarz zehren würde – für lange Zeit !

4. Kapitel
Die schwarze Bruderschaft!

Lude Hekke war am Eingang zur „Elbhafen-Kneipe" stehen geblieben, bis die Ecke Tampke und Meta seinen Blicken entzog. Ein sinnliches Lächeln umspinnte die Lippen des Rothaarigen.

„Die Meta wird mein !" murmelte er. „Ich wusste es ja, die Furcht und die Habgier des alten Fuchses treiben sie in meine Arme. Und hab ich sie einmal, sie wäre die Erste nicht, die der Lude Hekke kirre [gefügig, zahm] zu machen wusste !"

Er ging in das Haus zurück. In dem Schankzimmer zur Linken saßen an den langen Tischen an der Fensterseite Schifferknechte mit ihren Mädchen, denen der kränklich aussehende Wirt Kognakgrog und Bier häufig herzutrug. Ohne von ihnen Notiz zu nehmen, ging Lude Hekke durch die allgemeine Wirtsstube zur Tür, auf welche das Wort „Vereinszimmer" aufgemalt war, und aus dem ein Stimmengewirr und das Geklapper von Würfeln herausschallte.

Um den Tisch, auf dem kleine Lachen von verschüttetem Getränk sich gebildet hatten, Teller mit Speiseresten standen, und der bis auf eine Ecke, an der ein paar der Insassen des Zimmers würfelten, mit Bier-, Schnaps- und Groggläsern besetzt war, saßen oder standen etwa ein Dutzend Männer verschiedenen Alters, alle an ihrer Tracht und den Gesichtern, denen der stete Aufenthalt im Freien ein bräunliches Inkarnat [25] gegeben, als Bootsleute und Schifferknechte kenntlich. Die Würfelnden ließen sich nicht durch den Eintritt Lude Hekkes beirren, ein paar andere sahen mit fragenden Blicken zu ihm auf, als er wieder in ihren Kreis trat.

Wohl war unter den Gesichtern hier im Zimmer, in das der Wirt nur kam, wenn man nach einer neuen Auflage des Getränkes rief, manches verschlagene, und in manchem Auge, das sich jetzt auf Lude Hekke richtete, der den Spielern winkte, mit dem Würfeln innezuhalten, lauerte ein unsteter Blick. Aber wer von den heute in Tangermünde anwesenden Schiffseignern, die in der Gaststube des „Prinzen von Preußen" um dieselbe Zeit beisammen saßen, einen Blick hier durch die Tür geworfen hätte, würde nichts Ungewöhnliches gefunden haben. Das Leben eines Elbkahn-Bootsmannes ist eben rauh und die feinen Sitten sind in der Vorderkajüte der Kähne, in der das Schiffsvolk haust, nicht zu Hause.

---

[25] Von lat. carnis: Fleisch; Fleischfarbe, Hautfarbe

Und doch hätte ihnen diese Gruppe von Bootsleuten, die hier in der Elbhafen-Kneipe zu einem augenscheinlich völlig harmlosen Trinkgelage anläßlich des Markttages sich versammelt hatte, den Schlüssel geben können zu dem Rätselhaften, Geheimnisvollen, das seit Jahren die ganze Elbschiffahrt beunruhigte und manchem Schiffseigner empfindlichen Schaden zufügte.

Selten kam ein Kahn von Hamburg in Magdeburg an, ohne dass sich ein Manko beim Löschen an seiner Ladung herausstellte. Ebenso erging es den zu Tal fahrenden Kähnen. Kaffee, Zucker, Stückwaren – alles fiel den geheimnisvollen räuberischen Händen zur Beute. Spurlos verschwand diese – alle insgeheim betriebenen Recherchen und gelegentlichen Haussuchungen in Magdeburg selbst und anderen Elborten hatten nichts zu Tage gefördert, worauf man weitere Untersuchungen hätte aufbauen können. Es musste eine große, verzweigte und völlig organisierte Bande sein, welche diese Kahndiebstähle ausführte, und sie musste geschickte Hehler besitzen, die das gestohlene Frachtgut schnell und sicher an den Mann brachten. Nur für kurze Zeiten, wenn Strompolizei und Kriminalpolizei wieder einmal zu fieberhafter Tätigkeit, den Kahndieben auf die Spur zu kommen, sich vereinten, hörten diese Diebstähle auf, die eine Geißel des ganzen Elbverkehrs zwischen Magdeburg und Hamburg geworden waren. Das war nicht nur ein Beweis für die Verschlagenheit der Bande, sondern auch dafür, dass sie Verbindungen haben musste, die sie warnten, wenn man wieder versuchte, einen Schlag gegen die geheimnisvollen Täter zu führen.

Das Unbegreifliche war, dass diese Diebstähle nicht beim Laden und Löschen, sondern auf der Berg- oder Talfahrt stattfanden und dass sie zweifellos unter dem Dunkel der Nacht verübt wurden, wenn die Schleppzüge und Kähne für die Nachtstunden festgemacht hatten. Allein, obwohl Schiffseigner und Schiffsbesatzung manche Nacht wachend verbracht, um den Dieben auf die Spur zu kommen, bis jetzt war es nicht gelungen, auch nur eines derselben habhaft zu werden. In den Kreisen der Schiffseigner war man freilich noch immer geneigt, die Elbpiraten in Magdeburg, Hamburg und in den größeren Umschlagplätzen an der Elbe zu suchen und nicht auf dem Strome. Derselben Meinung mochten die Behörden sein, die auf die Lösch- und Ladeplätze in unauffälliger Verkleidung ihre Kriminalbeamten sandte, aber es brachte die beteiligten Kreise fast zum Verzweifeln : es war bisher völlig unmöglich gewesen, den Schleier, der auf diesem Unwesen der Elbpiraten ruhte, auch nur an einem Zipfel zu lüften.

Die Unmöglichkeit, den Dieben selbst auf die Spur zu kommen, wenn nicht einmal der Zufall hilfreich seine Hände bot, einsehend, hatte man bei dem Wiederaufgehen der Elbschiffahrt in diesem Jahre von Magdeburg aus eine umfassende Aktion unternommen, um wenigstens das eine oder das andere der Hehlernester auszuforschen. Gelang es, einen Schlag gegen die Hehler zu führen, so war damit die Verwertung der geraubten Schiffsware unterbunden, und vielleicht leiteten von ihnen aus sichere Fäden zu den Elbpiraten selbst.

Wie ein dunkler Fleck lastete diese Piraterie auf der ehrsamen Elbschiffahrt. Die Tausende der redlichen Schiffer und Bootsleute empfanden ihn selbst schwer, um so schwerer, als sich immer klarer herausstellte, dass die Elbpiraten in der letzteren eigenen Reihen sich befinden mussten. Das Geheimnisvolle, das sie umgab, war aber zugleich ihr bester Schutz. Unter dem Schiffsvolk der Elbe gingen Sagen von der geheimen Bruderschaft dieser Kahnräuber um, welche die wenigsten geneigt machte, Nachforschungen nach ihr anzustellen. Wen ein Zufall von ihrem Gebahren wissend machte, der war der nächsten Stunde nicht sicher. Der eigene Schiffsgenosse gehörte vielleicht der furchtbaren Verbindung an, und ein Stoß ins Wasser war das Werk einer Sekunde. Und wie manchen hatten die Wirbel des Elbstromes schon hinabgerissen, ehe ihm Hilfe gebracht werden konnte!

Dort oben in der Stadt Tangermünde, im Gastzimmer des „Prinzen von Preußen", wo eine ganze Anzahl der Tangermünder Schiffseigner heute zusammengekommen war, darunter die Gebrüder Bierhals, Gartz und Lauenrock, die Kahnbesitzer Tarruhn, Vogler, Wolkenhaar, Gädicke und andere mehr, beherrschte das dunkle Treiben dieser Elbpiraten das ganze Gespräch. Der grauhaarige Schiffseigner Karl Wölling, der erst vorgestern mit seinem Kahn wieder an die Stadt gekommen war, wusste wieder von ein paar neuen Dießereien zu erzählen, die er in Havelberg von anderen Kahnführern erfahren hatte, und der alte wackere Schiffer schlug zum Schluss seiner Mitteilungen auf den großen runden Tisch, dass die Gläser tanzten.

„Hundert Taler gäbe ich in die Armenkasse, wenn man endlich einmal diese Piraten erwischte! Die ganze ehrliche Elbschiffahrt kommt durch sie in Schand'!"

Niemand ahnte, dass die tätigsten Mitglieder der „schwarzen Bruderschaft" von ihrem neuen Führer, Lude Hekke, mit anscheinend beispielloser Kühnheit heute hierher nach Tangermünde zusammengerufen waren. Aber der Rothaarige hatte recht: In dem Trubel des Tangermünder Ostermarktes fiel ihre Zusammenkunft am allerwenigsten auf, und während man in Magdeburg nie sicher war, ob nicht in einer der Fischerkneipen in der Werftstraße, am Fischer- und Knochenhauerufer oder in denen drüben an der Zollelbe ein „Geheimer" an einem der nächsten Tische saß, störte sie hier kein Verdacht und kein lauschendes Ohr.

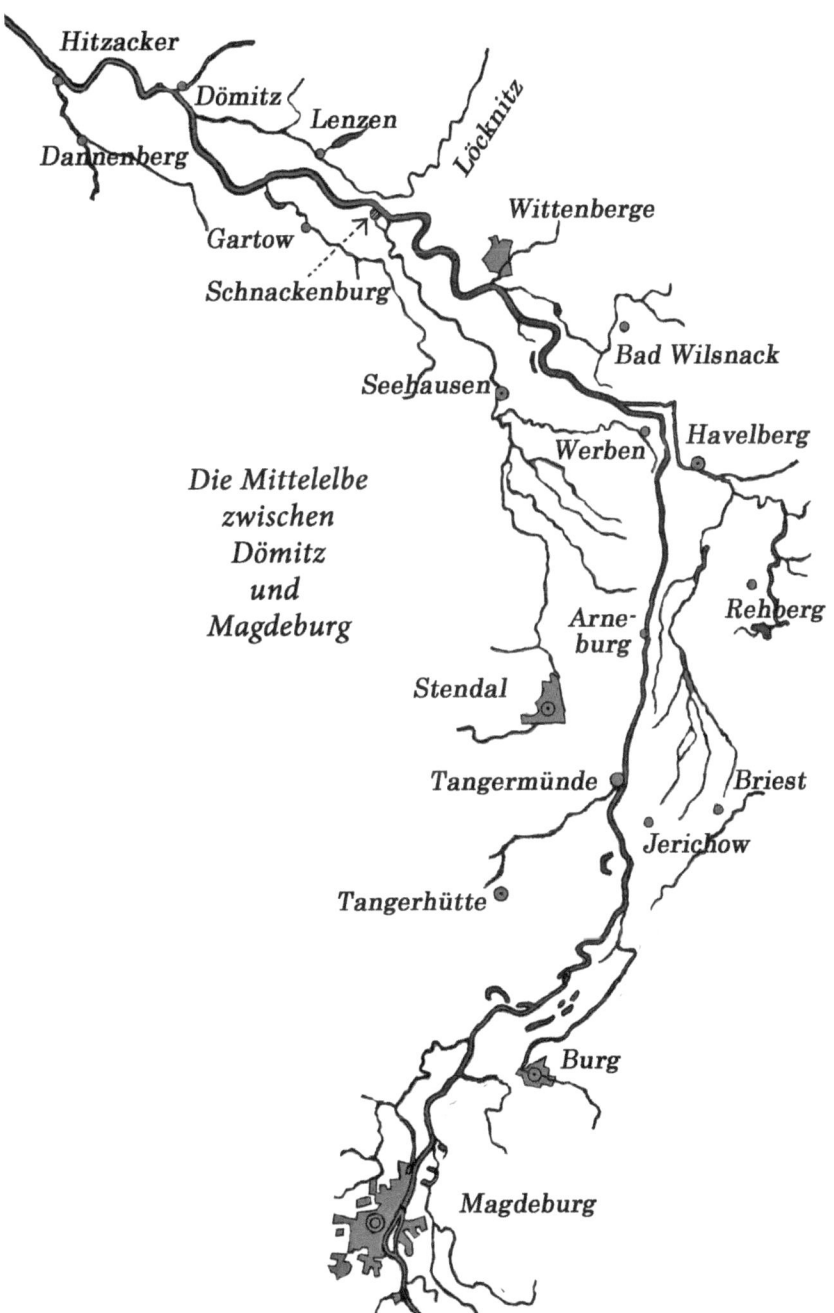

Die Mittelelbe
zwischen
Dömitz
und
Magdeburg

Dennoch ließ der Rothaarige keine Vorsichtsmaßregel unbeachtet, und so redete er auch in diesem Augenblicke nur mit Flüsterstimme zu dem Kreise der Genossen von der „schwarzen Bruderschaft", wie man die Ungekannten, Geheimnisvollen in Schifferkreisen nannte, und welchen Namen die Elbpiraten ihrer Gemeinschaft erst in Wirklichkeit beigelegt hatten, als die Scheu vor ihm auf dem Strome allmächtig geworden war.

„Ruh' jetzt, und hört mir zu ! Wie wir es in Zukunft halten wollen – haben wir des langen und breiten mit dem Tampke besprochen. Für den Mann steh' ich ein. Die Lenzener Wische kenn' ich wie meine Tasche. Zwischen Magdeburg und Hamburg gibt es keine Elbuferstrecke, die soviel Verstecke böte. Und ums Loswerden der Waren ist mir da nicht bange. In Dömitz und auf der anderen Elbseite in Dannenberg findet die Ware, die sie für Schmuggelware halten, immer Absatz. Der Tampke hat seine festen Verbindungen. Ich werd' mich da auch festsetzen und ein Gewerb' betreiben in Dömitz, als Proviandhändler für die Kahnschiffer. Und die Woch' ein- oder zweimal bin ich droben in Magdeburg. Wo Ihr mich da trefft, wisst Ihr : im ‚Werftkeller' oder im ‚Granatsplitter' ! Und schafft Arbeit für die nächste Zeit, soviel Ihr könnt. Die Spürhunde haben jetzt nachgelassen, und die Sommermonate sind kurz. Im Winter müssen wir flott leben können von dem, was wir in die Taschen kriegen !"

Ein Murmeln der Zustimmung erscholl im Kreise der Elbpiraten, die mit zusammengedrängten Köpfen den Flüsterworten Lude Hekkes lauschten. Der richtete sich auf, und ein funkelnder Blick aus seinem Auge strich über die heimlichen Genossen seines lichtscheuen Tuns hin :

„Noch eins : Ihr habt mich als Führer gewählt an des Akeners Stelle. Ich will Euch die Taschen besser füllen, als er getan hat.

Aber merkt Euch : Weh' dem, der mir auch im kleinsten Ding nicht gehorsam ist !"

Er griff nach seinem breiten Nickfänger [26] in der Tasche seiner Schifferhose und ließ die Stahlklinge in die Feder springen. „Wer nicht schweigend tut, was ich ihm sage – dem fährt die Klinge hier dahin, wo sein Leben sitzt. Und die Satzungen der Schwarzbruderschaft kennt Ihr : der Tod dem, der mit oder ohne seinen Willen zum Verräter wird. Seit der Stund', in der ich den Elbtiger [27] niederwarf, kennt Ihr mich ! Und wie ihm, geh' ich jedem an den Leib, der nicht tut, was ich ihm sag' – merkt's Euch !"

Wie spielend stieß er die blanke Schneide des Messers in die Tischplatte. Trotzdem fuhr sie fast einen Zoll tief hinein. Über die Männer hier, die selbst nicht viel zögern mochten, mit bewehrter Hand anderen zu Leibe zu gehen, lief es wie ein Schauer. Wem dieser muskelstrotzende Arm dies Messer da bis zum Heft in die Brust stieß, der zuckte und muckte nicht mehr. Und sie wussten, bei dem Lude Hekke waren solche Worte keine leeren Drohungen gewesen. Sie waren in einer jüngsten Märznacht schaudernde Zeugen davon gewesen, dass seine Faust blitzschnell zu treffen und zu fällen wusste. Noch einmal nahm Lude Hekke das Wort :

„Wir gehn jetzt von einander. Jeder seines Wegs für sich. Aber ich warne Euch : Lasst nicht sehen, dass Ihr mehr Geld in den Taschen habt, als der Verdienst bringt. Prahlet nicht damit vor dem Weibervolk auf dem Markte und hütet Euch, dass der Branntwein oder Grog Eure Zunge nicht schwatzhaft macht. Und einzeln – zu zweien und dreien geht fort – wer noch bleiben will, mags tun ! Ich geh zuerst."

---

[26] Auch „Genickfänger", aus der Jägersprache : Stichwaffe (scharfes Messer), um ein Tier mit einem Stoß ins Genick zutöten.

[27] Spitzname für Akener, Vorgänger von Hekke als Haupt der Schwarzbrüder

Er nickte den Genossen der „Schwarzbruderschaft" zu und ging zur Tür, die er offen ließ. Auch ein paar andere aus dem Kreise rüsteten sich zum Aufbruch. Die Anderen griffen wieder zu dem schmutzigen braunen Würfelbecher und ließen die Würfel über den Tisch klappern. Nichts konnte harmloser und unauffälliger sein, als diese Gruppe von Bootsleuten, die sich da zum Zechen und Spielen zusammengefunden hatte.

Lude Hekke hatte, nachdem er am Schanktisch seine Zeche berichtigt, die Wirtschaft „Zum Elbhafen" verlassen. Mit sich selbst zufrieden, schritt er dem Marktgewühl zu. Der heutige Tag war für ihn ein ergebnisvoller gewesen. Dieses Mädchen, das bei dem alten Tampke da unten in der Lenzer Wische in der Einsamkeit erblüht war, hatte seine Sinne wahrhaftig ins Kochen gebracht. Seit heute hielt er den Fischer an doppelten Fäden, an dem nicht leicht zerreißbaren der Habgier und der Angst. Und seine Zusage, die Stieftochter ihm zu geben, hatte er nun. Das Weitere würde sich finden. Weiber, die sich ihm gleich in der ersten Minute an den Kopf warfen, waren nicht nach seinem Geschmack. Die Herben, Trotzigen, die man erst mit halber Gewalt sich erobern muss, die taten es ihm schon eher an. Und wenn er sich diese Meta Streblow erst einmal in die Arme gezwungen hatte, ward sie auch wohl fügsam.

Seiner neuen Macht in der schwarzen Bruderschaft aber hatte er heute ein festes Fundament gegeben : ein goldenes ! Er hatte die Früchte seines eigenen verbrecherischen Lebens heute geopfert – zu größerem Zwecke. Indem er den Genossen die Hände mit Geld füllte und sie zugleich in der Furcht vor der eigenen Stärke und Wildheit erhielt, wurde er ihr unumschränkter Herrscher. Auf der Elbe sollte man's bald erfahren, dass die „Schwarzbruderschaft" mächtiger, verwegener und verschlagener arbeite als je zuvor.

Die Abenteuerlust, die dem Rothaarigen im Blute lag, machte sich auch hier geltend. Es war etwas Verwandtes zwischen ihm und dem fahrenden Volk, das mit seinem Schaukram auf den Märkten im Lande umherzog. Er trieb sich gern zwischen ihnen herum, und in Hamburg zur Dom-Zeit [28] hatte er des öfteren in der Mitte dieser „Fahrenden" gelebt, sein Geld mit ihnen ausgegeben, so lange es in seiner Tasche klimperte, und ihnen um das Essen Handlangerdienste leistend, wenn's damit zu Ende gegangen.

Beim vorletzten „Dom" in Hamburg hatt's ihm ein Mädel angetan gehabt, bei einer wandernden Seiltänzerfamilie, mit Augen, die wie dunkle Kohlen im Gesicht standen, und Haaren von glänzendstem Schwarz. Sie war sein geworden und ließ ihn nimmer, bis ihn ihre wilde Leidenschaft verdross und er sich von ihr wandte. Das war eine seltsame Abschiedsstunde gewesen. Wie eine fauchende Katze war sie ihm nach der Kehle gesprungen : „Ich lass Dich nicht – eher töte ich Dich !" Er hatte sich mit einem Faustschlag von ihr befreien müssen, um nur loszukommen. Und wiedergesehen hatte er sie seitdem nicht mehr. Vielleicht war sie gestorben oder verdorben – was schierte [29] sie ihn noch !

An einem der bekannten Kraftmesser, an dem ein Hieb mit dem wuchtigen Holzhammer die Puppe an dem mit Maßstrichen versehenen hohen Brett hinaufschnellen ließ, mühten sich ein paar Burschen ab, die Puppe bis zur höchsten Höhe zu treiben. Aber es gelang ihnen nicht. Hekke schob sie gelassen zur Seite.

„Ihr habt Binsen in den Armen, aber keine Knochen !" höhnte er.

„Ihr wollt Schiffer sein und könnt so 'was nicht 'mal regieren ?"

Verächtlich stieß er mit dem Fuß nach dem schweren Hammer von Holz. Drohende Blicke maßen ihn und drohende Worte trafen sein Ohr. Er lachte nur. „Platz da !" herrschte er die Nächsten an, die vor dem wilden Blick, mit dem er den Zuruf begleitete, betre-

---

[28] Hamburger Dom : Volksfest auf dem Heiligengeistfeld auf St. Pauli.
[29] Nebenform von „scheren".

ten zurückwichen. Er ergriff mit der Rechten allein den Holzhammer an seinem langen Stiel und schwang ihn um den Kopf, als sei's ein Weidenstab. Und mit der einen Hand nur zu weitem Schwung ausholend, schmetterte er den Hammer auf den Bolzen nieder. Krachend fuhr die eiserne Puppe gegen den Gipfel des Maßbalkens. Die Nächststehenden waren zurückgewichen. Die Lippen, welche vorhin Drohungen ausstießen, waren verstummt. Mit scheuer Bewunderung staunte man die Kraft dieses Mannes an, der es mit mehreren von ihnen zugleich aufnehmen würde, ohne besonders im Nachteil zu sein.

Lude Hekke lachte spöttisch auf und wandte sich zum Gehen. Aber plötzlich stockte sein Fuß. „Lude Hekke !" schallte es leise wie von einer Frauenstimme hart an seinem Ohr. Er fuhr herum. Niemand stand hinter ihm. Nur die graue Leinwand einer Budenrückwand zeigte sich. Betroffen starrte der Rothaarige darauf. Sie gehörte zu einem mit Seilen eingezäunten Platz, auf dem jetzt Blechlampen mit langen, schwelenden Dochten angezündet wurden, die eine rötliche Helle verbreiteten. Ein über zwei Spannkreuze aufgeschlagenes niedriges Seil und ein Gerüst mit ein paar Trapezen kündigten genugsam deutlich an, dass hier Seiltänzer und Akrobaten ihre Abendvorstellung alsbald beginnen würden. Diese Bude da, neben dem kleinen Wohnwagen errichtet, mochte wohl der wandernden Seiltänzergesellschaft als Ankleideraum dienen.

Kopfschüttelnd wollte der Rothaarige weitergehen. Hatten ihn seine Sinne getäuscht ? Zu deutlich hatte sein scharfes Ohr doch den eigenen leise geflüsterten Namen verstanden ! Da zuckte er zusammen. Die Zeltleinwand vor ihm hatte sich gelöst und eine Hand sich auf seinen Arm gelegt. Und wieder erscholl es, während ein dunkler Kopf hinter der zurückgeschlagenen Leinwand sichtbar wurde : „Lude Hekke – ich hab' mit Dir zu reden !"

Wie ein Blitz durchfuhr es ihn. Nun kannte er Stimme und Weib. Die schwarze Hanne vom Hamburger Dom ! Der nervenstarke Schiffer spürte doch ein Vibrieren seiner Pulse, als diejenige, an die ihn dies Marktleben eben noch erinnert, urplötzlich in der dunklen Zeltöffnung vor ihm stand. Was wollte das Mädel noch von ihm ? Wollte sie sich wieder an ihn heften ? Er konnte sie nicht gebrauchen in seinem lichtscheuen Leben, das vor ihm lag. Und er wollte auch nicht. Ein paar lichte graue Augen in einem frischen, ernsten Mädchengesicht stiegen blitzschnell vor ihm auf – ärgerlich suchte er seinen Arm von der kleinen kraftvollen Hand zu befreien, die sich daran festgekrallt.

„Ich hab‘ mit Dir zu reden, Lude Hekke !" klang es noch einmal an sein Ohr, und die nervige Frauenhand zog ihn in den von einer einzigen in einer Drahtschlinge hängenden Öllampe spärlich erleuchteten leeren Zeltraum, in dem Geräte und Kostüme auf ein paar Kisten umherlagen. Die Stimme der schwarzen Hanne hatte so ernst, fast feierlich geklungen. Zum Teufel, was wollte sie von ihm ? Nun stand sie in dem Dämmerlicht vor ihm, mit schmalem Gesicht, in dem die dunklen Augen glühten, und dem pechschwarzen Haar, das wirr und ungeordnet um ihre Schläfen hing. Eine alte Pferdedecke hatte sie umgeschlungen zum Schutze gegen die kühle Abendluft. An den verblassten rosa Seidenschuhen und dem Trikot an ihren Füßen sah er, dass sie noch mit den kleinen Füßen wie ehedem über das Seil lief, wild wie eine Mänade. [30]

„Was soll's ?" fragte der Rothaarige finster „Ich hätt‘ hier eher den Gottseibeiuns selbst zu treffen vermeint als Dich !"

Das Mädchen nickte mit einem bitteren Lächeln um den Mund.

„Glaub's, Lude Hekke ! Mir war's auch als schlüge der Blitz vor mir ein, als ich Deine Stimme da draußen bei dem Kraftspiel hörte.

---

[30] „Rasende", Frau in Ekstase im Gefolge des griechischen Weingottes Dionysos.

Und wärst Du meiner Hand und meinem Ruf nicht gefolgt, hier hinein – ich wär' Dir nachgegangen, so wie ich hier bin, bis ich Dich gefunden hätte."

„Was willst Du noch von mir ?"

„Dich !"

Der Rothaarige lachte leise auf. „Den Wunsch musst Du Dir schon vergehen lassen ! Ich hab' keine Zeit jetzt, mich um Mädel zu kümmern. Ich dächte auch – wir wären nicht so von einander gegangen, dass wir uns wieder in Frieden zusammenfinden könnten, selbst wenn ich wollte !"

Das Mädchen trat ihm einen Schritt näher.

„Und doch gehörst Du zu mir, Lude Hekke : denn da ist eins, das bringt uns immer wieder zusammen – – – "

„Was soll das Geschwätz, das ich nicht versteh ?"

„Das Kind, Lude Hekke !" Er starrte sie an, als habe sie den Verstand verloren.

„Als es vor der Zeit zur Welt kam," floss es leise über die Lippen des Mädchens, das sich immer dichter an den Schiffer drängte, „hatten wir unsere Arena in Neustadt bei Magdeburg aufgeschlagen. Drinnen im Wohnwagen lag ich und zerbiss mein Kopfkissen – ich wollt' keinen Laut von mir geben. Und als ich es wimmern hörte, packte mich die Wut. Des Vaters Abschied war ein Faustschlag gewesen, was sollte ich mit dem Kind ? Und ich hab' das Bett darauf gedrückt – bis es keinen Laut mehr von sich gab !"

In dem Gesicht des Schiffers ging die Farbe.

„Du hast - - - " die Frage kam ihm nicht über die Lippen.

„Acht Tage habe ich es unter den alten Lumpen versteckt gehalten, bis mir die Kräfte wiederkamen. Da bin ich eines Nachts hinausgelaufen, und gelaufen, bis ich an die Elbe kam – da hab ich's hineingeworfen mit einem Gruß an Dich, Lude Hekke, denn irgendwo auf der Elbe würdest Du ja sein !"

Den Schifferknecht durchschauerte es. War die Dirne von Sinnen hier? Oder war es furchtbare Wahrheit, was sie ihm anvertraute?

„Nun zieht es mich immer wieder dahin," flüsterte das Mädchen hart an seinem Ohr. „Noch diese Nacht geh ich dem Prinzipal durch. Ein paar Notgroschen hab' ich gespart. Ich will auf Magdeburg zu – nirgends anders hab' ich Ruh. Ich find dort schon, wovon ich mich ernähren kann. Und da, Lude Hekke, will ich auf Dich warten. Denn die Schuld an dem, was ich tat, ist Dein!"

„Geschwätz!" grollte, sein Grauen gewaltsam abschüttelnd, der Rothaarige.

„Was hätt' ich mit der Sache zu schaffen, wenn sie überhaupt wahr ist! Und nun lass mich, Du wilde, schwarze Katz'!"

„Hüte Dich vor ihr, Lude Hekke!" bebten ihre Lippen.

„Hüte Dich!" Aber schon hatte der Schiffer sich von ihr losgerissen. Er warf sich gegen die halbgelöste Leinwand, dass das ganze Zelt in seinem Stangenwerk knackte und erschüttert wurde. Über die Befestigungspflöcke des Zeltes stolpernd, gewann er das Freie. Ein gellendes, hysterisches Lachen der schwarzen Hanne schallte hinter ihm drein. Aber was er fürchtete, geschah nicht, sie machte keinen Versuch, ihm zu folgen. Die tolle schwarze Dirne! Natürlich hatte sie ihm ein Märchen aufgebunden. Es konnte ja nicht anders sein. Aber in Lude Hekke war doch die peinigende Empfindung rege geworden, eine Feindin zu besitzen, die ungebärdig wie eine Wildkatze und gefährlich wie diese war. Und gerade in Magdeburg, wo er selbst so oft seinen dunklen Geschäften nachging, wollte sie bleiben. Die Züge des Rothaarigen nahmen einen drohenden Ausdruck an. Wenn sie wieder seinen Weg kreuzte und ihm hinderlich würde – ah, s e l b s t mochte sie sich vor dem Strome hüten, dem sie im Dunkel der Nacht ihr Kind anvertraut haben wollte!

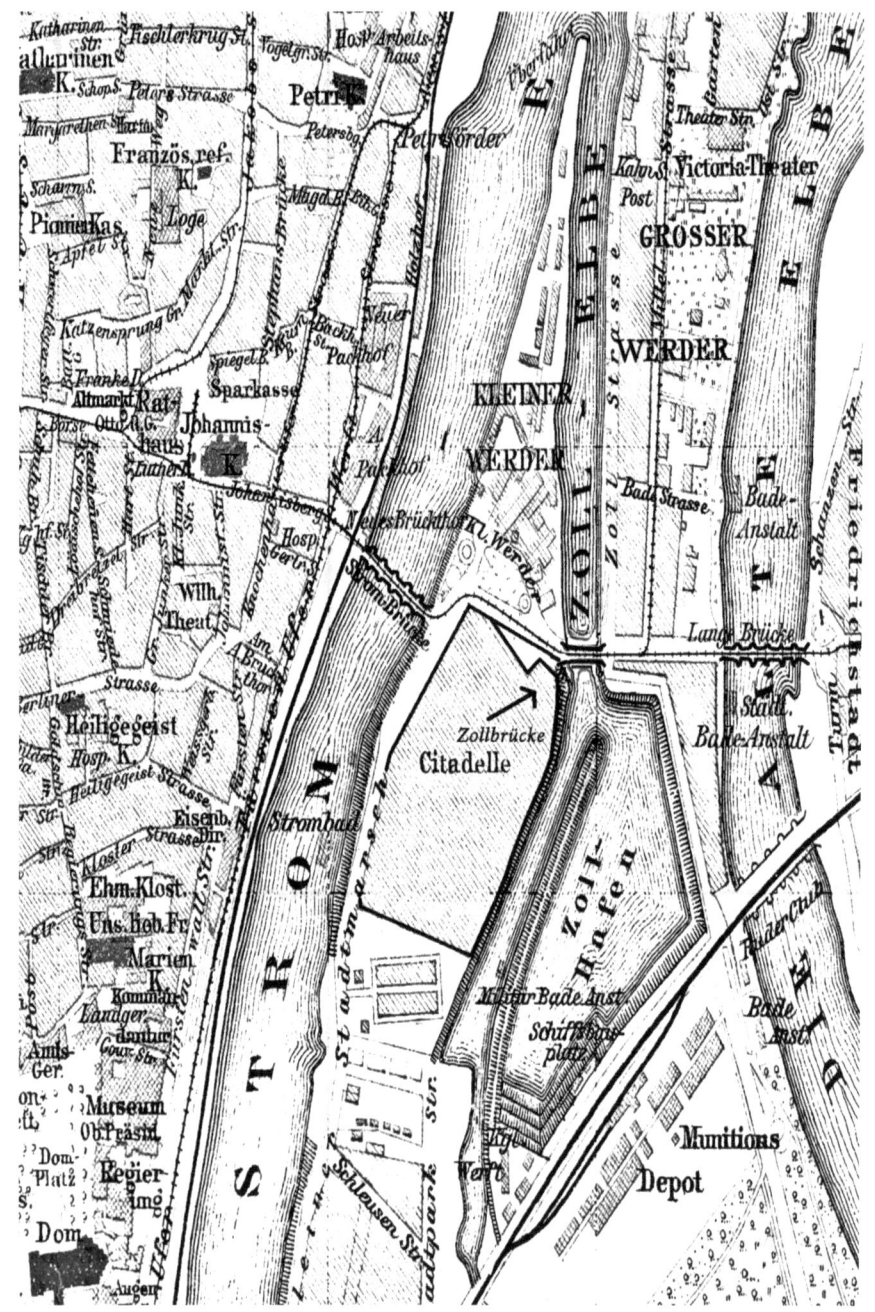

Magdeburg: Altstadt und Elbarme

5. Kapitel

Unerwartete Begegnungen

Gegenüber der Wartehalle für die nach dem Herrenkrug [31] fahrenden Personendampfer auf dem Jakobsförder [32] in Magdeburg, am Ende der Werftstraße, liegt das Gasthaus und Restaurant „Zum goldenen Schiffchen", in dem ein reger Verkehr der Schiffer und Schiffshaupter stattfindet. Die ganze bunte Einrichtung des Restaurants deutet schon auf das Schifferhandwerk hin. Unter einem großen Glaskasten in der Nähe des Büfetts steht ein goldgemaltes, dreimastiges Segelschiff im vollen Schmuck seiner Betakelung. Von dem Deckbalken im vorderen Teile des Restaurants hängen Modelle von Elbfischerkähnen zwischen Miniatur-Ankern und einem anderthalb Fuß langen Nagel, den die Zimmerleute längst vergangener Jahrhunderte einst in einen Balken der Wallonerkirche [33] getrieben hatten, aus dem ihn die Hände Lebender herausgeschnitten und hierher gebracht hatten. Modelle von Südseebooten mit ihren wunderlichen Auslegern gesellen sich hinzu. Und ähnliche Dinge, die an den Schifferberuf erinnern, zeigen sich in der durch eine offene Portiere [34] von der vorderen getrennten hinteren Hälfte des Schankzimmers, in dem außer ein paar kleinen Tischen ein Billard und ein mechanisches Musikwerk aufgestellt sind.

Zwar lagen noch drei Tage zwischen dem heutigen und dem Pfingstsonntage, aber das ganze „Goldene Schiffchen" glänzte schon in festlicher Sauberkeit, und grüne Maienzweiglein steckten

---

[31] Gasthaus im gleichnamigen Park, ehemals Krug der Ratsherren. Vgl. Anhang.

[32] Steile Straße in der Altstadt, vom Elbufer zur Jakobikirche. Vgl. Anhang.

[33] Kirche der Wallonischen Gemeinde.

[34] Schwerer Türvorhang, hier an einem Türrahmen.

schon hinter dem Spiegel und zierten das Büfett, an dem eine Frau von einigen dreißig Jahren ordnend und putzend beschäftigt war. Sie gewahrte in ihrer Emsigkeit nicht einmal, dass in die offene Tür des Restaurants ein junger Mann in Schiffertracht getreten war, und sah erst auf, als er sie anrief.

„Tag, Herr Wölling," sagte sie freundlich und kam, die Hände an der sauberen weißen Schürze abtrocknend, vor.

„Es ist auch ein Brief für Sie da !"

Die auswärtigen Schiffer lassen sich ihre Briefe nach Magdeburg zumeist unter der Adresse der Wirtschaft kommen, in der sie verkehren. Auch der junge Schiffer, in dem wir den schmucken Bootsmann von dem Kahn des Tangermünder Schiffseigners Karl Wölling wiedererkennen, der im Augenblicke der Not Meta Streblow hilfreich beisprang, ließ die Briefe, die er von Hause erhielt, hierher gehen. Während er sich nun von der flinken Wirtsfrau des „Goldenen Schiffchens" eine Weiße einschenken ließ, öffnete Fritz Wölling den Brief, der seines Vaters ungelenke Handschrift zeigte. Er enthielt eine Reihe von Ratschlägen und Warnungen. Auch der alte Wölling hatte wieder Verluste durch Diebereien auf seinem Kahne gehabt und mahnte seinen Sohn, der nun den neuen Elbkahn führte, zur Vorsicht und Wachsamkeit.

Während der junge Schiffer seinen Brief las, war ein breitschultriger Mann, der in seiner ganzen, aufrechten Art, dem Schnitt seines Bartes und Haares und seinem bestimmten Wesen den gewesenen Militär nicht verleugnen konnte, in das Lokal getreten und hatte einen scharf musternden Blick auf den einzigen Gast geworfen, den das Lokal um diese Stunde barg. Ein Schimmer des Erkennens ging über sein ruhiges, ernstes Gesicht mit dem kurzgeschnittenen dunklen Vollbart, und an den Tisch des Lesenden herantretend, sagte er :

„Sieh, da, Wölling ! Treffe ich Sie auch einmal wieder !"

Der junge Schiffer blickte von seinem Briefe auf und schnellte von seinem Sitze empor.

„Herr Vizefeldwebel Reimann !" rief er. „Das freut mich, jemanden von meiner alten Magdeburgischen Pionier-Kompagnie wiederzusehen ! Und grad' Sie, Herr Feldwebel ! Denn Sie haben's mit dem Fritz Wölling immer gutgemeint !"

„Na, er war auch ein Pionier, wie ich ihn brauchen konnte !" erwiderte der Angesprochene, dessen ernste Züge ein freundliches Lächeln erhellte.

„Was macht denn die alte Kompagnie, Herr Feldwebel ?" fragte mit lebhaftem Interesse, das gerade bei den Pionieren den alten Mannschaften noch lange Zeit für ihren Truppenteil zu bleiben pflegt, der Schiffer. „Ich höre so gern wieder von ihr. Und wenn ich mir erlauben darf, Herr Feldwebel – " er winkte der Wirtin, die eilig ein zweites Glas des leichten, schäumenden Getränkes herbeibrachte.

„Ja, Wölling, da fragen Sie mich zu viel !" sagte Reimann. „Sehen Sie mich an – ich trag' den Pionier-Waffenrock nicht mehr. Schon seit einem Jahr nicht mehr. Gleich, nachdem Sie zur Reserve entlassen waren, zog ich ihn aus ! "

„Das werden sie in der Kompagnie alle bedauert haben," rief Fritz Wölling mit ehrlicher Überzeugung. „Der Dienst mit den Pontons und auf dem Übungsplatze da unten an der Elbe mochte manchmal noch so schwierig sein, wenn Sie dabei waren und uns zuriefen : „Feste, Jungens ! Nicht lahm werden ! Das gibt's nicht bei den Magdeburgischen Pionieren !", Donnerwetter, dann griffen wir zu, und wenn uns die Sehnen schier zerreißen wollten. Aber, wenns nicht unbescheiden ist, wie kam denn das, dass Sie plötzlich von der Truppe weggingen ?" Der Gefragte zuckte die Achseln.

„Ich hatt's satt, nur ‚Vize' zu bleiben, und bei uns war nicht daran zu denken, Kompagnie-Feldwebel zu werden. Da habe ich den

Zivilversorgungsschein genommen und habe mich hier um die Stelle eines Polizeikommissars beworben. Gute Zeugnisse und die nötige Schulbildung hatte ich ja, und das Federwerk geht mir schnell von der Hand." „Ach so – unterbrach er sich lächelnd, als er Fritz Wöllings Blick verwundert seinen Zivilanzug streifen sah – „Sie vermissen an mir die Dienstuniform ! Und doch bin ich auch so im Dienst !" Und sich zu seinem Gegenüber hinüberbeugend, setzte er leiser mit einem Blick auf die wieder hinter ihrem Schanktisch hantierende Wirtin hinzu : „Sie haben mich in die Kriminalabteilung hinübergenommen. Das sage ich Ihnen im Vertrauen, Wölling, weil ich Sie als einen rechtschaffenen und tüchtigen Pionier einst kennen gelernt habe und weil Sie – er senkte seine Stimme noch mehr – mir gerade hier, als wenn der Zufall Sie extra für mich geschickt hätte, so recht gelegen in den Wurf kommen !"

„Ich ?" verwunderte sich der junge Schiffer.

„Gerade Sie ! Denn Sie waren Schiffer, als Sie zum hiesigen Pionierbataillon kamen – Sie sind doch Ihrem alten Berufe treu geblieben ?"

„Für mich gibt's keinen anderen, Herr Kom––, Herr Reimann !" rief, auf einen warnenden Blick des Beamten hin sich schnell verbessernd, Fritz Wölling.

„Ich möchte ihn auch mit keinem anderen auf der weiten Gotteswelt vertauschen, zumal seitdem ich selbst Vaters neuen großen Kahn führe. Ich bin an und auf der Elbe groß geworden und kann mir ein Leben ohne sie nicht denken. Der Strom und mein Kahn sind meine Welt, in der ich allein mein Glück finde."

„Ich glaube es Ihnen, Wölling !" sagte Reimann warm.

„Wenn nur alle, die auf der Elbe fahren, so denken wollten wie Sie – uns bliebe viel Mühe und Verdruss erspart."

Des jungen Schiffers Stirn zog sich in Falten :

„Sie meinen diese verd… Elbpiraten, Herr Reimann! Seit einigen Wochen wieder ist rein der Teufel los auf der Elbe! Da sehen Sie, eben krieg' ich einen Brief von meinem Vater, der hat auch wieder bluten müssen. Auch seine Ladung haben sie ihm wieder bestohlen. Heiliger Gott –" Der junge Schiffer hob seine kraftvollen Arme und schüttelte sie – „nur einmal möchte' ich einen von dieser Bande erwischen! Er soll's erst gut haben unter meinen Fäusten, eh' ich ihn der Polizei übergäb'!"

Reimann hatte mit dem sichtlichsten Interesse zugehört.

„Wölling," flüsterte er. „Ich seh', Ihnen wäre es ehrlich darum zu tun, die Spitzbuben endlich unschädlich zu machen. Dass Sie mich in diesem einfachen Zivilrocke hier in unmittelbarer Nähe des Hauptelbverkehrs Magdeburgs sehen, hat dieselbe Ursache. Seit Wochen schon bin ich mit meinen Leuten Nacht und Tag auf der Suche, aber jeder Schlag, den wir zu tun vermeinten, ist ein Fehlschlag. Wenn man uns nicht aus der Elbschiffahrt selbst zu Hilfe kommt, sind wir machtlos. Haben Sie denn keine Vermutungen, Wölling, wie und wo diese Elbpiraten endlich zu fassen sind?"

Der junge Schiffer schüttelte den Kopf.

„Keiner von uns, die wir selbst am meisten darunter leiden!" gab er zur Antwort. „Nur der Zufall kann uns zu Hilfe kommen. Und der kommt nie, wenn man ihn sucht."

„Bleiben Sie längere Zeit in Magdeburg, Wölling?"

„Nein, Herr Reimann. Heut mittag noch gehe ich mit meiner Ladung Zucker und Stückgüter zu Tal."

„Direkt nach Hamburg?"

„Ich habe auch Güter für Wittenberge und Dömitz und muss dort anlegen!"

Der sinnende Ernst trat wieder in des Kriminalbeamten Züge, als der letztere Name an sein Ohr schlug. Seine Gedanken schienen plötzlich von dem Gesprächsstoff abgewichen zu sein und ganz etwas anderem nachzuhängen. Nach einer ganzen Weile strich er sich hastig mit der Hand über die Augen, als suche er die vor ihm aufgetauchten Bilder zu entfernen, die ihn beschäftigt hatten. Er stand auf:

„Aufrichtig habe ich mich gefreut, Wölling, Sie wiederzusehen! Und wenn Ihnen ein Verdacht kommen sollte, wer mit diesen Elb-piraten unter einer Decke stecken könnte, Sie tun ein gutes Werk, wenn Sie es mich wissen lassen!"

„Darauf können Sie sich verlassen!" rief der junge Schiffer, in die dargebotene Hand einschlagend. „Aber ich fürchte nur – mir geht's wie allen anderen, diese vermaledeite, geheimnisvolle Schwarzbruderschaft gibt auch mir keine Gelegenheit, auf ihre Fährte zu kommen!"

„Also, gute Reise, Wölling, und wenn Sie wieder in Magdeburg liegen, es wird mich immer freuen, Sie einmal wiederzusehen. Wo Sie mich finden können, wissen Sie ja nun. Nein, Wölling – das Bier zahl' ich – Sie dürfen schon einmal mit Ihrem alten Vize-Spieß einen trinken!" Er ging mit freundlichem Kopfnicken gegen den Schiffer hinaus und eilte mit schnellen Schritten die Werft-straße hinauf.

Auf dem Antlitz des ehemaligen Pionierfeldwebels und jetzigen Kriminalbeamten war wieder der tiefe Ernst eingekehrt, welcher darauf schließen ließ, dass seinem Träger starke Gemütserregun-gen im Leben nicht erspart geblieben waren. Die Erwähnung des Ortes Dömitz hatte denn auch eine Flut alter Erinnerungen in Reimanns Herzen emporgejagt. Die kleine mecklenburgische Elbstadt barg jetzt diejenige, die hier in Magdeburg die erste wirk-liche Liebe in sein Herz ziehen ließ, die ihn so ernst und verschlos-sen und freudenarm gemacht hatte, als sie plötzlich sich von ihm, der auch ihrer Liebe gewiss zu sein glaubte, abgewandt und mit einem jungen Kaufmanne, mit dem Reimann bis dahin Freundschaft gepflogen, verlobt hatte. Aufs höchste verwundet durch diesen Doppelbruch der Liebe und der Freundschaft, der ihn jäh und unvorbereitet traf, hatte Reimann es unter seiner Würde gehalten, Aufklärung über die plötzliche Wendung von Marie Wendtlands Gefühlen zu fordern. Mit bitterem Schmerze hatte er von seiner Liebe Abschied genommen, und als er, vor nunmehr drei Jahren, erfuhr, dass der schnellen Verlobung Maries mit dem jungen Kaufmann Wilhelm Rebacker eine ebenso schnelle Hochzeit gefolgt sei und das junge Paar nach der mecklenburgischen Heimat des letzteren, in welcher er ein kleines Geschäft begründen wollte, abgereist war, endgültig sie, die nun des anderen Weib war, zu vergessen gesucht. Aber das Herz eines wackeren und echten Mannes vergisst nicht, wen es einmal fest umschlossen, und selbst Maries ihm bis auf den heutigen Tag unbegreiflich gebliebene Treulosigkeit vermochte ihr Bild nicht aus seiner Seele zu bannen.

Heute machte sich Reimann Vorwürfe darüber, dass er, als er ihre kurzen und kalten Zeilen empfing, in denen sie ihm erklärte, dass zwischen ihnen alles aus und zu Ende sei; sie habe eingesehen, dass ihre Zukunft bei Wilhelm Rebacker besser aufgehoben sei, nicht zu ihr geeilt war, um sich Aufklärung über die Gründe ihrer plötzlichen Sinnesänderung zu verschaffen. Aber sein tief verwundeter Ehrgeiz litt es damals nicht, und dunkel war ihm bis heute geblieben, weshalb sie den Freund, der von Reimanns tiefer Neigung zu Marie aus dessen Munde wusste, ihm vorgezogen !

Reimann schrak plötzlich auf; er war schon auf die Johannisbergstraße hinausgetreten, und die zur Strombrücke sich senkende Straße herab kam ein Wagen der elektrischen Straßenbahn herangesaust. Im Aufblicken aber sah er noch kurz vor sich eine junge, einfach gekleidete Frau, die das Geleise noch vor dem Wagen überschreiten zu können glaubte. Mit einem Blicke sah Reimann die Gefahr, in die die junge Frau sich begab; vorspringend ergriff er sie bei der Schulter und riss sie zurück, gerade noch rechtzeitig genug, dass der Wagen der Straßenbahn hart an ihnen vorüberflog. Bei dem Gefälle der Straße hätte selbst ein Anziehen aller Bremsen seitens des Wagenführers kaum verhütet, dass die Frau vom Wagen erfasst und zur Seite geschleudert, wenn nicht gar überfahren worden wäre.

„Aber sahen Sie denn den Wagen nicht?" rief Reimann der Frau zu. „Sie können von Glück sagen, dass – – –!" Er vollendete nicht, denn in diesem Augenblicke wandte ihm die Frau, die seine Faust noch rechtzeitig zurückgerissen, ein schmales Antlitz zu, auf dem der Kummer seine harten Runen eingegraben hatte, und nun starrten sich die beiden fast entsetzt an.

„Marie!" löste es sich in halblautem Ruf von den Lippen des Kriminalbeamten, während in dem Antlitz der blassen Frau eine flackernde Röte aufstieg. „Verzeihen Sie, Frau Rebacker ---," fügte Reimann gemessener hinzu – „Aber die Überraschung, in der Frau, die sich hier in Gefahr begab, Sie zu erkennen ---"

Marie sah, dass sein Blick, der auf ihren Zügen haftete, schmerzliche Überraschung ausdrückte.

„Ja," sagte sie bitter. „Sehen Sie mich nur an! Das ist die Marie Wendtland von ehedem, die so fröhlich sein konnte – – – und von der ihre Bekannten einst sagten, dass es nicht viele Magdeburgerinnen gäbe, die so hübsch seien wie sie --- "

Sein Blick umfasste sie noch immer und glitt jetzt an ihrer unscheinbaren, fast ärmlichen Kleidung nieder.

„Sind Sie nicht glücklich geworden?" fragte er leise und in seiner Brust begann es zu pochen. Ein wehes Lächeln ging über ihre Züge, das ihm tief ins Herz schnitt. Dann aber sagte sie hart :

„Das fragen S i e noch, Herr Reimann?"

Er starrte sie an, als spräche sie in einer fremden, unverständlichen Sprache mit ihm. Das Mitleid stieg brennend in ihm empor und die alte Liebe erwachte wieder in ihm. Sie musste unglücklich geworden sein in ihrer Ehe, tief unglücklich oder – – – ?

„Sie tragen noch Halbtrauer – Frau Rebacker?" sagte er leise, indem er, als sei dies selbstverständlich, an ihrer Seite blieb, als sie über die Straße zum jenseitigen Trottoir schritt und auf diesem der Strombrücke zuging. „Ihr Mann ist doch nicht – – – ?"

„Nein!" erwiderte die junge Frau mit vibrierender Stimme. „O, der befindet sich wohlauf. Meine Mutter hier in Magdeburg ist vor einem halben Jahre gestorben und ich bin nur herübergekommen, um den kleinen Rest meines Erbteils zu erheben. Mein Mann brauchts –"

„So leben Sie in Sorgen, Frau Rebacker?"

Sie zuckte die Achseln und schritt schneller auf dem Fußgängersteig der Brücke dahin. Drüben unterhalb der Zitadelle fuhr gerade ein mit Musik besetztes, viele fröhliche Menschen tragendes, buntbeflaggtes Dampfboot ab. Sie hatte keinen Blick dafür. Mit gesenktem Kopf strebte sie vorwärts, als sei es ihr peinlich, hier unter den vielen Menschen zu sein, welche zurzeit die Brücke passierten. Reimann blieb an ihrer Seite, ungewiss, ob ihr eiliges Ausschreiten nicht auch bestimmt war, seiner Begleitung zu entgehen. Ihr so verändertes, kummervolles Aussehen hatte sein ganzes Innere aufgerüttelt. Dieser Wilhelm Rebacker war immer ein etwas leichter Kumpan gewesen, wenn durch seine Schuld diese da unglücklich geworden wäre – – – seine Fäuste ballten sich und der Zorn gegen jenen, der ihm die Geliebte genommen, rauschte wieder in ihm empor. Als sie die Zitadelle erreicht hatten, bog die junge Frau zu einer der Bänke am Elbkai hinüber. Die Füße zitterten unter ihr, sie musste sich einen Augenblick niederlassen.

„Warum folgen Sie mir?" stieß sie, gegen Reimann gewandt, hervor. „Wollen Sie sich noch weiden an meinem Schicksal?"

Der Beamte war in voller Bestürzung einen Schritt zurückgetreten. „Um Gott – Frau Rebacker – – –! Sie haben mich hart und tief verletzt, als Sie damals so schmählich ein Herz von sich wiesen, das für Sie schlug – – – "

Er schwieg, denn von den Lippen der Frau, die er noch immer liebte, kam ein so ungläubiges und zugleich verächtliches Lachen, dass es ihn wie ein Peitschenhieb traf.

„Sie lügen also noch immer, wie Sie damals logen, als Sie mir von Liebe sprachen und hinter meinem Rücken – – – "

Reimann war bleich geworden unter diesen anklagenden Worten. Er schwankte fast und seine Hand griff nach dem Stamme des der Bank zunächst stehenden Baumes. Dann aber raffte er sich zusammen und Schmerz, Groll und Liebe sprachen aus den fliegenden Worten, die er nun an sie richtete:

„Dass Sie Wilhelm mir vorzogen – das mochte Ihr Recht sein, Frau Rebacker! Dass Sie es in so kränkender Weise für mich taten – ich hab's lange nicht und auch heute noch nicht ganz verwinden können. Aber was Sie da eben sagten, das greift an meine Ehre und das darf ich selbst Ihnen nicht gestatten. Es muss da etwas zwischen uns liegen, was ich nie erfahren habe, denn bei Gott, Marie – es konnte Sie keiner auf Erden so redlich und ehrlich lieb haben wie ich!"

„Und doch haben Sie Ihrem damaligen Freunde, der nun mein Mann ist, gesagt, dass es Ihnen nur darum zu tun sei, mit mir ein bloßes Spiel zu treiben – – – "

„Marie!"

„Wollen Sie das wirklich leugnen, Reimann?"

Mit keuchendem Atem stand der Kriminalbeamte vor ihr.

„Und das – das haben Sie von mir glauben können?"

„Musste ich es nicht ?" flüsterte die blasse Frau schmerzlich.

„Denn Sie haben es Wilhelm ja nicht nur gesagt – Sie haben es ihm auch geschrieben !"

Die herumlungernden Müßiggänger, die hier auf diesem Teile des Elbkais zu allen Tageszeiten zu finden sind, waren auf das Paar, das sich, wenn auch mit unterdrückter Stimme, so doch in sichtbarer Erregung unterhielt, aufmerksam geworden, und ein paar näherten sich langsam der Bank.

„Frau Rebacker," sagte Reimann, gewaltsam seine Erregung über das Gehörte unterdrückend. „Was ich im Stillen gefürchtet, ohne Beweise dafür zu haben, das wird mir aus Ihren Worten schon klar. Wir sind einem Schurkenstreich zum Opfer gefallen – Sie und ich ! Und nun ich das weiß, muss es ganz klar werden zwischen uns. Wissen Sie noch, wo wir uns zum ersten Male sahen ? Das war in der Pappelchaussee, die drüben von der Friedrichstadt aus nach dem Herrenkrug führt. Ich kam mit meiner Abteilung vom Schießplatz auf dem Cracauer Anger, [35] und Sie gingen an der Seite Ihrer Mutter. Nie vergaß ich den Augenblick, als ich Sie sah und Sie verlegen niederblickten. Vertrauen Sie mir und folgen Sie mir dahin – das Schicksal hat uns von einander gerissen. Aber es soll uns auch nicht nur für eine Stunde wieder zusammengeführt haben, ohne dass wir erkennen, warum es in uns wie Groll gegen einander liegt !"

Schweigend erhob sich die blasse Frau und schweigend schritten die beiden neben einander her, über die Zollbrücke [36] und die Lange Brücke jener Allee zu. Hier erst nahm die junge Frau das Gespräch wieder auf. . . . „Wenn ich Sie sehe und sprechen höre, will mir alles wie ein wüster und toller Traum erscheinen," sagte sie.

---

[35] Exerzierplatz im Stadtteil Cracau. Vgl. Anhang.
[36] Zu den Magdeburger Brücken siehe Anhang.

Zollbrücke in Magdeburg. Karl A. Rosenthal 1879

„Und doch – das Schreiben existiert von Ihrer Hand. Mehr noch, ich trage es immer bei mir – – – "

„Zeigen Sie es !" heischte er stürmisch. Schweigsam nestelte sie aus ihrer Tasche ein Portemonnaie los und zog ein vielfach zusammengelegtes Papier hervor. Die Tinte war an mehreren Stellen verlöscht, als wären heiße Tränen darauf gefallen.

„Ah !" schrie Reimann fast auf, als er das Blatt entfaltet und durchflogen. „Eine Fälschung – eine gemeine Fälschung das Ganze – um Sie von mir loszureißen. Und trotz der verstellten Schrift kenne ich den Schreiber – der Schuft – – –"

Er hielt inne. Tödlicher Schreck blickte aus den Augen der Frau ihm entgegen. Auch ohne dass er den Namen aussprach, erriet sie ihn. „Wilhelm ?" schrie sie fast auf – „Er – er !"

Reimann hatte sich wortlos abgewandt. Seine Fäuste waren geballt und auf der Stirn stand ihm eine dicke rote Zornesader. Und diesen Mann, der ihn mit den niedrigsten Mitteln um sein Glück bestohlen, hatte er Freund genannt ! Ein wilder Schmerz tobte in ihm und zugleich eine nach Ruhe heischende Erbitterung. Aber die letztere wich langsam, als er die Frau in stiller Trostlosigkeit mit fließenden Augen vor sich stehen sah.

„Warum habe ich ihm getraut?" bebte es von ihren Lippen. „O, mein Gott, wie hart und wie gerecht hast Du mich nun gestraft!"

Und nun stellte schnelle Rede und Gegenrede alles klar. Eine plötzliche Abkommandierung Reimanns für eine Woche, von der er Marie Wendtland von Magdeburg aus keine Kenntnis mehr geben konnte, war von Wilhelm Rebacker, dem verräterischen Freunde, den selbst heiße Leidenschaft zu dem hübschen Mädchen erfüllte, schlau benutzt worden. Aber Marie schenkte seinen Verdächtigungen erst Glauben, als jener den Brief produzierte, und in dem Schmerz ihrer verraten geglaubten Liebe warf sie sich dem anscheinend es so ehrlich mit ihr Meinenden in die Arme.

Wortlos gingen die zwei wieder auf die Friedrichstadt zu. Am Eingang der Chaussee nahmen sie Abschied von einander, für immer, wie sie dachten. Sie, um zu dem ungeliebten und nun verachteten Gatten zurückzukehren, an den sie ihr zweijähriges kleines Mädchen gebunden hielt. Er, um in seinem ernsten und gefahrvollen Beruf Vergessen zu suchen. Und doch sollte es die geheimnisvolle „schwarze Bruderschaft" der Elbpiraten sein, die diesen beiden vielgeprüften Menschen noch Stunden der bittersten Qual bereiten würde!

6. Kapitel
Geheime Mächte

Schwer beladen lag der in seinem neuen roten Anstrich weithin leuchtende Kahn, der den Namen „Carl Wölling, Tangermünde" auf seinen blauen Bugschildern trug, auf der Magdeburger Stromelbe unterhalb der neuen Elbbrücke.

Stromelbe mit Schleppzug in Magdeburg　　　Photo Hermann Dieck

Die Ladung war an Bord. Sobald der junge Schiffer seinen Fuß an Bord setzte, konnte die Fahrt stromabwärts angetreten werden. Einem älteren Bootsmann, der längere Zeit schon in Diensten seines Vater gestanden, hatte Fritz Wölling die Aufsicht übergeben, während er in die Stadt gegangen war. Er konnte sich auf den Franz verlassen. Auch die anderen beiden Bootsleute, die noch an Bord waren, hatten sich bewährt.

Um so überraschter war der junge Schiffer, als er zu seinem Kahne zurückkehrte, nur den einen von den beiden vorzufinden. Der andere war von einem fremden Schiffsmanne vom Land aus angesprochen worden und auf dessen Aufforderung mit ihm in eine unfern der Liegestelle des Kahnes gelegene Schnapskneipe gegangen – um, wie er seinem Bootsgenossen noch zurief, in einer halben Stunde zurückzukehren.

Aber statt mit dem Saumseligen kam der von dem alten Bootsmann nach ihm auf die Suche geschickte Junge mit einer ganz merkwürdigen Geschichte auf dem Kahne an. Der Landsmann, der ihn zum Besuch jener übelberufenen Taverne verleitet, hatte den Bootsknecht von Wöllings Kahn zuerst mit Schnaps traktiert, dann aber plötzlich mit ihm Streit bekommen und in jähzorniger Aufwallung, ehe die anderen Anwesenden sich ins Mittel legen konnten, ihn mit einem Schlagring bearbeitet, dass jener blutend und bewusstlos zusammengesunken und mit Hilfe der erschienenen Polizei zur nächsten Polizeiwache gebracht worden war, wo man ihn verband, aber sogleich seine Überführung ins Krankenhaus anordnete.

Eine Gruppe von Bootsleuten, die sich am Ufer neben dem Wöllingschen Kahn versammelt hatte, besprach gerade den Fall, als Fritz Wölling zurückkehrte. Mit finsterem Gesicht hörte er den ihm von dem alten Franz gegebenen Bericht an. Er brauchte für den ins Krankenhaus geschafften Mann notwendig einen Ersatz an Bord. Aber der Weg wieder hinauf zum „Werftkeller" oder zu irgend einem anderen „Verkehr" der Bootsleute, um einen neuen Mann anzuheuern, kostete schöne Zeit, die ihn schon ein gut Stück den Strom hinabtragen konnte. Deshalb sah er nicht gerade unwillig auf, als aus der Gruppe der Bootsleute am Ufer einer zu ihm trat, an der Mütze rückte und meinte :

„Mit Verlaub – wenn's an einem Mann fehlen tut – ich stünd' wohl gern ein !"

Der junge Schiffer warf dem Sprecher einen prüfenden Blick zu. Der nahm nicht gegen den Mann ein. Breit und muskulös war er, und seine beschmutzten und fleckigen Papiere, die er hervorzog, waren in Ordnung. Fritz Wölling zauderte noch. Bisher war er mit Leuten gefahren, die er längere Zeit kannte und die an ihrer Zuverlässigkeit keinen Zweifel aufkommen ließen. Den Bootsmann da kannte er nicht, wenn auch seine Papiere in Ordnung waren und er selbst keinen schlechten Eindruck machte. Aber ihn reute die Zeit, die er verlor, und wusste er von dem, den er oben am Hafen anheuern würde, mehr ? So nahm er denn nach kurzem Besinnen den Mann, der sich ihm angeboten hatte, an, der nun schleunigst sich entfernte, um seinen Kleidersack zu holen und sich mit ihm alsbald an Bord des Wöllingschen Kahnes zu begeben.

Der junge Schiffer hielt, während die Taue gelöst und der eiserne Anker aus dem Elbgrund herausgeholt wurde, seinen neuen Mann nach Möglichkeit im Auge. Dann aber nickte er befriedigt. Der Mann verstand sein Schifferhandwerk und erwies sich als ruhig und anstellig. Noch war eine Stunde nicht vergangen, da schwamm der rote Tangermünder Kahn im Strom die Elbe hinab, und, auf den Lenkbaum des Steuers gelehnt, sah Fritz Wölling das Panorama der Elbe unterhalb der Stadt langsam an sich vorüberziehen. Er kannte aus den zahllosen Fahrten, die er mit seinem Vater gemacht und auf denen ihm später die Führung des Steuers überlassen war, das Fahrwasser genau, und während er schier gewohnheitsmäßig dem schwerbeladenen Kahn den richtigen Kurs gab, eilten seine Gedanken dem breiten roten Bug desselben weit voraus.

Eine fröhliche Zukunftszuversicht schwellte die Brust des jungen Schiffers. Hier, auf dem Steuerdeck seines Kahnes, war er ein König in seinem Reiche. Der breite Strom, auf dem sein Kahn dahinglitt, hatte ihm seine Geheimnisse an Flutrinnen und Untiefen preisgeben müssen, die Ufer waren ihm längst vertraut, und wenn ein Ort, der hart an ihnen gelegen war, herankam, schienen die Türme und Dächer und Baumwipfel ihn schon vorher zu grüßen. Die große Sorge des Lebens, die pekunäre Not, würde seinen Lebenskurs nicht kreuzen; als einziger Sohn des angesehenen und vermögenden Schiffers Wölling in Tangermünde war er dereinstiger Erbe des hübschen Häuschens seiner Eltern in der Kirchstraße und der beiden Kähne, und manch' Tangermünder Schiffertochter schielte nach dem jungen hübschen Schiffer, der, auch ohne die

„gute Partie", die sich mit ihm bot, das Wohlgefallen aller heiratsfähigen Mädchen elbauf und elbab zu erwecken imstande war.

Vor kurzen Wochen hatte ihm sein Vater daheim erst gesagt : „Fritz, Du bist nun Dein eigener Schiffsherr – auf die Dauer taugt's nicht, allein zu fahren. Sieh Deine Kahnkajüte an. Es gibt nicht viel Schifferfrauen auf der Elbe, die auf dem Kahn ihres Mannes eine solche haben. Nun guck' Dich bald um und führe Deiner Mutter 'ne Schwiegertochter ins Haus. Und merke Dir – ein Wölling kann an jede Tür anpochen. Aber nimm Dir eine, die an und auf der Elbe groß geworden ist – zu einem Schiffer gehört eine echte Schifferfrau – nicht eine, die gleich zu jammern anfängt, wenn sie mal in einen Kahn steigen soll. Daran denk', Junge !"

Fritz Wöllings Augen schimmerten auf, als ihm jetzt diese Worte einfielen. Freilich – daran gedacht hatte er schon lange. Und seit jenem Ostermarkt in Tangermünde war der Gedanke eigentlich nicht mehr von ihm gewichen. Aber wenn er früher wohl an die oder jene gedacht, die ihm nicht übel wohlgefallen hatte und die in einem Schifferhause seiner Vaterstadt daheim war, seit jenem Tage standen zwei klare graue Augen vor ihm, schritt oft in seinen Träumen ein schlankes hochgewachsenes Mädchen auf leichtem, flinkem Fuß an seiner Seite dahin. Und dann ging's ihm wunderlich genug. Er hätte seinen Kahn an das nächste Ufer anlegen mögen und querfeldein laufen, um sie zu finden. Wenn er nur gewusst hätte, nach welcher Richtung hin er den Fuß setzen sollte !

Aus seinen Augen war das junge Mädchen entschwunden, von dem er nichts kannte, als ihre anmutige, frische Erscheinung, aber nicht aus seinem Herzen. Denn darin stand ihr Bild eingegraben, tief und fest. Er hatte damals am Abend und tags darauf ganz Tangermünde nach ihr abgesucht. Vergeblich ! Und wohin er sich mit vorsichtigen Fragen wandte, hatte man ihn erstaunt angese hen. Vielleicht ein Mädchen aus der Börde [37] oder aus einem Dorf vom anderen Ufer drüben !

Nein – er kannte sie aus der einzigen Stunde, die sie zusammengeführt, besser. Sie liebte den Elbstrom, und auf einem Kahne hatte er sie zuerst gesehen. Jetzt freilich schlug sich Fritz Wölling vor den Kopf und schalt sich dumm und hirnstützig einmal nach dem anderen, während seine scharfen grauen Augen gleichwohl auf dem Strome vor ihm ruhten und er keinen Augenblick vergaß, seinen Kahn in der sicheren Fahrrinne des Flusses zu halten. Das Leichteste, Nächstliegende war ihm zur rechten Zeit nicht eingefallen. Er hätte ja nur auf dem Kahn von Johann Bartmann nach ihr fragen können, aber als ihm der Gedanke beikam, schwamm der schon wieder auf dem Strome. Und der Himmel mochte wissen, wann er wieder einmal mit dem zusammen zu liegen kam !

Sein alter Bootsmann Franz kam mit dem Essen zu ihm von vorn herüber über den Kahn und brachte es in seine Kajüte. Hier, wo die Elbe einen guten Strich geradeaus lief und wo kein „dröger Sand" unter der dunklen Flut verhängnisvoll lauerte, konnte er ihm die Steuerung anvertrauen. Und so stieg er hinab, um zu essen. Blitzsauber war alles in der Kahnkajüte Fritz Wöllings. Sein alter Vater hatte recht. Eine Schifferfrau, die ihren Mann auch auf der Fahrt begleitete, die musste sich hier wohl fühlen. Es war ja auch schon alles für sie vorhanden. Sogar das blütenweiße Bett in der Koje mit den rotgekanteten Vorhängen. Und die kleine Kombüse war mit allem bestellt, was eine am Kochen ihre Freude habende Frau sich nur wünschen konnte Aber die innen weißlackierte, mit Kanten in leuchtendem Rot in den Füllungen abgesetzte Kajüte sah nur ihn allein, und die Bank auf dem hinteren Kahnverdeck stand leer. Auf ihr musste sich abends, wenn man angelegt

---

[37] Magdeburger Börde, Landschaft unmittelbar westlich Magdeburgs.

hatte und nach des Tages Last seine Pfeife geruhsam rauchte, gut ruhen lassen, wenn die Eheliebste neben einem saß und mit horchte auf das leise Gurgeln des Stromes unter dem Kahnboden, das Rauschen des an dem Kastensteuer sich brechenden Wassers und das Flüstern des Abendwindes in dem Uferschilf. Das war das richtige Schifferkonzert, bei dem es einem so ruhig, still und friedlich ums Herz wird!

Oben von dem knospenden Busch hatte er sich auf dem Schlossberg, wo das fremde Mädchen von ihm gegangen war, gedankenlos einen Zweig abgepflückt und ihn ebenso gedankenlos, als er in das Städtchen zurückging, auf das Steinpflaster geworfen. Aber von einer sentimentalen Anwandlung erfasst, die dem jungen Schiffer sonst unbekannt war, hatte er ihn wieder aufgenommen und die knospende Spitze zu sich gesteckt. Die trug er noch in seinem Taschenbuch. Seine Hand griff danach, aber als sie die Papiere des neu an Bord genommenen Schiffsknechtes fasste, die er eingesteckt hatte, um sie in seinem mit festem Schloss versehenen Kajüten-

Am Steuerbaum eines Elbkahnes   Zeichnung Paul Kretschmar

schrank, der seine Ladepapiere usw. und sein Bargeld enthielt, zu verwahren, nahmen seine Gedanken eine andere Richtung. Während er den in die Wand eingelassenen Schrank aufschloss und nicht nur die Papiere hineinlegte, sondern auch den heute früh im „Goldenen Schiffchen" in Magdeburg empfangenen Brief seines Vater, fielen ihm die Warnungen des letzteren ein. Er lächelte. Seine Augen sollten schon Wacht halten !

Und just in dem nämlichen Augenblick, in welchem er, seiner jungen Kraft und seiner Wachsamkeit vertrauend, der gefürchteten „schwarzen Bruderschaft" der Elbpiraten lachte, empfing sein Kahn das Zeichen, das den auf der Lauer liegenden Genossen der geheimnisvollen Organisation künden sollte, dass auf diesem Kahne „etwas zu machen sei" und die nötigen Vorbereitungen für den nächtlichen Raub schon getroffen würden.

Aus der Kajüte der Bootsleute im Bug des Kahnes war der neue Schiffsknecht aufgetaucht, der sich seine kurze Pfeife gestopft und angezündet hatte und gleichgültig auf den Strom, auf dem sie bei dem guten Wasser schnell dahinglitten, hinblickte. Die Sonne schien heiß vom Himmel herab und glühte von den heißen Planken des Deckes zurück. Nachlässig nahm der Mann einen der Holzeimer, die an der niedrigen Schanzverkleidung standen, befestigte ein Tau daran und beugte sich weit über den Kahnbord, um Wasser zu schöpfen und das heiße Deck zu übergießen.

Das war etwas so gewöhnliches und in den heißen Monaten sich alle Augenblicke wiederholendes, dass der alte Bootsmann Franz, der noch am Steuer stand, gar nicht darauf hinsah und somit dessen auch nicht inne wurde, dass der neue Schiffsknecht ungewöhnlich lange über Bord gelehnt blieb, bis er endlich seine Pütze mit Wasser heraufzog und ihren Inhalt über das Vordeck hingoss.

An der Stelle, wo er sich niederbeugt, trug unterhalb der holzfarbenen Bordwandbemalung in dem roten Streif, der noch über dem Namensschild weglief, der Bug des Wöllingschen Kahnes ein paar krause, wunderliche Zeichen, die eine schnelle Hand mit einem Stückchen Holzkohle darauf angebracht. Wohl waren sie auch dem gleichgültig über den Kahn hinschweifenden fremden Auge bemerkbar, aber sie sahen so wenig befremdend aus, dass sie selbst dem aufmerksamen Auge höchstens als eine Lässigkeit des Jungen erschienen, der seinen aus einer Anzahl an einer Stange befestigten Lappen bestehenden Bordputzer wieder einmal nicht ordentlich gehandhabt hatte.

Am nächsten Vormittage lag Fritz Wöllings Kahn in dem kleinen Hafen von Wittenberge und sein Führer betrieb das Löschen der für diesen Platz bestimmten Güter und die Einnahme der hier auf ihn wartenden so eilig wie möglich.

Der Elbstraße in Wittenberge schritt gemächlich ein Mann entgegen, der zuweilen den braunen Saft des Priems, den er kaute, ausspie, aber in seiner Tracht sonst nicht den Schiffer herauskehrte. Ein alter Strohhut saß ihm auf dem brandroten Haar, und dem Anzug nach sah er eher aus wie einer jener Hausierer, die mit ihrem Karrenwagen durch die Straßen ziehen und heute Räucherwaren, morgen Kartoffeln und am dritten Tage Beeren und Frühobst ausrufen.

Bei der über den Hafenrand wegragenden Zollbude blieb er stehen und sah gleichgültig auf das nicht allzu starke Hafengetriebe hinab, in dem ihm der neue rote Kahn vor allem ins Auge fiel. Langsam, die Hände in den Taschen des über das blauwollene Hemd gezogenen leichten Jacketts vergraben, schlenderte der Mann zu dem Platze hinunter, wo eine Anzahl Fischerboote am Ufer lag, und ging näher an den Kahn heran, der seine Aufmerksamkeit erregt hatte.

In Lude Hekkes Augen glühte es auf, als er, den Blick über den Kahn gleiten lassend, die Kohlenstriche am Bug desselben entdeckte. Den alten breitrandigen Strohhut noch tiefer ins Gesicht ziehend, schob er an dem Kahne vorbei, aber seine Augen erfassten wie im Fluge alles. Und als er unter den arbeitenden Bootsleuten den im Magdeburg neu angeworbenen Mann sah, lief ein Zucken über sein Gesicht. Es gab lohnende Arbeit. Nur solange blieb er stehen, bis jener seiner ansichtig geworden war und er sich erkannt wusste. Ohne sich weiter um den Kahn zu kümmern, ging Lude Hekke wieder von dannen. Ein Genosse der „schwarzen Bruderschaft" war an Bord. Und der wusste, wo er ihm Nachricht zukommen lassen konnte.

Langsam schritt Lude Hekke wieder zur steil ansteigenden Elbstraße hinauf, mit der ganzen Gemächlichkeit eines zurzeit unbeschäftigten Mannes, den die Neugier hierher, nach dem Elbteile Wittenbergs, treibt. Er ging vorüber an dem großen dreistöckigen roten Lagerhause, sah mit dreister Neugier in das Innere der Zollbude und musterte die hübsche Restauration „Zur Elblust", deren Balkon von dem dichten Laubdach alter Bäume überschattet wird. Ab und zu blieb er an dem Geländer des Elbdammes stehen, warf einen Blick auf den breiten Strom hinaus, der hier von der mächtigen Eisenbahnbrücke überspannt wird, deren Brückenköpfe kastellartig aufragen, oder ließ seine Augen über den von der Stromelbe zum Hafen gehenden Elbarm gleiten, auf dem ein paar Jungens ihre plumpen Ruderversuche in einem Boote machten. Dann ging er langsam weiter, bis er zu einem niedrigen, von vier gerade verschnittenen Linden beschatteten Hause kam, von dem das Schild : „August Wolgast, Schifferverkehr" ihm entgegenwinkte. Man musste ein paar Stufen die rechte Böschung des Elbdammes, an dem die einzige Häuserreihe der Wittenberger Elbstraße liegt, hinabsteigen, um zu dem Hauseingang zu kommen.

Eisenbahnbrücke bei Dömitz 1873 - 1945

Rechts öffnete sich dem Eintretenden ein schmales Gastzimmer mit kleinem Schankstand in der hinteren linken Ecke neben der Küchentür und einer Reihe von Holztischen vor einer an der rechten Längswand, deren drei Fenster auf die Elbstraße hinausgingen, sich hinziehenden Bank. Bunte Plakate von Brauereien und ein paar schlechte Photographien aus dem Hamburger Hafen hingen an den Wänden. Die der Eintrittstür gegenüberliegende Tür, mit einem kleinen runden Fenster versehen, führte in den kleinen Kramladen, der von außen einen besonderen Zugang hatte.

Lude Hekke setzte sich an den weißen Tisch, warf seinen Hut neben sich auf die Bank und bestellte sich Schnaps, Bier und zu essen. Um die Mittagsstunde, wenn in dem Arbeiten auf dem Kahne eine Pause eintrat, würde sich sein Genosse schon einen Augenblick fortstehlen, um ihn hier, wo er ihn zu finden wusste, zu treffen.

Mit gesundem Appetit aß und trank der Rothaarige. Die letzten Wochen hatten viel nächtliche Arbeit und reichlichen Lohn gebracht. Er hatte in einem kleinen Häuschen unmittelbar am Dömitzer Hafen einen Provianthandel angefangen, den er tagsüber betrieb. Hierhin konnte auch der findigste Schnüffler seine Nase stecken. Er würde nichts gefunden haben, was auch nur den leisesten Verdacht erregt hätte. Der Mieter beschäftigte sich anscheinend nicht mit etwas anderem als seinem ehrlichen Geschäft.

Daneben trieb er einen Produktenhandel, der ihn oft in die Umgebung, selbst bis Magdeburg hinauf führte. Seit kurzem hatte er sich auch einen leichten Karrenwagen und ein Pferd angeschafft. Mit diesem Geschirr war er oft in den Elbdörfern der Lenzener Wische und trieb Handel wie ein Dutzend andere, die hier wohnten, und einen Handel obendrein, der das Licht nicht zu scheuen brauchte. Seinen einstigen Schifferberuf schien er völlig aufgegeben zu haben.

Die engere Verbindung mit dem alten Fischer Tampke, die er eingegangen war, erwies sich vorteilhaft für beide. Nur in einem war er seit dem Ostermarkt in Tangermünde um keinen Schritt weitergekommen : Meta Streblow wich ihm aus, wo sie nur konnte. Viel Zeit, sich um sie zu bekümmern, hatten diese Wochen, in denen er oft Tag und Nacht seinem ehrlichen wie seinem lichtscheuen Gewerbe nachging, ohnehin ihm nicht gelassen. Aber in zwei Tagen war Pfingsten, und diese Festtage sollten endlich reine Bahn für ihn zu der Stieftochter des alten Fischers schaffen.

Ein Schatten glitt an dem sonnenbeschienenen Fenster vorüber, an dem er saß, und gleich darauf öffnete sich die Tür. Ein schweißtriefendes Gesicht blickte herein. Ein warnender Blick aus den Augen Lude Hekkes ward verstanden. Gäste waren gekommen und saßen an den Tischen. Hier war ein Austausch von Mitteilungen gefährlich. Der Schiffsknecht von Wöllings Kahn ging denn auch, ohne von Lude Hekke Notiz zu nehmen, an den Schankstand, ließ sich ein Glas Bier eingießen und erhandelte eine Flasche Rum, die er unter seine gestrickte Jacke schob. Umständlich zündete er dann noch eine der gekauften billigen Zigarren an, und erst als er sah, dass Lude Hekke das Wolgastsche Lokal verlassen hatte, ging auch er langsam hinaus, die Elbstraße dem Hafen zu wieder hinauf. Den grauen Dampf aus seiner Zigarre paffend, sah er auch zu, wie hier soeben der Passagierdampfer von Havelberg anlegte und schob sich an den gleichfalls über das Geländer des Elbdammes gelehnten Rothaarigen heran.

„Wir liegen in Dömitz die Pfingsten über !" zischelte eine Stimme in Lude Hekkes Ohr. „Aber der Schiffer passt auf, als gehöre er zu den Schnüfflern. Nur wenn er von Bord geht, wird's möglich sein. Für die Mannschaft sorg' ich. Nur in der Nacht zwischen den Feiertagen kann es geschehen. Am Pfingsttag und -abend wird der Schiffer an Land gehen. Vielleicht könnt Ihr's erreichen, dass man ihn länger festhält. Seht nach dem Kahnsteuer, wenn Ihr in der Nacht zu Wasser herankommt. Steckt ein Maibusch dran, so heißt's : „Alles bereit !"

Lude Hekke nickte nur. Ohne den Genossen eines Blickes zu würdigen, ging er davon. In Lenzen hatte er Pferd und Wagen eingestellt. 1 Uhr 20 ging der Zug von Wittenberge nach Lüneburg, der Lenzen berührte. Wenn er gut ausschritt, konnte er den Bahnhof zu diesem Zuge noch erreichen. –

Lenz(en)er Wische

7. Kapitel
Das Geheimnis eines Fischerhauses

Von der mecklenburgischen Grenze, die hier durch die kleine in die Elbe fließende Löcknitz bezeichnet wird, bis zum Einfluss der Havel in den Strom dehnt sich, vom Elbstrom bis an die kleine Stadt Lenzen gehend, die sogenannte „Lenzener Wische" aus. Eine Elbniederung, die zwar durch einen hohen Deich vor dem im Herbst und besonders im Frühjahr oft ungebärdig und wild werdenden Strom geschützt ist, indessen durch Grundwasser stark bewässert wird. In den Sommermonaten ist die Wische deshalb ein prächtiges Weideland, und das Gras schießt üppig in die Höhe. An den höher gelegenen Stellen stehen kleine Kiefernwälder, sonst ist mit Ausnahme weniger Laubbäume die Wische nur mit zum Teil sehr dichtem Buschwerk besetzt. Die Weide und Eller [38] finden hier den Boden, auf dem sie prächtig gedeihen können, und mächtige, knorrige Weidenstümpfe, die im Abenddunkel oft in den seltsamsten Formen erscheinen, säumen auch den schmalen Fahrweg ein, der, unfern dem Elbdamm hinlaufend, hinter der Löcknitz von dem kleinen Fischerdorfe Gaarz zu den größeren und stärker bevölkerten Dörfern Baarz und Besandten führt.

Wo dieser Fahrweg das Dorf Baarz erreicht, liegt zwischen ihm und dem Elbdamm, von einem Gärtchen mit hoher, dichter Hecke umgeben und halbversteckt unter ein paar riesigen, ihre Zweige weit über das grünbemooste Strohdach des Hauses ausladenden Kastanienbäumen, ein wie die meisten Häuser des Dorfes nur aus dem Erdgeschoss mit dem hoch darüber sich aufbauenden Strohdach bestehendes Gebäude aus Fachwerk, mit wenigen kleinen Fenstern versehen und mit einem Zugang von der Seite des Vor-

---

[38] Anderer Name für die Baumart „Erle".

gartens aus zur Diele und einem rückwärtigen torartigen zu dem Raume, in dem die Vorräte aufgespeichert werden, die Geräte ihren Platz finden, und der kaum in einem Hause fehlende Viehstand sonst sich befindet.

An der mit Kalk beworfenen, der Sonne zugänglichen Seite des Hauses waren Netze zum Trocknen ausgespannt; kanonenrohrartige, zum Aalfang bestimmte Körbe aus Weidengeflecht, deren Eingang in scharf zugespitzte und enggestellte Weidenruten ausläuft, die dem Aal den Rückweg aus dem auf den Grund der Elbe versenkten Korbe verwehren, lagen umher. Ruder und Bootshaken waren dort aufgestellt und ragten zum Teil über das niederhängende Strohdach hinaus. In diesem Hause wohnte der alte Baarzer Fischer Tampke mit seiner Stieftochter Meta Streblow, die hier ihr eintöniges pflichtenreiches Dasein dahinlebte.

Jenseits des Elbdammes, den ein mit Büschen und Bäumen bestandenes, oft überflutetes, halb morastiges Gelände von dem Elbstrom noch trennte, lief dem Fischerhause gegenüber ein Holzsteg über dies Gelände zum Ufer, das hier eine natürliche kleine, von Büschen eingefasste Bucht bildete, in der ein geräumiger Fischernachen lag, mit dem Tampke abends oder nachts auf den Fischfang ging. Aber seitdem seine Söhne sich nach Gaarz und Besandten hin verheiratet hatten, war es mit dem Fischfang des Alten anscheinend nichts mehr. Nur selten bot er ein Gericht Aale oder Schuppenfische an; aber der Alte, der stets ein Knauser gewesen war, hatte wohl zum Leben genug, und sein Hauswesen mochte ihm auch wohl wenig kosten. Das Gemüse zog die Meta im Garten, und die Kuh lieferte Milch, und die daneben aufgezogenen Schweine deckten den Bedarf an gepökeltem und geräuchertem Fleisch und Speckseiten wie an Würsten, die auf der Diele an der Decke an über Leisten geschobenen Knüppeln hingen und je nach Gebrauch heruntergeholt wurden. So gar nichts des Interessanten barg anscheinend das vor dem eigentlichen Dorfe Baarz gelegene Fischerhaus des alten Tampke mit seinen einsamen Bewohnern, von denen man selten etwas zu sehen bekam, dass es sich auch für die wenigen Klatschbasen in dem Elbdorfe gar nicht der Mühe lohnte, sich mit ihnen zu beschäftigen.

Während Meta auf der Diele, auf der auch in ihrem Stande die Kuh untergebracht war, in dem kleinen Wohnzimmer und in ihrem engen Kämmerchen das Reich sah, in dem sie regierte, und das eine freundliche Erweiterung in dem ausschließlich von ihr mit Gartenfrüchten bestellten Gärtchen erhielt, in dem sie auch ein paar bunte Blumen : Männertreu und brennende Liebe, ein paar Feuerlilien und den violetten giftigen Fingerhut zog – betrat sie nie den rückwärtigen Teil des Hauses, in dem der alte Tampke seine Netze und sein sonstiges Fischergerät aufbewahrte und seine Aalräucherei betrieb. Ihr graute instinktiv vor dem dunklen Gelass, in dem der Alte zumeist hauste, wenn er daheim war, und wo er auch mit den wenigen Personen verhandelte, die geschäftlich mit ihm zu tun haben mochten und zu seltenen Malen ihn in seinem Hause aufsuchten. Dieses düstere, einsame Haus, an welches Meta ein freudloses Schicksal gekettet, war dem jungen Mädchen ein doppelt peinlicher Aufenthalt geworden, seitdem sie von ihrem kurzen Ausfluge nach Tangermünde, der wie von hellem Lichtschein übergossen in ihrer Erinnerung lebte, hierher zurückgekehrt war. Eine tiefe Sehnsucht nach dem freien, glücklichen Leben da draußen hatte sie erfasst, und mitten in diesem Leben stand ein junger hübscher Schiffer mit treuen blauen Augen, dessen Stimme sie noch immer in den Ohren bewahrte und der nachts aus ihren Träumen nicht weichen wollte. Sie war mit jungen Männern wenig in ihrem Leben zusammengekommen, und nie hatte einer ein haftendes Bild auch nur für kurze Zeit in ihrer Seele zurückgelassen. Dieser eine da, der sie in Tangermünde vor schlimmem Verhängnis vielleicht behütet, war unvergänglich darin eingegraben. Jene Stunde in seiner Nähe war eine Quelle geworden, aus der ihre Erinnerung in Stunden, in denen sie trübe und mutlos und lebensüberdrüssig an dem Herde in ihrem halbfinsteren Kämmerchen auf dem Rande ihres harten Lagers saß, doppelt gierig trank.

Ihre Furcht vor dem Stiefvater war seit jener Zeit noch gewachsen, und gar vor allem seit der Stunde, in welcher der rothaarige Schifferknecht, vor dem sie beim ersten Anblick schon eine instinktive Angst empfunden, zum erstenmal in dem einsamen Fischerhause in Baarz erschienen war. Sie war wie erstarrt gewesen, als er mit dem alten Tampke das Wohnzimmer betreten, und der letztere sie barsch aufgefordert hatte, den Gast mit dem Besten zu bewirten, was sein Haus berge. Für die paar groben Schmeicheleien, die der Rothaarige ihr zugerufen, hatte sie nur ein ernstes Schweigen als Antwort gehabt. Aber er war seit jener Stunde einigemal im Hause gewesen und immer freier in seinem Gebaren ihr gegenüber geworden. Als sie dann beim Stiefvater sich beklagte, hatte dieser mit einer Flut von zornigen Worten sie überschüttet. Ob sie denn nicht wisse, dass sie eine Dirn' sei, die das Gnadenbrot bei ihm esse? Die er ernähre, und die also nur Pflichten und Dankbarkeit gegen ihn zu kennen habe. Und sie könne froh sein, wenn ein so reputierlicher und fleißiger Mann, wie der Lude Hekke, der seinen Schifferberuf aufgegeben habe und es als Handelsmann sicher bald zu eigenem Hof und Herd bringen werde, sich um sie kümmere und gern anschaue. Wenn der sie zur Frau nur nehmen möchte, dann könne sie Gott auf ihren Knien danken!

In schweigendem Entsetzen hatte sie dem Alten zugehört, aber sie war auf dem Holzschemel fast zusammengebrochen, als Tampke die Stube verlassen und die Tür zornig ins Schloss geschmettert hatte. Nichts beherrschte ihn mehr außer seiner Habgier, die seit einigen Wochen wahre Feste feierte. Dieser Lude

Hekke war ein Teufelskerl ! Wenn es einer zu einem Vermögen brachte, dann war er es. Und das Mädchen, in das jener nun einmal wie närrisch verschossen war, konnte gute Tage genug haben !

Das arme, des Lebens und seiner Schlingen und Abgründe unkundige Mädchen hoffte noch immer, dass aus den Worten des Stiefvaters nichts anderes gesprochen habe, als der Unmut über ihr scheues Gebaren dem Rothaarigen gegenüber, über dessen Geschäfte mit dem Stiefvater sie sich vergebens den Kopf zerbrach. Nein, eher ginge sie in die Elbe, ehe sie diesem da angehörte ! Ihre Tage waren seitdem von steter Angst erfüllt. Sie riegelte sich am Abend fest in ihr kleines Kämmerlein ein, und sie hatte das viereckige Fensterchen von innen mit ein paar Nägeln festgeschlagen, dass es nicht zu öffnen war, und obendrein eine Querlatte darüber genagelt, welche die Kammer nun fast völlig verdunkelte und ihr gestattete, nur die Luft durch die Diele hereinzulassen. Aber lieber wollte sie die dunstige und schlechte Luft ertragen, als auch nachts in Angst vor dem rothaarigen Gesellen sein, dessen Auge und Gesichtszüge schon verrieten, dass ihm Gewalttätigkeit nicht fremd sei. So mochte es auch kommen, dass ihr Schlaf fast wie ein bleierner auf ihr lag und dass oft erst das Gebrüll der nach Nahrung verlangenden Kuh sie aus schwerem traumlosen Schlummer riss, der ihr kaum neue Kräfte gegeben.

Den Rock aufgesteckt, die weißen, wohlgeformten Arme bis über den Ellbogen entblößt, wusch und scheuerte Meta heute in den späten Nachmittagsstunden, als sei schon morgen der erste Pfingsttag und als liege nicht noch ein ganzer reicher Arbeitstag zwischen ihm und dieser Stunde. Sie hatte die Haustür offen gelassen, um die letzte Helle des scheidenden Tages hereinzulassen. Sie scheuerte gerade auf den Knien liegend die Backsteindiele, als das unbehagliche Gefühl, das uns beschleicht, wenn wir, ohne es zu sehen, aus nächster Nähe scharf beobachtet werden, sie plötzlich erbeben ließ.

Ein leiser Ruf des Erschreckens glitt von ihren Lippen. An der offenen Haustür stand Lude Hekke, und sie sah seinem Lächeln an, dass er sie bei ihrer Arbeit schon längere Zeit beobachtet haben mochte. Eine heiße Glut lief ihr über die Wangen, und sie streifte mit bebenden Fingern die Ärmel herab.

„Lasst doch," rief der Rothaarige. „Ihr wisst gar nicht, wie hübsch Ihr ausseht, selbst bei solcher schmutzigen Arbeit!"

Ihre Lippen pressten sich aufeinander, als aber Lude Hekke Miene machte, bei ihr einzutreten, rief sie schnell und abwehrend :

„Tampke ist drüben!"

Eine eigene Scheu hielt sie ab, Fremden gegenüber dem alten Fischer irgend eine verwandtschftliche Bezeichnung zu geben. Lude Hekke weidete sich an der Angst und Verwirrung des jungen Mädchens, in der sie ihm doppelt reizvoll dünkte. Aber zu verliebtem Spaß war die Zeit jetzt nicht, und so begnügte er sich, dem Mädchen zuzurufen :

„In Euch steckt Hexenblut, Mädchen ! Je kühler Ihr seid, desto wilder macht Ihr die Männer ! Ich hoffe aber, Ihr nehmt bald Vernunft an !"

Sie sah mit erleichtertem Aufatmen, dass er ging, und sie hörte ihn auch an das Tor, das des alten Tampkes Fischergelass schloss, mit kräftiger Hand pochen und seine Stimme, die rief :

„He – Tampke ! Macht auf – ich habe ein Geschäft für Euch !"

Das von den Witterungseinflüssen und dem Rauch der Räucherstätte fast schwarz angelaufene Holztor öffnete sich zu einem Spalt. Tampke erschien in demselben. Als er den Einlass Begehrenden erkannte, öffnete er die Tür kaum eine Handbreit mehr, so dass der breitschultrige ehemalige Schiffsknecht sich fast hindurchzwängen musste.

„Ihr kommt zu ungewohnter Zeit,“ murrte der Fischer.

„Ihr wisst doch unsere Abrede? Wenn Ihr diesen Raum hier betreten wollt – soll's Nacht sein!“

„Hier ist schon Nacht!“ spottete Lude Hekke. „Denn finsterer kann's draußen auch in der ärgsten Wetternacht nicht sein als hier drinnen, wo man die Hand nicht vor den Augen sieht und wo einen die Luft obendrein noch in die Augen beißt.“

Der Alte antwortete nicht. Er hatte den Innenriegel wieder vor das Tor geschoben und zündete jetzt eine von einem Deckenbalken niederhängende rußige Öllampe an, die einen schwachen, roten Schimmer nur auf die beiden Männer warf und die Gegenstände, die den Raum erfüllten, im Dunkeln ließ. Trotzdem auf dem breiten Räucherherde seit manchem Tage kein Feuer von grünem schwelenden Holz mehr angezündet gewesen sein mochte, steckte die Rauchluft hier noch in allen Ecken. Jeder Gegenstand war damit imprägniert.

„Eine verteufelte Höhle habt Ihr eigentlich, Tampke,“ sagte Lude Hekke, „das muss man sagen. Ich möchte wissen, warum Ihr den ganzen Tag hier hockt und nicht in der sauberen Stube da vorn!“

„Geht's Euch was an?“ sagte der alte Fischer scharf. „Frage ich Euch, wo Ihr Eure Zeit zubringt? Ich mein', richtiger wäre es, wenn Ihr mir sagtet, was Euch um diese Zeit hertrieb. Gibt's was zu tun zur Nacht?“ Der Rothaarige schüttelte den Kopf.

„Nicht in dieser und in der nächsten. Aber in der Nacht, die dann folgt. Wenn nicht alles täuscht, gibt es einen Hauptschlag. Bestellt Euren Mittelsmann rechtzeitig an die Löcknitz und haltet Euch bereit, wenn die elfte Stunde vorüber ist!“

Tampke schüttelte den Kopf.

„Habt Ihr nicht bedacht, dass die von dem ersten Pfingsttag auf den andern viele wach hält? In Gaarz beim Köthke und in Besandten ist Tanz bis zum Morgen.“ „Eben deshalb! Weil sich dann keine Menschenseele darum kümmert, was draußen auf dem Wasser und in der Wische passiert !" Der alte Fischer schwieg eine Weile.

„Ihr mögt recht haben," sagte er dann. „Es mag also dabei bleiben. Dem Rebacker werde ich schon Bescheid sagen. Der Kerl hälts für Schmuggelware, die wir herbeischaffen. Wenn er nur nicht hinter dem Rotspohn und den Karten so sitzen wollt' – ich habe nicht gern zu tun mit Leuten, die heute mal nüchtern sind und morgen und übermorgen sich volltrinken !"

„Ihr waret doch sonst ein Herz und eine Seele mit ihm !"

„Es ist, als ob der Kerl etwas merkte," grollte der Fischer. „Er steigert seine Ansprüche und liegt mir auch mit Geldborgereien im Ohr. Ich gehe schon am liebsten nicht mehr zu ihm, und hier herauszukommen, ist der Rebacker zu behäbig. Der sitzt lieber in den Hotels herum und spielt Skat, bis er das schöne Geld, das er sich von den Dömitzer und Dannenberger Kaufleuten und Gott weiß, wo sonst noch, verdient, wieder verspielt und vertrunken hat !"

„Ihr macht's anders !" sagte Lude Hekke lustig und stieß den Fischer mit dem Ellenbogen an. „Ich möcht' Eure Schatzkammer kennenlernen ! Ihr vertut keinen Pfennig unnötig und – bei meiner armen Seele ! – Ihr müsst das Geld nur so zusammenraffen !"

„Schweigt !" rief mit unterdrückter Stimme Tampke erbost. „Das wenige, das ich zusammengespart habe, ist kaum der Rede wert. Die Jungen liegen mir noch immer auf der Tasche, besonders der Täve !"

„Lohnt ihm die Dienste besser, die er uns mit seinen nächtlichen Fahrten leistet, Tampke, dann gleicht es sich aus !" lachte Lude Hekke, zu dem leise vor sich hinscheltenden Fischer gewandt.

„Und nun zu dem anderen !"

„Was habt Ihr noch ?" meinte unmutig der Alte, dem man es anmerkte, dass er seinen Besuch je eher desto lieber aus diesem Gelass wieder sich entfernen sähe.

„Die Sache mit der Meta muss endlich ins reine kommen !" raunte der Rothaarige, nun auch ernst geworden und einen drohenden Ton annehmend.

„Ist Eure Sache doch !" sagte Tampke achselzuckend. „Ich bin Eurem Wunsche nicht im Wege, das wisst Ihr. Und dem Mädchen hab ich gut zugesprochen in bezug auf Euch. Mehr hab' ich Euch nicht zugesagt."

„Da werde ich selbst mit ihr reden. Und zwar da, wo ein Mädchen mit anderen Augen dreinschaut, als in Eurem verräucherten Hause, in dem die Meta ja menschenscheu werden muss."

„Wo meint Ihr ?"

„Vor aller Welt, am Pfingstnachmittage. Drüben beim Heinrich Köthke in Gaarz."

„Vor aller Welt ?" rief Tampke erschreckt. „Und wenn das Mädel dort nichts von Euch wissen will ?"

„Das lasst meine Sorge sein, Tampke. Von Euch verlange ich, dass Ihr sie am Pfingstnachmittage mit dorthin bringt. Das andere mögt Ihr mir überlassen."

„Aber in der Nacht soll doch - - - " flüsterte der Fischer.

„Soll's auch. Ihr bringt die Dirne zur Zeit heim und dann geht unser Geschäft an. Ich denke, ich schlage an diesem Tage zwei Fliegen mit einer Klappe. Sorgt dafür, dass die Ware, die wir die Löcknitz heranbringen, schnell verschwindet. Ihr habt doch für das, was der Rebacker nicht abnimmt, ein gutes Versteck hier ?" warf er ein, indem er sich forschend nach allen Seiten umsah.

Der Alte kicherte leise.

„Sorgt Euch nicht darum, Lude Hekke !"

Dieser blickte nach der Ecke, wo eine Leiter zu einer Luke emporführte, durch die man auf den weitläufigen Boden des Hauses steigen konnte.

„Wenn Ihr es da oben liegen hättet, wäret Ihr leichtsinniger, als ich von Euch denke, Tampke!" raunte er. „Der Teufel kann sein Spiel treiben und die Schnüffler in diese Gegend führen. Und wenn sie Waren fänden - - - Ihr und die anderen, die sie bekommen, müsstet die ganze Suppe ausessen. Denn das wisst Ihr ja, Tampke, der erste, der die ‚Bruderschaft' in den Handel hineinziehen und verraten würde, der wäre dann keine Stunde mehr des Lebens sicher, sobald sie ihn aus dem Hause mit den schwedischen Gardinen wieder herausgelassen hätten!"

„Seid unbesorgt!", sagte der Fischer mit einem Spottlächeln um den runzligen Mund. „Beim alten Tampke finden sie nichts."

„Außer dem Gold, das Euch unser nächtlicher Handel einbringt," lachte Lude Hekke. „Denn das werdet Ihr nicht in einem fremden Versteck aufbewahren!"

„Wer sagt Euch, dass ich Gold habe?" sagte der Alte bissig. „Ihr und die Bruderschaft schluckt ja das meiste."

„Haben auch die meiste Arbeit dabei! Und die gefährlichste. Aber da wir gerade von Gold reden – wir können gleich die letzte Beute abrechnen. Es muss eine hübsche Reihe von Hunderten dabei herausgekommen sein!"

„Was Ihr denkt? Die Hälfte liegt noch immer drinnen in der Wische im Versteck, und der Lump, der Rebacker, hat auch noch nicht mit mir abgerechnet. Und heut' und hier – als ob ich mein Gold hier zwischen den Netzen versteckt hätt'!"

„Wo Ihr es habt, ist mir gleichgültig!" sagte Lude Hekke kalt. „Aber übermorgen, am Pfingsttage, zahlt Ihr es mir aus, das weiß ich. Weil ich es w i l l !" schlug er eine erneute Einrede des Alten heftig nieder. Bringt das Geld nur mit zum Köthke nach Gaarz. Dort findet sich schon ein Augenblick, wo Ihr's mir ungesehen zustecken könnt. Und macht richtige Abrechnung, das rat ich Euch!"

„Wie Ihr nur gleich wieder seid – – – "

„Ihr wisst, ums Geld scherzt man nicht, und die Bruderschaft schon gar nicht ! Und nun sperrt die Türe von Eurem Räucherkasten hier auf, denn mir ist schon, als wäre ich hier selbst ein Räucherfisch geworden, so trocken ist mir's im Halse."

Er schlüpfte durch die wieder nur zum Teil geöffnete Tür und ging zu seinem Gefährt zurück. Er löste die Zügel, mit denen er das Pferd an einen Weidenbaum, der oben bis auf wenige Ruten beschnitten war, so dass er wie ein riesiges Negerhaupt mit einer Federkrone von weitem aussah, gebunden, sprang auf den Wagen und ließ das junge Tier ausgreifen.

Wenn ich nur erst hinter Tampkes Versteck gekommen wär !" dachte er im Weiterfahren. „Auf den Boden kann er allein die schweren Säcke und Kisten nicht schleppen und wieder herabholen. Ob er sie zu seinem Sohn Täve schafft ? Oder kennt er ein Versteck hier in der Wische, das mir unbekannt geblieben wäre ? Dann werde ich alles dran setzen, es kennen zu lernen !"

Der alte Fischer war, nachdem er die Tür zu seinem täglichen Zufluchtsorte von innen wieder sorgsam verriegelt hatte, an dieser lauschend noch stehen geblieben. Erst nach einer Weile, als nichts mehr draußen an sein Ohr schlug, lachte er leise und höhnisch auf.

„Dir zeigen, Lude Hekke, wo ich mein Gold und die Ware verwahre ? Dümmeres könnte ich nicht tun ! Denn meine kleinen Goldvögel wären eines Tages in Deine Tasche geflogen, und ich hätte das Nachsehen. Nein, bis zur Sterbestund' erfährt meine Schatzkammer keiner, und was die Ware anlangt, der Täve hält reinen Mund !"

Er kicherte in sich hinein, ging noch einmal zur Tür zurück und lauschte. Kein Laut draußen, der auf einen Menschen in der Nähe hindeutete. Nun erst nahm der Alte die Lampe von ihrem Eisenhaken am Deckbalken ab, und mit der Linken noch ihren Schein verdunkelnd, setzte er sie dicht vor dem Räucherherde auf den glattgestampften Boden. Dann kauerte er sich selbst bei der Lampe nieder. Der aus Backsteinen aufgemauerte Räucherherd war an mehreren Stellen schadhaft und einzelne Steine waren in ihrer Mörtelbefestigung lose geworden. Zwei solcher fast am Fuß des Räucherherdes zog Tampke mit Hilfe seines in die Fugen geschobenen Messers hervor. Dann fasste sein Arm weit in die entstandene Höhlung. Ein feines metallisches Klingen wurde hörbar.

Jetzt zog er die Hand zurück, die einen grauen, unscheinbaren, oben verschnürten Beutel hervorgeholt hatte. Langsam öffnete der Alte den Beutel, während ein Zucken der Freude sein runzeliges Gesicht durchlief. Er enthielt ein paar Hände voll Goldstücke, in denen die Finger des Alten zu wühlen begonnen, als bereite ihm schon die Berührung des Edelmetalles Freude und Ergötzen. Und noch zwei andere ähnliche Beutel holte er hervor, nachdem er den ersten wieder zugeschnürt, und ließ ihren goldenen Inhalt auf seine von einem brennenden Schimmer erfüllten Augen wirken. Und langsam, als möge er sich von dem Anblick seines Schatzes, der mehrere Tausend Mark an Wert repräsentierte, nicht trennen, barg er die Beutel wieder in der Höhlung unter dem Räucherherd, wo sie niemand vermuten konnte, und setzte vorsichtig, sie genau lotrecht zu den gemauerten stellend, die losen Steine wieder in ihren Raum ein. Mit tiefem Atemzuge erhob sich der alte Fischer. An diesen Schatz rührte niemand – erst, wenn seine letzte Stunde herankam, wollte er selbst ihn verraten. Eher nicht!

8. Kapitel
Zwei bedrückte Herzen

Der Nachmittag des Pfingstsonnabends war herangekommen. Auch das ärmlichste Haus an der ganzen Elbe entlang trug wohl einen kleinen Maienbaum als Pfingstzeichen zur Schau. Das einsame Fischerhaus am Eingange des Dorfes Baarz entbehrte auch des kleinsten. Müde saß Meta Streblow auf der alten Ofenbank in der Wohnstube. Das Haus war inwendig so sauber und blank, dass es eine Augenlust war. Die Dielen in den Stuben glänzten in schneeiger Weiße und frischer Sand war überall gestreut. Der Backsteinflur leuchtete nur so. Für wen das alles ? Ihr Stiefvater hatte keinen Blick dafür. Aber sie wusste, ihre Mutter hatte nicht Ruhe gehabt, ehe nicht alles bis auf das kleinste blitzblank war im Hause, wenn ein Festtag nahte. Und das ordnungsliebende, rechtschaffene Blut ihrer Mutter floss in ihr.

Draußen sangen die auf dem Elbdamm spazierenden Kinder Pfingstlieder. Und morgen würde jedes Herz von Pfingstlust erfüllt sein. Musik und Tanz überall ! Überall fröhliche Herzen ! Nur sie blieb einsam und allein. Die Tränen kamen dem Mädchen. Auch das bittere Weh, das sie in der letzten Zeit so oft gefühlt hatte, stellte sich heute mit doppelter Wucht ein. Aber sie trocknete schnell die Augen, als sie den Stiefvater durch den Garten auf das Haus zukommen sah. Er schien finster und mürrisch wie immer und warf seine alte Mütze beim Betreten der Stube auf die Bank. Das war immer ein Zeichen, dass er sich in schlechter Laune befand. Sie stand leise auf und wollte aus dem Zimmer huschen, aber ein kurzes „Bleib !" von Tampkes Lippen bannte sie an die Stelle.

„Du bist flinker auf den Beinen wie ich," murmelte er, ohne sie anzusehen. „Für Dich ist der Weg nach Dömitz hinein ein Katzensprung. Bist ja schon ein paarmal bei dem Kaufmann Rebacker gewesen. Ich habe da aus meiner Kundschaft eine Botschaft für ihn. Aber ihm gibst's selbst in die Hände. Wenn er nicht daheim ist, mag seine Frau ihn holen lassen. Verstanden ?"

Das Mädchen nickte und wandte sich, um sich zu dem Gange schnell vorzubereiten.

„Wart' noch !" Langsam und widerwillig schob er die Hand in die Tasche und kam mit einigen Talerstücken wieder hervor, die er dem Mädchen reichte.

„Und dann gehst Du zum Kaufmann da an der Straße zum Bahnhof, der Euren Frauenkram feilhält, und kaufst Dir 'ne Bluse und 'n Hut, wie die anderen Dirnen hier im Dorfe tragen. Und dass Du's weißt – ich gehe mit Dir morgen nach Köthkes Saal nach Gaarz hinüber. Sollst auch wissen, dass Pfingsten ist."

„Ich möchte lieber daheim bleiben" – sagte das Mädchen schüchtern. „Und ich sage, Du gehst !" flammte der Alte auf, mit zornigen Blicken seine Stieftochter messend. Diese zuckte zusammen und senkte den Kopf. Gegen den bestimmten Willen des Alten sich aufzulehnen, dazu fehlte ihr der Mut. Aber die nächsten Worte des Alten entfesselten alle Geister der Angst in ihr.

„Und das sage ich Dir noch" – klang es rauh von des Alten Lippen ihr entgegen. „Wenn morgen etwa der Lude Hekke sich zu uns an den Tisch setzt und Du bist nicht freundlich zu ihm, wie sich das gehört, dann – sieh Dich vor – denn, Mädel, der alte Tampke verträgt nicht, dass ihm etwas wider den Strich geht, am wenigsten von einem Frauenzimmer !"

„Alles will ich tun –" brach das Mädchen los – „mir die Haut von den Händen arbeiten, Nacht und Tag, wenn es sein muss – aber nicht Der, nicht Er – ich fürchte mich ja so vor ihm !"

Die Faust des Alten schmetterte auf den Tisch nieder.

„Hört das Gewinsel nun auf ? Dein Glück wäre gemacht, Mädel, wenn der Lude Hekke Dich zum Weibe nähme – Dein Glück, sag' ich ! Und Du wirst's – das sag' ich Dir heut'. Zum Herbst, oder – wann er will !"

„Nie ! Nie !"

Ein höhnisches Lachen antwortete ihr.

„Das wird sich finden ! Vor der Hand verlange ich nichts von Dir, nur dass Du dem Hekke morgen nicht gegenübersitzest wie eine fauchende Katze dem Hofhund, der sie stellte. Wirst's selbst bald genug einsehen, dass ich Dein Bestes will. Und nun genug der albernen Rederei. Mache Dich fertig zum Gang nach Dömitz. Ich schreibe Dir inzwischen die Botschaft für Rebacker auf."

Meta wandte sich ab. Diesem eisernen Willen gegenüber schmolz der ihre. Wenn sie vor ihrem Stiefvater stand, fehlten ihrer Zunge die Worte. Selbst ihr Herz verriegelte die Furcht. Halb betäubt machte sie sich nach dem eine gute Stunde weiten Weg nach Dömitz hinein fertig. Sie würde auch die Anordnungen des Stiefvaters ausführen, Bluse und Hut kaufen und, mit ihnen angetan, ihn zu Köthkes Saal begleiten. Eine dumpfe Mutlosigkeit war über sie gekommen. Es gab ja niemanden, der ihr in ihrer Not beistand ! Wenn sie nur ein anderes Wesen hätte, ihr Herz in das seine auszuschütten ! Aber sie durfte sich jetzt noch nicht ihren trostlosen Gedanken überlassen, drinnen in der Stube rief der Stiefvater schon wieder nach ihr.

Es war eine seltsame Botschaft, die er mit ungelenker Hand auf ein Papierblatt gemalt und dann sorgfältig versiegelt hatte. Das Blatt trug nur folgende Worte :

„Zweite Pfingstnacht. Nach Mitternacht. Telegraphenpfahl 127."

Aber die wenigen Worte waren vollständig verständlich für den Empfänger. Sie enthielten die genaueste Ortsangabe, wo er in der gedachten Nacht sich einzufinden habe. Tampke selbst aber begab sich, nachdem Meta sich mit diesem Schreiben in der Tasche auf den Weg nach Dömitz gemacht hatte, in seinem langsamen Schritt hinüber nach Besandten, um seinem Sohne, dem Täve, mitzuteilen, dass er am Pfingsttag rechtzeitig über die Löcknitz-Fähre hinüber mit seinem Geschirr nach Dömitz müsse, um für den Kaufmann Rebacker wieder eine Fuhre zu übernehmen. Auch der Täve kannte die volle Bedeutung dieses anscheinend harmlosen Auftrages. Er war dem Vater ähnlich, breitschultrig und muskulös und von wenig Worten. Er nickte nur : „Is gut !" Tampke schlenderte in seiner ruhigen Bedächtigkeit, die er am Tage allen Leuten gegenüber zur Schau trug, heimwärts. Auf seinen Täve konnte er sich verlassen. Die bezeichnete Nacht mochte nun herankommen. Alles war vorbereitet, die erwartete neue Beute der Schwarzbruderschaft auf das schnellste spurlos verschwinden zu lassen.

Inzwischen schritt Meta Streblow, ganz eine Beute ihrer trüben Gedanken, zwischen den knorrigen alten Weidenbäumen dahin, auf Gaarz zu, ließ sich für ein paar Pfennige über die brückenlose

Ansichtskarte von 1901

Löcknitz setzen und ging auf dem Fußpfade durch den großen, üppigen Wiesenplan, aus dem abertausend bunte Blumen hervorleuchteten, an der großen Dynamitfabrik [39] vorüber, Dömitz entgegen, das drüben schon bei der großen Holländermühle seine ersten kleinen Häuser diesseits des Bahnstranges zeigte.

Pfingstfriede lag über der weiten, zur Linken von dem silberglänzenden Elbstrom begrenzten Landschaft, über welche die Abendsonne noch ihre letzten Strahlen warf. Das naturfreudige Auge fand hier tausend Ruhepunkte, um sich zu erlaben, aber das junge Mädchen hatte heute keinen Sinn für das, was sie umgab. Mit gesenktem Kopf hastete sie vorwärts. Ein kleines Haus in einer der von der zum Markt führenden Hauptstraße abbiegenden Nebenstraßen, an dem sich ein Schildchen mit dem Namen : „Wilhelm Rebacker, Agenturen" befand, war ihr Ziel. Das Ladengeschäft, das Rebacker bei seiner Übersiedelung nach Dömitz begonnen, hatte nicht floriert. Nach kaum mehr als einem Jahre hatte er es aufgegeben, um die seinem Sinn für Freiheit und Ungebundenheit mehr zusagende Tätigkeit eines Agenten auszuüben. Seitdem ihn sein böser Dämon mit dem alten Fischer Tampke zusammengebracht, ging sein Agenturgeschäft in allen Kolonial- und Futterartikeln. Er hatte eine der alten Scheunen am Zingel gemietet und bezog auch einwandsfrei Ware von Magdeburg und Hamburg unter Erfüllung aller Eingangs- und Zollvorschriften. Trotzdem war es unter einer Reihe von Kaufleuten diesseits und jenseits der Elbe wohlbekannt, dass er auch mit Schmuggelware operierte, da er den Kaffee und Zucker zu billigeren Preisen als jeder andere anbieten konnte. Aber sie hüteten sich, ihre Vermutungen laut werden zu lassen; machten sie sich doch, indem sie diese Waren von Rebacker bezogen, zugleich zu Mitschuldigen.

---

[39] Siehe Anhang.

Auch zwischen Tampke und Rebacker war immer nur in ihren vertrauten Zusammenkünften die Rede von Schmuggelware. Manchmal war dem letzteren schon der Gedanke gekommen, ob nicht auch geraubtes Gut unter den Waren sei, die er von Tampke unter der Hülle der Nacht für so niedrigen Preis erwarb, dass selbst ihm noch ein ansehnlicher Verdienst übrig blieb. Aber er hatte sich schon zu tief in die Geschichte eingelassen, und der Verdienst war zu mühelos, um den leichtsinnig veranlagten jungen Kaufmann in besonders arge Skrupel mit sich selbst zu bringen. Der leichte Verdienst schlug ihm nicht zum Segen aus. Er war trotz desselben immer in Geldnot. Zu Hause litt es ihn nicht. Er fühlte, dass sein Weib, das er durch Trug sich gewonnen, ihn nicht liebte. In schweigender Geduld führte sie, die sichtlich stiller und blasser wurde und deren einzige Lebensfreude das kleine blondköpfige Mädchen war, ihr Hauswesen. Nie kam ein Wort der Unzufriedenheit, der Klage, des Zornes über ihre Lippen, wenn er in halbem Rausch heimkehrte, seine Tage in den Hotel-Gaststuben saß oder oben im Restaurant des Bahnhofes, und mit seinen Kumpanen um hohe Beträge Karten spielte. Das Bewusstsein, diese Frau durch ein Unrecht an sich gekettet zu haben und nun ihr und seinem Kinde durch seine ganze Art weiter Unrecht zu tun, das Schuldgefühl und die ganze Unsicherheit seiner Lage machten Rebacker zum Ruhelosen, der sein Haus nach Möglichkeit mied und die Zeit, die er nicht auf seine Geschäfte verwandte am Kneiptisch verbrachte. Über seiner Ehe und seinem Leben ruhte kein Segen!

Ein paarmal schon war Meta mit einer Bestellung bei Rebackers gewesen, und der stillen, blassen Frau, der man es ansah, dass sie mit einem Kummer im Herzen einherging, auch wenn sie ihm nie Worte lieh, war ihre ganze Zuneigung zugeflogen. Als Frau Rebacker ihr heute die Tür öffnete, erschrak das Mädchen trotz der eigenen ängstlichen Unruhe vor dem tiefen Leid, das sich auf deren Antlitz ausprägte.

„Mariechen ist doch nicht krank ?" fragte sie, nachdem sie in die Stube genötigt war. Frau Rebacker schüttelte den Kopf, und für eine Sekunde schien der Gram von ihrem Antlitz zu weichen.

„Gott sei Dank !" flüsterte sie. „Mein Sonnenscheinchen ist wohlauf !" Doch schnell verdüsterte sich wieder ihr Antlitz. „Sie wollen gewiss meinen Mann sprechen, Fräulein Streblow. Er ist nicht zu Hause – kann ich's ihm bestellen ?"

„Ich habe einen Brief für ihn vom Stiefvater," erwiderte Meta zögernd. „Ich soll ihn Herrn Rebacker selbst geben – vielleicht ist Antwort darauf !" Die Frau erhob sich.

„So muss ich sehen, wo ich ihn finde," sagte sie leise, während zugleich ein Rot der Scham an ihren Schläfen aufglühte. „Ich will eben hinübersehen in Behnckes Hotel – da sitzt er zuweilen mit seinen Kunden – wenn Sie derweilen auf mein Mariechen, das auf der Gasse spielt, ein Auge haben wollten, Fräulein Streblow – – – " fügte sie mit bittendem Blick hinzu. Dann ging sie, nachdem sie schnell ein leichtes Tuch umgeworfen hatte, und Meta blieb allein an dem offenen kleinen Fenster, zu dem ein fröhliches Gelärm der kleinen Marie und ein paar anderer spielender Kinder herein-drang. Die warme Seele des jungen Mädchens ahnte wohl, dass in diesem Hause auch das Glück nicht weilte und der Friede gewi-chen war, und ein tiefes Mitleid mit der Frau, die ihr Leid so erge-ben und stumm trug, stieg in ihr auf. Auch jene hatte gewiss wie sie niemanden, dem sie es zu klagen wagte. Frau Rebacker kam schon nach einer kurzen Weile zurück. Ihr Antlitz war noch um-schatteter.

„Er war da !" sagte sie. „Ich habe den Kellner gebeten, ihm zu sagen, dass ihn zu Hause eine eilige Botschaft erwarte. Aber Sie werden etwas Geduld haben müssen, Fräulein. Denn ich sah's, er saß mit den anderen Herren beim Spiel!"

„Ich warte gern, Frau Rebacker!"

Das Gespräch erstarb zwischen den beiden Frauen. Das Gefühl, an einen Nichtswürdigen geschmiedet zu sein, beherrschte die Frau des Agenten in diesem Augenblick völlig. Als sie vorgestern von Magdeburg nach Dömitz zurückgereist war, noch ganz unter dem alles in ihr erschütternden Eindruck der Begegnung mit dem einst geliebten Manne und der furchtbaren Erkenntnis, dass sein und ihr eigenes Glück vernichtet worden war durch den Vater ihres Kindes, hatte sie ihrem Gatten mit dieser zerschmetternden Anklage gegenübertreten und ihm erklären wollen, dass das lose Band ihrer Ehe nun vollends zerrissen sei. Aber da war vor der Seele der unglücklichen Frau neben dem Lockenköpfchen ihres Kindes wieder das ernste männliche und schöne aufgestiegen, auf dem sie heute leise erschauernd gelesen, dass in jenem die Liebe zu ihr noch nicht erstorben sei. Und im selben Augenblick auch war es ihr klar geworden: ihren Körper mochte ihr Mann durch Trug gewonnen haben, ihr Herz hatte er nie besessen. Das schlug in diesem Augenblicke in wildem Pochen für einen anderen.

Das Schuldgefühl, das sie als Gattin und Mutter darüber empfand, hatte ihren Mund Wilhelm Rebacker gegenüber versiegelt. Schweigend hatte sie ihm das in Magdeburg erhobene Geld übergeben. Nun verspielte er's. Mochte er! Wenn alles zusammenbrach – sie würde die Kraft fühlen, für sich und ihr Kind zu arbeiten. Aber dass er jenem dort in Magdeburg, der nur sie in seinem ehrlichen Herzen getragen, und dass er ihr das Glück für Lebenszeit vernichtet, das presste ihr Herz zusammen, als sei es von eisernen Händen umklammert. Und plötzlich brach die Arme, ganz die Gegenwart Metas vergessend, in ein qualvolles, leises Schluchzen aus, das der Hörenden die Seele zerschnitt.

Beide waren aufgesprungen, und ehe sie dessen recht inne wurden, hielten sie sich schon umfasst. Nun tropften auch Metas Augen. Ein wiederkehrendes banges Gefühl schnürte auch ihre Brust zusammen. Winkte nicht auch ihr ein tränenreiches Schicksal ? Marie Rebacker bezwang sich. „Ich danke Ihnen," sagte sie leise zu dem jungen Mädchen. Und plötzlich dessen Hände ergreifend, flüsterte sie :

„Sie sind noch jung, und das Leben liegt noch vor Ihnen. Aber vernichten Sie es nicht selbst ! Werden Sie nie eines Mannes Weib, den Sie nicht aus vollstem Herzen lieben !" Das junge Mädchen starrte sie an. Nun wusste sie es. Hier an ihrer Seite pochte das Herz, in das sie die Sorgen und Schmerzen des eigenen ausschütten konnte. Und stammelnd rief sie :

„Sie selbst sind unglücklich, Frau Rebacker – ich fühl's ! Aber ich bin's noch tausendmal mehr – raten, helfen Sie mir !" Es war der blassen Frau, als lindere der fremde Schmerz den ihren. Nun hatten sie die Rollen vertauscht. Sie führte Meta sanft zu dem kleinen Sofa und hielt sie umschlungen, als jene stockend erst, dann unaufhaltsam das bekannte, was sie mit Furcht und Zagen erfüllte.

„Armes Kind !" seufzte Frau Rebacker auf, als jene geendet.

„Willenlos zwischen einem drängenden Liebhaber und einem harten Stiefvater ! Und doch sage ich Ihnen : Wehren Sie sich gegen das, was man Ihnen ansinnt. Lieber gehen Sie, wie Sie da neben mir sitzen, mit Ihrer jungen Kraft und Ihren starken Armen in die Welt hinaus. Lieber tausendfach einsam sein als für immer gebannt an die Seite eines – – – " Sie verstummte.

„Und morgen ? Was soll ich morgen tun ?" drängte Meta weiter.

„Tun, was Ihnen geheißen wird, Kind ! Stellen Sie sich freundlich, auch wenn es Ihnen hart ankommt. Aber wehren Sie jeder vertrauteren Annäherung. Und dann sagen Sie ihm offen heraus, dass Sie nie sein Weib werden wollen. Treiben's die Männer dann gar zu arg, so kommen Sie zu mir, Fräulein Streblow – ich werde tun, was ich kann, um Sie vor einem Schicksal zu schützen, das – " Wieder verstummte sie. Die Haustür ward hastig aufgerissen. Sie erhob sich, und auch Meta schnellte empor. Mit erhitztem, weinrotem Gesicht trat Wilhelm Rebacker auf die Schwelle des kleinen Zimmers.

„Sie sind's !" sagte er, zu dem Mädchen sich wendend. „Ich dachte es mir schon !" Er nahm den Brief, öffnete ihn und überflog ihn mit einem Blick. Hastig barg er ihn dann in der Tasche.

„Es ist gut ! Sagen Sie Herrn Tampke – ich würde das Geschäft machen und mich zur rechten Zeit zum Abschluss desselben einfinden !"

Er nickte dem Mädchen zu, warf einen halben Blick auf seine Frau, die von ihm abgewendet am Fenster stand und zu den spielenden Kindern hinausblickte, und verschwand dann wieder eilig. Auch Meta Streblow ging. In dem Augenblick, in dem sie einander zum Abschied die Hände reichten, wussten sie beide, die Frau wie das Mädchen, dass sie zueinander gehörten, durch die gleiche Last, die ihre Herzen beschwerte.

Meta besorgte, ehe sie nach Baarz heimkehrte, der erhaltenen Weisung gemäß beim Modewarenhändler ihre Einkäufe. Sie wählte das Einfachste und Unscheinbarste und ahnte nicht, dass gerade das zu ihrer ganzen Erscheinung passte und den Reiz ihrer ernsten Züge nur noch wirksamer machte. Das Halbdunkel lag schon über der großen Wiese zwischen der Dynamitfabrik und der Elbe, als Meta Streblow mit raschen Schritten dem einsamen Fischerhause in Baarz wieder zueilte. Zur selben Zeit ließ im Dömitzer Hafen ein großer neuer Kahn mit leuchtendem roten Anstrich den Anker fallen und machte am Ufer fest.

Dömitzer Hafen um 1905

9. Kapitel
Gluten

Wie in flüssiges Silber getaucht, schimmerte der breite Strom unter den Strahlen der Pfingstsonne. Von den Spitzen der Masten auf den in dem kleinen Dömitzer Hafen liegenden Kähnen grüßten die grünen Maien herab, und auf den meisten der Schiffe waren Maibüsche auch an den Eingängen zu den Kajüten angenagelt und trugen die Pfingststimmung auch in die engen schwimmenden Behausungen der Schiffer und ihrer Mannschaften. Überall sah man festlich gekleidete Leute auf der Krone des breiten Elbdammes, auf den Pfaden, die sich durch das weite Wiesengelände um die kleine mecklenburgische Elbstadt zogen. Ferne Musik zeugte davon, dass das junge Volk sich zum Pfingsttanz allerorts, wo es einen Tanzsaal gab, vereinte.

In dem Dreieck, welches der Einfluss der Löcknitz in die Elbe mit dem Elbdamm hier nahe dem Dorfe Gaarz bildet, liegt das Köthkesche Gasthaus mit seinen Wirtschaftsgebäuden und dem geräumigen Tanzsaal, dessen fensterlose Seitenwand mit gutgemeinten Malereien geschmückt ist. Unter dem großen, sechsarmigen Kronleuchter drehten sich schon zu früher Nachmittagsstunde die Paare, und an den an den Seiten aufgestellten Tischen im weiten Nebenraum und auf den Bänken, die längs der Saalwand liefen, saß das junge Volk aus den Dörfern Gaarz und Baarz, zu dem mancher Schiffer und Bootsmann von den am heutigen arbeitslosen Festtage im Dömitzer Hafen liegenden Kähnen sich hinzugesellte. Neben dem Saalanbau aber, vor dem alten, ebenfalls noch mit Stroh gedeckten niedrigen Wohnhause saßen, die Pfeifen in dem Mundwinkel, die Alten, tranken und schwatzten mit einander von dem, was sie am meisten interessierte. Und das war immer wieder der Strom, der hinter dem Hause und Deich in breiter majestätischer Ruhe seine Wasserfluten zu Tale sandte.

Das Erscheinen des alten Fischers Tampke, obendrein in Begleitung seiner Stieftochter, bot den Pfingstbesuchern hier in Köthkes Gasthaus Stoff genug zu Bemerkungen. Überrascht sah man, dass sich das Aschenbrödel des einsamen Fischerhauses zu einer duftvollen Blüte entwickelt hatte, und selbst Lude Hekke, der in einer späteren Nachmittagsstunde erschien, ließ seine Blicke brennender und verlangender noch auf dem Antlitz des Mädchens ruhen als sonst. Dass er an dem Tampkeschen Tische Platz nahm und kein Auge von dem Mädchen ließ, verstärkte nur die Aufmerksamkeit, die sich auf das Paar richtete, und das Tuscheln ringsum wollte kein Ende nehmen. Also deshalb hatte man den Handelsmann und Provianthändler zuweilen in der Nähe des Fischerhauses und bei dem alten Tampke gesehen! Die allgemeine Meinung gab die beiden natürlich gleich zusammen.

Meta entbehrte heute der gewohnten frischen Farbe, die Gesundheit und Arbeitslust erzeugen. Mit gesenkten Blicken hörte sie die plumpen Schmeicheleien Lude Hekkes an; von dem Getränk, das er kommen ließ, und dem er ziemlich eifrig, der alte Fischer nur mäßig zusprach, nippte sie nur. Die Stunden hier wurden zur Qual für sie. Die lustigen Tanzweisen im Saale, die das Blut der anderen Mädchen rebellierten, bedrückten sie fast, und flüsternd und hastig hatte sie, als Lude Hekke sie zum Tanz führen wollte, gebeten, davon abzusehen, da ihr Kopf schmerze. Das war keine Lüge. Die Nähe des Rothaarigen, seine dreisten, ihre Glieder musternden Blicke, sein freches Lächeln verursachten ihr körperliches Unbehagen.

Sie atmete auf, als der Rothaarige dem alten Fischer einen Wink gab, ihm zu folgen, und mit ihm das Schenkzimmer neben dem Tanzsaale verließ. Lude Hekke fühlte sich schon des Besitzes des Mädchens sicher. Und wer wollte sie ihm hier streitig machen? So konnte er ruhig seine Abrechnung mit Tampke vornehmen, draußen in der Weidenallee des Fahrwegs nach Baarz, auf der man die beiden Männer denn auch ein Stück hinschreiten sah. Die neugierigen Blicke, welche die allein am Tisch Sitzengebliebene trafen, wurden Meta Streblow allmählich lästig. Der Dunst und die Hitze in dem Raume waren zudem trotz der offenen Fenster fast unerträglich für sie. Draußen sank die Sonne, und die herrliche Luft lockte auch sie hinaus. Draußen würde sie sich wieder frei fühlen von all dem, was sie hier bedrückte. Sie erhob sich und hob die gesenkten Wimpern, um den Weg zu suchen, den sie ins Freie zu nehmen hatte. In demselben Augenblick zuckte ihre Rechte nach dem Herzen, durch welches es wie ein glühendes Stechen fuhr, und sie stand wie gebannt an ihrer Stelle, unfähig, den Fuß zu rühren.

In die offene Tür, die diesen Raum mit dem Tanzsaale verband, war soeben ein stattlicher junger Mann getreten mit blauen, offen blickenden Augen in dem hübschen, entschlossen dreinschauenden Antlitz, und er ließ gleichgültig den Blick über die Insassen des Raumes schweifen.

Da traf sein Auge sie, die den Blick noch immer starr auf ihn gerichtet hielt, und nun schien derselbe Zauber, der sie auf der Stelle fesselte, auf ihn überzugehen. Dann aber eilte er mit Augen, in denen die Freude hell aufschimmerte, unbekümmert um die neugierigen und verwunderten Blicke auf Meta Streblow zu und bot ihr die Hand, in die sie, während in ihre blassen Wangen das Blut stürzte, zitternd die ihre legte.

„Hier muss ich Sie wiederfinden, Fräulein!" rief der junge Schiffer mit unterdrückter Stimme, in der sich gleichwohl die ganze stürmische Bewegung ausdrückte, die ihn beherrschte. „Und ich habe Sie überall gesucht!"

Das Herz des jungen Mädchens klopfte in stürmischen Schlägen. Das Blut wich wieder aus ihren Wangen, und sie ward zum Erschrecken bleich.

„Ist Ihnen nicht wohl, Fräulein?" rief Fritz Wölling, besorgt diese schnelle Verwandlung bemerkend.

„Es ist freilich eine Sünde, bei diesem wundervollen Wetter in dem dunstigen Lokal zu sitzen!"

„Ich wollte gerade hinausgehen," stammelte Meta, die sich von der Überraschung, den Mann, dem ihre Seele gehörte, und den sie nie wiederzusehen erwartet, nun urplötzlich vor sich stehen zu sehen, noch nicht erholt hatte. Der junge Schiffer wandte sich und bahnte ihr einen freien Weg durch die dichten Gruppen nach dem hinteren Ausgange des Saales zur Elbdammseite hin. Willenlos folgte sie ihm. Ihre Überraschung ging in ein heißes Glücksgefühl über, wieder in der Nähe dieses Mannes zu sein.

Nun standen sie draußen auf dem hohen Elbdamme und sahen einander an, die beiden jungen Menschen, in denen die Glut der ersten, reinen Liebe in lichten Flammen emporschlug. Sie tranken die vom Strom her wehende reine Luft, und sein leises Rauschen fand einen Widerhall in ihren Seelen, in denen es rauschte und wogte von bisher unbekannter Lust. Und ehe sie es wussten, hatten sie ihre Hände ineinander gelegt, und so schritten sie auf dem Elbdamm langsam dahin. Sie gehörten zu einander, sie, die des einen und des anderen Namen nicht einmal kannten, die nichts von einander wussten, als das Große, Wunderbare : „Ich habe Dich lieb !"

Die Tanzmusik drinnen sandte ihnen ihre klingenden Melodien im Walzertakt nach. Sie hörten beide nicht darauf. In ihnen war die urewige Melodie des Herzens laut geworden, der sie entzückt lauschten, bis ihre Lippen wieder die Sprache gewannen. Und was diese stockend erst, dann in immer rascherem Flusse sprachen, offenbarte dem anderen die beseeligende Gewissheit, dass sie zueinander gehörten, auch wenn sie diese Gefühle noch nicht in Worte kleideten. Nun erst tauschten sie die Namen aus, Fritz Wölling mit einem gewissen Stolze, als er sie, rückkehrend auf dem Elbdamme, bis zur Löcknitzmündung führte und, auf die Hafenbucht deutend, sagte : „Sehen Sie dort den höchsten Mast von den Kähnen aufragen ? Das ist mein Kahn, und will's Gott, soll er nicht allzu lang' mehr mich in seiner Kajüte allein sehen !"

Meta Streblow hatte ihm leise auf sein Bitten ihren Namen genannt und still hinzugefügt, dass sie in dem Häuschen ihres Stiefvaters lebe und allein auf das angewiesen sei, was der ihr gewähre. Sonst stehe sie allein und ohne Schutz in der Welt. Aber diese Verschiedenheit ihrer Lebensstellungen kam ihnen gar nicht zum Bewusstsein. Sie waren beieinander durch die Gunst des glücklichen Zufalls, und sie wandelten wie in einem Rausch dahin oben auf dem Elbdamme, auf dem sich ihre Gestalten in der letzten Helle des Tages scharf abzeichneten.

Auf dem unfernen Fußwege zwischen den Weidenstümpfen hatte es inzwischen eine unerquickliche und in halblauten, drohenden Worten geführte Abrechnung zwischen Lude Hekke und dem alten Fischer Tampke gegeben, und es hatte erst einer wilden Drohung des ersteren bedurft, um der Tasche Tampkes die Summe zu entlocken, die nach des Rothaarigen Ansicht der Schwarzbruderschaft vom letzten Beutezuge gebührte. Stumm und finster, noch im Grollen gegen einander, schritten sie wieder dem Köthkeschen Gasthofe zu, als plötzlich Lude Hekke jäh den Fischer am Arm packte und mit verzerrtem Antlitz auf den nahen Elbdamm wies.

„Seid Ihr toll, Lude Hekke ?" rief der Fischer erstaunt, seinen Arm aus der Umklammerung der eisernen Finger seines Spießgesellen befreiend, „dass Ihr mich packt wie ein Wütender !"

„Seht doch nur," zischte der Rothaarige. „Eure Stieftochter im vertrauten Gespräch mit – – – "

„Ein fremder Schiffer ?" sagte nun auch Tampke erstaunt. „Aber was ist schließlich daran ? In einen Käfig einsperren könnt Ihr sie auch nicht, wenn sie erst Eure Frau ist, Lude Hekke !"

„Wisst Ihr, w e r das ist, der dort an ihrer Seite geht ?" raunte der Rothaarige, der den Alten hinter einen dicken Weidenstumpf gezogen hatte und nun mit sprühenden Augen die Vorüberwandelnden verfolgte. „Der Schiffer ist es vom Kahn, dem wir heute Nacht an die Ladung wollen ! Ich hab' mir sein Gesicht und seine Gestalt schon in Wittenberge genau angesehen und heute früh hier, als ich mich am Hafen umsah, wo er sein Schiff vertaut hat."

„Ihr seht Gespenster, Mann !"

„Er ist's, mein Kopf zum Pfand ! Was aber hat der Mann mit der Meta zu tun ?"

„Seid vernünftig, Mann !" suchte Tampke den wild Aufgeregten zu beschwichtigen. „Ihr seht ja aus, als wolltet Ihr dem Schiffer dort ans Leben !"

„Er soll sich vor mir hüten !" sagte der Rothaarige heiser. „Seht doch nur, wie vertraut sie miteinander tun. Und seht Euer Mädchen an, Tampke – habt Ihr sie je lachen hören ? – Ich hätte eine Handvoll Goldstücke darum gegeben, wenn sie in meiner Gegenwart eine Minute so fröhlich gewesen wäre wie mit dem da – – – "

Er duckte sich wie zum Sprunge, und seine Hand fuhr nach der Tasche, in der er seinen Nickfänger verwahrte.

„Ihr seid wahrhaftig nicht mehr bei Sinnen !" zürnte der Fischer leise. „Wollt Ihr den Schiffer da aufmerksam auf Euch machen ? Beim Teufel, Lude Hekke – – wenn Euch jetzt Eure Genossen von der schwarzen Bruderschaft sehen könnten – – sie würden die Köpfe über ihren Häuptling schütteln, dessen tolle Eifersucht ihn und sie in Gefahr bringt. Seht – sie kehren um und zum Gasthofe zurück. Halt, Mann – hier bleibt Ihr, bis Ihr wieder Eure Besinnung bekommen habt !" Die Hände des alten Fischers hielten den Rothaarigen fest, der dem langsam oben auf dem Elbdamme sich entfernenden Paare folgen wollte.

„Wo kann sie nur jenen Mann kennen gelernt haben ?" stieß dieser hervor. „Die Meta wirft sich doch so leicht keinem an den Hals, als dass sie in den wenigen Minuten, die wir fern waren, gleich so vertraut mit ihm tun könnt' ! Aber nun will ich dazwischen fahren, dass jenem die Augen darüber aufgehen sollen, dass man hier nicht ungestraft einem das Mädchen abspenstig macht !"

„Das werdet Ihr bleiben lassen !" rief erbost der Alte. „Seid Ihr denn der Lude Hekke noch, der sich rühmte, nie die Gewalt über sich zu verlieren ? Zum Kuckuck, Mann, gar nichts Besseres konnte uns passieren, als dass ein verdammter Zufall jenen Schiffer und die Meta zusammenführte ! Und jetzt sag' ich Euch eins : Ich lass' Euch heute nicht wieder zu Köthkes Wirtschaft dort, und wenn ich es in Gewalt mit Euch aufnehmen sollte. Ihr geht jetzt mit in mein

Haus und lasst jene beiden dort allein. Nichts Besseres konnte uns passieren !" Der Rothaarige starrte den Alten an.

„Ich soll ruhig zusehen, wie jener dort schön tut mit der Meta ?"

„Was kann er groß schön tun mit ihr vor all den Leuten ? Und wenn die Meta uns nicht mehr zurückkommen sieht, glaubt Ihr, dass sie bis in die späte Nacht hinein allein bei ihm sitzen bleiben wird ?"

„Allein !" knirschte Lude Hekke. „Mir schwimmt es blutig vor den Augen, wenn ich nur daran denke ! Und Stunden dauert's noch, ehe wir uns auf den Weg machen können. Nein – lasst mich hier – wenigstens in ihrer Nähe will ich sein !"

„In einer halben Stunde wär't Ihr ihm an dem Kragen, wie ich Euch kenne, Lude Hekke, und dann wäre es mit dem Beutezug vorbei. Mann, wollt Ihr ihn denn selbst vor der Zeit auf seinen Kahn zurückjagen ? Und wollt Ihr ihm Euch bemerkbar machen, so dass er Euch nie wieder aus dem Sinn verliert ? Zum Satan, Mann, nehmt endlich Vernunft an, oder gebt das ganze Gewerbe auf ! Denn dann seid Ihr dazu nicht mehr zu gebrauchen !"

„Ihr habt recht, Tampke," sagte nach einer Weile des stummen Vorsichhinbrütens Lude Hekke, indem er mit dem Handrücken über die glühende Stirn strich. „Ich muss schon dulden, was mich im Innern rasend macht. Denn der junge Bursche gehört zu den Glattgesichtigen, in die sich die Weiber am leichtesten vernarren. Und wenn das nun mit der Meta geschähe ? Mein Messer renn' ich dem Burschen in den Wanst – – – "

„Macht, was Ihr wollt, nur später, Lude Hekke ! Heute seht's an, als sei's ein glücklicher Zufall, dass die Meta ihn hier im Garn hält, bis wir seine Ladung erleichtert haben."

„Wenn ich Euch wenigstens bei der Meta wüsste, Tampke !"

„Wenn's Euch ruhig machen kann – so gehe ich zu Köthke zurück. Um so sicherer wird der Schiffer bleiben. Kommt gegen elf

Uhr mit meinem großen Fischernachen die Elbe herab – um die Zeit erwarte ich Euch an der Löcknitz-Mündung. Aber, Mann, ich sage Euch, begeht keine Torheit, die uns in Gefahr bringen kann!"

„Es mag so sein, wie Ihr sagt, Tampke! Um elf Uhr bin ich mit dem Nachen [40] unten. Aber dann, wenn Ihr nun gegangen seid und er das Mädchen heimbringen will durch die dunkle Nacht?"

„Haltet Ihr so wenig von der Meta, Lude Hekke, und wollt sie zum Weibe nehmen?"

„Ich muss Euch folgen, Tampke – ich sehe es ein! Aber d i e Nacht soll mir das Glattgesicht von Schiffer büßen!"

Die beiden Männer trennten sich. Tampke ging im einbrechenden Abenddunkel zu dem Köthkeschen Gasthof zurück nach Gaarz, der Rothaarige strich in die Wische hinein, eine Hölle von Eifersucht im Herzen. Die hereinbrechende Dunkelheit hatte auch Fritz Wölling und Meta in das große Gastzimmer neben dem Saale zurückgetrieben. Hier zerrann der schöne Traum der letzten halben Stunde vor Meta. Jeder Augenblick konnte ja den Rothaarigen wieder an ihre Seite führen und den Stiefvater mit ihm. Und was würde dann geschehen? Wieder stieg die Furcht riesengroß in ihr auf. Drinnen lockte die Musik aufs neue. Mit glänzenden Augen sah der junge Schiffer sie an.

„Wollen wir?" fragte er leise. „Nur e i n m a l, Fräulein Meta!"

Ihr Name klang wie ferne Musik von seinen Lippen. Heiß durchrann es sie aufs neue. Die Lebenslust wallte ungestüm in ihr empor. Einmal, von seinen Armen umschlungen, durch den Saal fliegen, nur einmal – – –! Schon stand sie an seiner Seite, und da waren sie schon im Wirbel der Paare und tanzten, bis der letzte Geigenstrich über die Saite glitt.

---

[40] Einfacher, flacher Kahn zum Rudern.

Mit zusammengekniffenen Lippen sah's der alte Fischer, der zurückgekehrt war. Die Eifersucht Hekkes sah doch scharf! Die Röte auf den Wangen seiner Stieftochter, der leuchtende Schimmer in ihren Augen – es war gut, dass er Lude Hekke dazu gebracht hatte, hier fern zu bleiben. Ein Rencontre [41] zwischen dem heißblütigen Rothaarigen und dem jungen stattlichen Schiffer wäre ganz unvermeidlich gewesen. Als das junge Paar, erhitzt vom Tanz, an den Tisch zurücklehrte, erbleichte Meta. Ihr Stiefvater saß gelassen da und schien von der Gegenwart ihres Begleiters nicht im geringsten verwundert. Ihr Blick flog entsetzt umher.

„Der Lude Hekke ist heimgegangen," sagte, diesen Blick verstehend, ihr Stiefvater. „Hast aber ja einen anderen gefunden, der Dich zum Tanz führt."

„Ach," sagte das Mädchen. „Wenn der Herr Wölling nicht gewesen wäre, vor sieben Wochen dort unten in Tangermünde – ich läge vielleicht längst unter der Erde!" Und mit hastigen Worten erzählte sie dem Aufhorchenden die Episode vom Neustädter Tor.

„Das Fräulein macht's zu groß, was ich tat," lachte Fritz Wölling.

„Aber wenn Sie's vergönnen, dass ich noch eine Stunde oder zwei hier bei Ihnen sitzen darf – Lohn wäre es genug für mich!"

Der alte Tampke nickte ruhig Gewährung. Es war doch eine sonderbare Welt! Da saß er nun zusammen mit dem Manne, dem sein nächtlicher Anschlag gelten sollte, und sein Stiefkind ward von jenem immer wieder zum Tanz geführt. Die Stunden verrannen. Fritz und Meta wünschten, dass diese Nacht kein Ende nehmen möge. Als sie vom letzten Tanz an den Tisch zurückkehrten, war der alte Fischer verschwunden. Zufällig sah Fritz Wölling nach dem Fenster in seinem Rücken. Tiefdunkel war draußen die Nacht. Und doch glaubte er sekundenlang ein wutverzerrtes Gesicht ge-

---

41 Treffen, Begegnung

gen die Scheibe gepresst gesehen zu haben, aus dem ein paar glühende Augen ihn hasserfüllt anstarrten. Im nächsten Augenblick war das Gesicht verschwunden.

„Mein Vater ist fortgegangen !" sagte Meta leise und ängstlich.

„Ich sehe ihn nirgends mehr. Er ist wohl schon nach Hause. Ich muss ihm nach !"

„Allein, Fräulein Meta ? Das lass ich nicht zu ! In diesem Dunkel und mit dem Elbufer in der Nähe. Wenn Ihnen etwas zustieße, ich könnt's durch mein Leben nicht verwinden !" Sie senkte den Kopf und duldete, dass er an ihrer Seite in das Dunkel hineinschritt.

10. Kapitel
E l b p i r a t e n

Alles in ihre tiefen Schatten hüllt die Juninacht, welche den ersten Pfingsttag begräbt. Dunkel liegt über den Strom gebreitet. Ein leichter Nachtwind hat sich aufgemacht, treibt zu leisem Rauschen die Uferbüsche an einander und lockt ein feines, zitterndes Klagen aus dem Röhricht des morastigen Landstreifens, der hier an der „Wische" entlang die Elbe von dem Deich trennt. Aus einer umbuschten Einbuchtung dem Dorfe Gaarz gegenüber gleitet ein Fischernachen heraus und, von kundiger Hand gelenkt, hart am Ufer in dem ruhigen Wasser dahin. Die Augen des Mannes, der den Nachen kaum eine doppelte Ruderlänge vom Ufer entfernt auf der dunklen Flut dahintreiben lässt, sind die selbst die Nacht durchdringenden Augen einer Katze und er kennt hier Strom und Ufer genau. Nach hannoverscher Seite geht der Strom und die Buhnen liegen drüben, hier ermöglicht ihm das ruhige Wasser, hart unter dem mit Büschen besetzten Ufer zu bleiben. Geräuschlos gleitet der Nachen dahin. Hier und da ein leises Plätschern im Strom – ein Fisch, der an die Oberfläche des Wassers schnellt. Ein leises, melodisches Rauschen dort, wo der Strom an den weit hineingebauten Buhnen, schnell und kleine Wirbel bildend, dahinschießt. In hundert feinen Lauten redet die Nacht auf dem Elbstrome ihre geheimnisvolle Sprache; dann und wann, wo größere Bäume sich an das Flussufer drängen, wird das hastige Flattern eines Nachtvogels laut.

Der Mann im Nachen kennt die Sprache der Nacht. Sie ist ihm vertraut und sie hat nichts Geheimnisvolles mehr für ihn. Sein Ohr lauscht nur dem, was menschlicher Klang in dieses Nocturno [42] der Natur hineinträgt. Die Nacht mit ihrem Dunkel, die sonst keines Menschen Freund ist – ihm ist sie die willkommene, ihn mit ihren Schleiern deckende Gelegenheitsmacherin.

Freier wird das Ufer. Die letzte hohe Baumgruppe gleitet vorüber, das niedrige Buschwerk hört auf, näher tritt der Elbdamm hier an den Fluß heran. Musiktöne dringen durch die Nacht herüber. Der Mann im Nachen weiß, woher sie klingen, auch wenn ihm der hohe Elbdamm einen Blick zu den erleuchteten Fenstern des Saales verwehrt. Aber sie rufen ihn mit einer Macht, der er nicht widerstehen kann. Denn in dem Saale weilt das junge Mädchen, das seine tolle Leidenschaft entflammt hat – mit einem anderen ! Das elastische Ufer hier zittert und erbebt unter dem Druck des Buges des Nachens, der sich, von nerviger Faust getrieben, leise hinaufschiebt. Ein feines Klirren der Kette, an welcher der muskelstarke Mann ihn noch weiter hinaufzieht, damit die dunkle Flut ihn nicht mit sich davonträgt. Flüchtig huscht der Fuß des Schiffers über das hier trockene Vorland und klimmt die mit Gras bewachsene Böschung des Elbdammes hinauf. Kurz vor elf Uhr

---

[42] gefühlvolle Nachtmusik

nachts ist's. Durch den offenen Garten des Köthkeschen Wirtshauses schleicht ein Mann zum Fenster des großen Gastzimmers, aus dem helles Licht hervorbricht. Und dieses Licht zeigt in dem Heranschleichenden die verzerrten, blatternnarbigen Züge des rothaarigen Hauptes der „schwarzen Bruderschaft", Lude Hekkes. An das Fenster schleicht er. Nun kann er drinnen alles übersehen. Bläulicher Qualm ruht über den Gruppen, die an den Tischen sitzen oder zwischen ihnen einherdrängen. Drinnen im Saal bricht die Musik ab. Neue Paare dringen in das überfüllte Zimmer, und an den Tisch am Fenster, an dem er selbst am Nachmittage der still in sich gekehrten Meta Streblow gegenübersaß, treten zwei junge Menschen, mit glücklichem Lächeln auf den Gesichtern – – – .

Hölle und Teufel ! Ist dies noch die Meta, die er, Lude Hekke, kennt ? Gehören ihr wirklich diese Augen, in denen nun die heiße Lebenslust liegt, und die von ihm scheu sich abwenden ? Ohne dass er es weiß, presst er sein von Wut entstelltes Antlitz nun fester an die Scheibe. Tödlicher Hass gegen den jungen Schiffer, der dieser spröden Galathee [43] des Fischerdorfes heißes Leben einzuhauchen wusste, quillt in ihm auf. Wehe, wenn er ihn treffen wird, allein, ungesehen, irgendwo im Dunkeln – die nagende Eifersucht, die er in dem wilden Gesellen entfacht, soll sein Blut bezahlen !

Und da ist es, als flamme sein Hass durch Glas und Mauer hindurch zu dem, dem er gilt, denn der stattliche Schiffer drinnen wendet sich plötzlich dem Fenster zu und blickt zu dem im Nachtdunkel draußen Stehenden herüber. Der taucht unter in das Dunkel. Vom Dömitzer Kirchturm herüber klingen ferne Glockenschläge. Sie künden die elfte Nachtstunde. Schon wird Tampke ihn erwarten. Jetzt gilt die Zeit anderem Unternehmen. Noch einmal droht die Faust des Zurückweichenden zu dem erleuchteten Fen-

---

[43] Vgl. Glossar.

ster hinüber. Dann huscht er den Elbdamm hinunter an das Ufer des Stromes. Leise gleitet der Nachen in die Flut zurück, die ihn weiter dorthin trägt, wo auf der äußersten Spitze der Landzunge an dem Einfluss der Löcknitz in die Elbe eine dunkle Gestalt sich niedergekauert hat.

Ein leiser Pfiff. Der Nachen gleitet an das Ufer heran. Mit der Gewandtheit eines Jungen schwingt sich der alte Fischer Tampke in den Kahn, der nun an der Wiese zwischen Elbe und Dynamitfabrik weitergleitet, der großen Dömitzer Strombrücke und dem Hafen der kleinen Elbstadt zu. Eine dunkle Masse taucht vor dem Nachen auf. Der Heck eines großen Kahnes ist es. An dem mächtigen Steuer ist ein Maibusch befestigt, der im leisen Nachtwinde die dünnen Zweiglein schaukeln lässt. Lude Hekke treibt den Nachen längsseits. Oben beugt sich eine menschliche Gestalt über die Bordkante, und leise schallt es herab :

„Seid Ihr's, Lude Hekke ?"

Als die geflüsterte bejahende Antwort kommt, fällt ein Tau herab, an dem der Nachen festgemacht wird. Und mit der Gewandtheit einer Katze schwingt sich der Rothaarige an Bord.

∗ ∗ ∗

Nicht umsonst hatte Fritz Wölling die brieflichen Warnungen seines Vaters empfangen. Er war nicht eher von Bord seines Kahnes gegangen, als bis seine Bootsmannschaft, der er bis zum Nachmittage Urlaub gegeben, wieder an Bord war. Der bewährte Schiffsknecht seines Vaters, Franz, kam wie immer nüchtern auf den Kahn zurück, und es erfüllte den jungen Schiffer mit Genugtuung, dass auch der neue, in Magdeburg in letzter Stunde angeworbene Bootsmann in gleicher Weise an Bord kam. Der dritte Bootsmann und der Junge schienen ein wenig heiter zu sein, aber darüber sah Fritz Wölling hinweg. Jung Blut will am Pfingsttag einmal austoben. Er ging also beruhigt vom Kahn und ziellos ins Weite. Die Kneipe lockte ihn nicht und jene, in denen hier der Verkehr der Schiffer stattfand, schon gar nicht. So schritt er bald auf dem Elbdeich dahin, und als er an die Löcknitzer Fähre kam und die in Grün versteckten Fischerdörfer sah, beschloss er, seinen Spaziergang bis dahin auszudehnen. Die Musik in Köthkes Gasthaus, das erste Gehöft hinter der Fähre, hatte ihn, wie er meinte, für einen kurzen Augenblick, in den Saal gelockt, und dort war ihm die Besitzerin des Antlitzes, das sich in sein Erinnern so fest eingegraben, in ihrer frischen jungen Schöne wieder gegenübergetreten. Grund genug, um nicht mehr an Zeit und Kahn zu denken. Den letzteren wusste er ja in guter Bewachung.

Aber mit den schlauen und gewalttätigen Mitteln der schwarzen Bruderschaft hatte er doch nicht gerechnet. Der alte Franz saß rauchend auf dem Bugdeck des Wöllingschen Kahnes, der dritte Bootsmann hatte sich auf ein paar Säcke auf dem Deck ausgestreckt und starrte schläfrig zum Abendhimmel auf. Der Junge war schon zur Koje gegangen, um die Wirkung der paar Gläser, die ihm heute über die Lippen geflossen waren, im Schlafe auszugleichen. Nur der neue Bootsmann war unten in der kleinen Mannschaftskabine. Von dort aber drang alsbald ein so lieblicher Geruch zum Deck empor, dass der junge Schifferknecht sich plötzlich auf die Ellbogen stützte und selbst der alte Franz schnuppernd die Nase in die Höhe hob. Das roch doch wahrhaftig nach einem feinen, würzigen Rumgrog ! Dieser neue Bootsmann war doch ein Satanskerl ! Der braute sich ein Getränk zusammen, bei dem es sich leicht wachen ließ.

Der dritte Bootsmann war der erste, der nach unten verschwand. Und mit sehr vergnügtem Gesicht war er nach einer Weile wieder oben und präsentierte auch dem alten Franz ein Glas des dampfenden Getränkes. Der Neue hatte „Stoff" genug, und ein paar

Gläschen könnten ihnen ja nicht schaden ! Der alte Bootsmann schmunzelte. Nein, wahrhaftig nicht, ein halbes Dutzend solcher Gläser würden ihm die Augen nicht zufallen machen, wenn er sie offen behalten wollte. Und bis zur Rückkehr seines Schiffsherrn wollte er sie nicht schließen, soviel stand fest.

Er hatte sein Glas ausgetrunken und eine Weile danach ein zweites, das ihm der junge Schiffsknecht ebenfalls auf Deck brachte, diesmal schon mit schwankenden Schritten und schwerer Zunge. Der alte Franz kicherte vor sich hin. Er war plötzlich merkwürdig vergnügt geworden. Das war auch ein komischer Anblick. Die Masten da vor dem Wöllingschen Kahne fingen an zu tanzen. Und der große Mast auf dem eigenen Kahne da vor ihm auch. Und das ganze Schiff schwankte. Zu dumm ! Ein brennender Durst quälte ihn plötzlich. Unten stand noch dünner, kalter Kaffee, das war sonst immer sein Getränk. Mit ausgebreiteten Armen schritt Franz auf die niederführende kleine Treppe zu. Die Pfeife fiel ihm aus dem Munde, er bückte sich nicht einmal danach. Als er mit Not und Mühe unten ankam, tanzten alle Gegenstände der kleinen Kajüte in rasendem Wirbel um ihn herum. Er fühlte sich am Arm ergriffen und im nächsten Moment sank er auf sein Lager nieder zu bleischwerem Schlaf, aus dem ihn in dieser Nacht kein Gelärm erwecken würde.

Dem dritten Bootsmann war es nicht anders ergangen, und der Junge, den der Neue aus dem Schlafe geweckt und mit lachenden Worten halb gewaltsam ein Glas eingeflößt hatte, lag in völliger Betäubung da. Mit triumphierendem Grinsen betrachtete der Genosse der schwarzen Bruderschaft sein Werk. Lude Hekke fand, wenn er unter dem Schutz der Nacht kam, halb getane Arbeit vor. Wenn der Satan nur nicht den Schiffer im unrechten Augenblick herbeiführte.

Aber der neue Schiffsmann wälzte noch einen zweiten schwarzen Plan in seinem Hirn umher. Er hatte bei Gelegenheit einen Blick in die Schiffskajüte hinten im Heck des Kahnes geworfen und den Wandschrank noch bemerkt. Vertraut mit dem ganzen Kahnleben vermutete er nicht zu Unrecht, dass jener Schrank das Geld und die Papiere des Schiffers berge, und damit war noch etwas anderes lüstern in ihm geworden. Lange konnten die Kahndiebstähle nicht mehr andauern, ohne dass man den Räubern einmal in die Quere kam, und seine Freiheit war ihm lieber als das Zuchthaus. Mit Schlössern verstand er umzugehen, und wenn ihm der Einbruch in den Wandschrank da vorne eine nennenswerte Summe in die Hände lieferte, so war er, noch ehe der Morgen anbrach, auf und davon. Hamburg war mit der Bahn in ein paar kurzen Stunden zu erreichen, und dort gab es dann Schlupfwinkel genug für ihn. Auch gegen die Rache der Schwarzbruderschaft, die er durch die Ausübung der eigenen Tat auf sich lud, denn der gewaltsame Einbruch musste riesiges Aufsehen unter den Elbschiffern machen. Das war keiner der gewöhnlichen Kahndiebstähle mehr, das war eine gewaltsame Beraubung eines Kahnes, die über das Maß der bisher von der Schwarzbruderschaft verübten Taten weit hinausging und die ganze Elbschiffahrt alarmieren musste.

Aber der Gelddurst war einmal in dem Manne geweckt worden, und was wollte ihm die Schwarzbruderschaft anhaben, wenn er sich in Hamburg für das nächste Schiff, das den Hafen verließ, anmustern ließ und in einem fremden Hafen die Früchte dieser Nacht genoss? Immer mehr setzte sich dieser Plan in ihm fest, und am liebsten wäre er sogleich an die Ausführung gegangen, aber die Furcht vor dem wilden Lude Hekke war doch noch zu stark in ihm. Wenn der kam – und die Zeit war bald heran – und weder das Zeichen noch ihn selbst fand, so witterte er Unrat und setzte sich wahrscheinlich selbst auf seine Spur. Nein, es war schon klüger, erst noch das verbrecherische Spiel der Bruderschaft mitzutreiben und dann auf eigene Faust zu operieren.

Längst wehte der Maibusch auf dem Steuer, den er, in den Nachen des Kahnes hinabkletternd, darauf befestigt hatte. Längst verschwammen Strom und Land in eine Finsternis zusammen. Da endlich glitt es auf dem Wasser heran, seinem Ohre bemerkbarer als seinen Augen. Lude Hekke und sein Helfershelfer waren zur Stelle. Mit leisen Worten verständigten sie sich bald. In den Augen des Bootsmannes glomm es auf, als er seine Besorgnis, der Schiffer könne jeden Augenblick zurückkommen, von Lude Hekke zerstreut sah. Sonst würde niemand an Bord sie behelligen, konnte er ihn seinerseits beruhigen. Das Schlafmittel, das er in den lockenden Grog getan, habe bei allen die gewünschte Wirkung gehabt. Sie lägen wie tot unten und würden am nächsten Morgen von ihm ausgelacht werden, weil sie so wenig vertragen könnten, wisperte er seinen Spießgesellen zu.

In voller Ruhe gingen die beiden ans Werk. Sie schoben an der Stelle, wo neben dem Kahn Tampkes großer Fischernachen vertaut lag, einen Teil der Plankenbedachung des Laderaumes zurück, und nun ließ sich Lude Hekke über die Bordseite in den Nachen zurück, um die Säcke und Kisten, die sein Genosse oben an die Schiffswand schob und wälzte, mit Tampke zusammen in Empfang zu nehmen. Das war in dem schwankenden Nachen und bei der tiefen Dunkelheit kein leichtes und schnelles Werk; der Atem der beiden Männer ging keuchend, und trotz der Nachtkühle auf dem Wasser floss ihnen der Schweiß reichlich von der Stirne, ehe sie um sich aufgestapelt hatten, was der Nachen zu tragen vermochte.

Noch einmal kletterte Lude Hekke an Bord, um mit dem Bootsmann oben die Dachplanken wieder an Ort und Stelle zu bringen.

Dann ließ er eine sorgfältig in Papier gewickelte Geldsumme in seines räuberischen Genossen Hand gleiten – das Handgeld auf die heutige Beute.

„Bleibt Ihr an Bord, Bremer ?" flüsterte er ihm noch leise zu, ehe er in den Nachen zurückkehrte, dem Genossen nach der Schiffergewohnheit den Namen seines Geburtsortes gebend.

„Warum sollt' ich fort ?" gab dieser ebenso leise zurück. „Dass wir an der Ladung gewesen, merkt der Schiffer ja doch erst in Hamburg. Ginge ich jetzt bei Nacht und Nebel vom Kahn, merkt er Unrat. In Hamburg kann ich's. Die Papiere, die ich ihm gab, sind Flebben [44]. Meine eigenen habe ich sicher im Sack. Nun macht, dass Ihr längseit vom Kahne wegkommt !"

Nach fünf Minuten war die Stelle, wo Tampkes Nachen am Kahn gelegen, frei, das Tau beseitigt und der Maienbusch auf dem Steuerkasten verschwunden. Der trieb nun als stummer Zeuge des Geschehenen mit der Flut die Elbe abwärts. Mit Aufbietung aller Kraft und unter der möglichsten Vermeidung jeden Geräusches stakten die beiden Männer den schwerbeladenen Nachen im Uferwasser stromauf. Ehe sie in die Löcknitzmündung einfuhren, die auf der einen Seite reich mit Schilf bestanden ist, hielten sie den Nachen an und lauschten. Noch immer waren die Fenster in Köthkes Gasthof erleuchtet und die Tanzmusik im Gange. An der Schilfseite hin, bereit, jeden Augenblick den Nachen zwischen die hohen, bergenden Schilfhalme zu treiben, fuhren sie mit äußerster Bedachtsamkeit hinauf.

Der Knecht des Gasthofbesitzers drüben, der die Dienste eines Fährmannes hier an der Löcknitzfähre versieht, war wieder hinaufgegangen zur Wirtschaft. Was jetzt da oben im Saal und Schenkzimmer war, gehörte wohl sämtlich in die Fischerdörfer

---

[44] Gaunersprache für Legitimationen, hier Kopien oder Fälschungen.

jenseits der Grenze. Lude Hekke hielt den Kahn an und horchte mit vorgestrecktem Halse in die Nacht hinaus. Nichts war hörbar als die herüberdringende Musik, und als diese abbrach, das Säuseln des Nachtwindes im Schilf. Nun erst trieb er den Nachen an der Fährstelle, bei der hüben und drüben das Ufer sich zum Niveau des Löcknitzwassers niedersenkt, vorüber, an dem Schleusenstellwerk vorbei und in die Biegung zur Linken hinein, die eine dichte Gebüschkette rechts und links den Augen jener, welche die Fährstelle passieren, völlig entzieht. Aufatmend sank Lude Hekke auf einem der Säcke nieder. Er griff in die Tasche, um eine Flasche herauszunehmen und einen starken Teil ihres Inhaltes in die Kehle rinnen zu lassen. Er bot sie Tampke an, der schweigend gleichfalls trank. Dann bogen sich die Uferbüsche in ihrer Nähe auseinander und eine flüsternde Stimme fragte: „Seid Ihr da?"

„Alles in Ordnung, Täve!" gab der alte Fischer zurück, der die Stimme seines Sohnes erkannt hatte. „Ist der andere auch da?"

„Ja! Wir halten mit dem Wagen hier zwischen den Büschen!"

„Es ist gut. Nur einen Augenblick wollen wir nach der Fahrt verpusten. Dann greife mit zu."

Von Dömitz herüber führt über die große Wiese vor der Dynamitfabrik nach den Elbfischerdörfern eine Telegraphen- und Telephonleitung. In weiten Abständen stehen die mit Nummern bezeichneten Telegraphenpfähle. Der die Nummer 127 tragende steht hart am Wege zur Löcknitzfähre, wenige Schritte zur Linken von ihm beginnt die Buschreihe. In diese Büsche zurückgeschoben stand ein Wagen, mit einem kräftigen Pferde bespannt. Neben ihm schritt ungeduldig, den Kragen seines Rockes hochgeschlagen, der Agent Wilhelm Rebacker auf dem weichen Wiesengrunde hin und her.

„Warum zögert Ihr noch?" raunte er dem Täve Tampke nervös zu. Ihm war immer nicht wohl bei diesen nächtlichen Fahrten, und er wäre ihnen gern ferngeblieben, aber der alte Tampke bestand darauf, dass er bei der Übergabe der „geschmuggelten" Kolli [45] zugegen sein sollte.

Mit dem Aufgebot aller seiner Kräfte hatte Lude Hekke den schwerbeladenen Nachen zwischen zwei Büschen ein Stück auf das Ufer heraufgezogen, und das Werk, die gestohlenen Waren aus dem Boote auf den Wagen zu schaffen, begann, wieder mit der äußersten Vermeidung jedes Geräusches. Aber die drei Männer hier waren mit diesem nächtlichen Geschäft vertraut. Ihre Augen waren für das Dunkel geschärft und ihre Muskeln und Sehnen voller Kraft. Endlich war der letzte Sack auf dem Wagen.

Während Täve Tampke das Pferd beim Kopf nahm und es anziehen ließ, schlug Wilhelm Rebacker den Fußpfad quer über die große Wiese ein. Die fernen Lichter des Bahnstranges gaben ihm die Richtung an. Der Wagen aber gewann den ebenfalls mit Gras bewachsenen Fahrweg, an dem hier die Telegraphenpfähle standen, die einen sicheren Anhalt boten, auch in der Finsternis nicht von diesem Wege abzukommen. Achsen und Naben aber waren mit Sorgfalt geölt und geschmiert und der Hufschlag des Pferdes, neben dem der Täve einherging, auf dem weichen Gras- und Sandgrunde nicht zu hören.

Lautlos bewegte sich das Gefährt Dömitz zu. Die Schlagbäume des Bahnstranges waren geöffnet. Der Wärter schlief in seiner Bude. Um diese Zeit passierte die Strecke hier kein Zug. Und langsam und stetig fuhr das Gefährt weiter, durch die stillen Straßen hin zum Zingel, um dann von Täve und Rebacker in eine der Scheunen am Zingel geschoben zu werden. Dann trieb Täve sein losgespanntes Pferd auf die Wiese rechts vom Zingel hinter der kleinen Badeanstalt, pflöckte es an, damit es weiden konnte, und hockte

---

[45] Kleinere Stückgüter, die sich einzeln transportieren lassen.

sich auf einen Feldstein nieder, um rauchend den nicht mehr fernen Tag zu erwarten, an dem er gleichmütig mit seinem dann schnell entladenen Wagen nach Besandten zurückkehren würde.

Wilhelm Rebacker war in seine kleine Wohnung zurückgekehrt, froh, die gefährliche Nacht wieder überstanden zu haben.

Als Täve sich mit dem Wagen aus dem Buschversteck an der Löcknitz entfernt hatte, wollte Tampke den Nachen vom Ufer abstoßen; da setzte Lude Hekke den Fuß auf den Kahnrand.

„Was wollt Ihr noch?" flüsterte der Schiffer. „Ich dächte, es wäre nun für Euch Zeit, nach Dömitz zurückzukehren, Lude Hekke!"

„Ich will noch 'mal nach Köthke hinüber!"

„Und ich leid's nicht!" zürnte Tampke leise. „Wollt Ihr denn mit Gewalt uns alle unglücklich machen? Ihr sucht Streit mit dem Schiffer vom Kahn da unten. Ich habe nicht Lust, durch Eure Tollheit mich ans Messer zu liefern – seht Euch vor!"

Er stieß den Kahn mit plötzlichem Stoß in das Löcknitzwasser hinaus, so dass Lude Hekke leicht zu einem nassen Bade gekommen wäre, hätte er sich nicht an den Weiden festgeklammert.

„Was fällt Euch ein, Tampke!" schalt er wütend mit unterdrückter Stimme. Und ebenso schallte es vom Wasser zurück:

„Geht heim! Morgen werdet Ihr's mir danken!"

Unschlüssig blieb Lude Hekke, die Lippen zwischen die Zähne geklemmt, in den Uferbüschen stehen. Inzwischen vollendete sein Genosse von der schwarzen Bruderschaft an Bord des Wöllingschen Kahnes sein lichtscheues Vorhaben. Als der Nachen mit Lude Hekke und dem alten Fischer in der Dunkelheit verschwunden war, kroch der neue Bootsmann über den Kahn zurück in dessen Bug zum Volkslogis. Keiner der von ihm durch Schlafmittel Betäubten regte sich. Zufrieden nickte der Mann, holte seinen Schnürsack mit seinen Habseligkeiten hervor, wühlte darin herum und kroch, ihn mit sich nehmend, wieder zum Heck des Kahnes, wo sich des Schiffers Kajüte befand, zurück.

Die Zugangstür zu dieser war unverschlossen. Der Mann tastete sich hinein und zu dem kleinen, dem Lande zugekehrten Kajütenfenster, das er mit seinem Rocke verhängte. Nun erst getraute er sich Licht zu machen und, nachdem er durch das Verhängen des anderen Fensterchens dessen Schein nach außen hin gedämpft, die an der Decke hängende Kajütenlampe anzuzünden. Das alles geschah mit hastigen Griffen, welche die Besorgnis des Mannes, bei seinem gefährlichen Tun von dem heimkehrenden Eigner des Kahnes überrascht zu werden, offenbarten. Und mit eiligen, geschickten Händen, dennoch aber in kurzen Pausen innehaltend und horchend, machte er sich daran, den Wandschrank gewaltsam zu erbrechen.

Auch darin schien der verbrecherische Bootsknecht nicht ohne Übung. Nachdem er vergeblich einige Schlüssel und Dietriche an dem Schloss probiert, schob er entschlossen ein feines, stählernes Stemmeisen in die Fuge und drängte es mit aller Kraft beiseite. Ein lautes Knacken und Krachen ward hörbar. Mit auf der Stirn hervortretenden dicken Perlen des Angstschweißes hielt der Mann inne und sprang mit einem Satz an die niedrige Kajütentür. Ihm war, als knarrten die Deckbretter unter einem schweren Tritt. Aber es war eine Einbildung seiner überreizten Sinne gewesen. Nichts traf an sein lauschendes Ohr, das auf die Annäherung eines Lebenden hindeutete. Mit gierigen Händen durchwühlte er nun das Fach des in die Wand eingelassenen Schrankes. Ein Leder-Schnürbeutel, in dem es metallisch klang, wanderte in seine Tasche. Die Papiere durchwühlte er nur, ohne sie weiter anzurühren. Die eigenen falschen Legitimationspapiere nahm er wieder an sich. Dann raffte er seine Werkzeuge wieder zusammen, löschte das Licht, raffte seine Kleidungsstücke von den Fenstern, stopfte alles in den Kleidersack und trat mit ihm auf das Deck hinaus. Stille, schweigende Nacht ringsum. Nur auf einem Kahne ganz da vorn an der Schleuse erhob sich ein fernes Schelten, wahrscheinlich zwischen Schiffsknechten, die des Guten in der Pfingstnacht zuviel getan. Über die Laufplanke gewann der Mann das Ufer, schlich sich hinter den Speichern am Hafen hinweg, bis er die zum Bahnhof führende Straße erreichte, auf der er verschwand. In einer Gebüschecke des Bahnhofsgartens erwartete er den nahenden Morgen und den Frühzug, der ihn von der Stätte seiner Tat entführen würde.

11. Kapitel
Was die Löcknitz sah

Droben auf dem Elbdamm, umspielt von der frischen Nachtluft, wandelt ein junges Paar so zögernd dem Fischerdorfe Baarz zu, als erwecke jeder kleine Schritt, der sie ihrer heutigen Trennung entgegenführt, ihr Bedauern.

Mit schlichten Worten hat Meta dem Manne an ihrer Seite die wenigen Seiten ihres Lebensbuches aufgeschlagen. Fritz Wölling weiß, dass kein Wort das sie gesprochen, von den feinen Linien der Wahrheit abweicht. Er weiß, dass ein armes Mädchen an seiner Seite geht, das dennoch einen reichen Schatz in sich selbst birgt, in ihrer Reinheit, Arbeitstüchtigkeit und Liebe. Und er weiß nun auch, wen er nach seiner Heimkehr hierherführen wird : seinen Vater ! Denn diese Meta Streblow wird eine Schifferfrau werden gewiss auch nach dessen Herzen. Dass sie arm und blank ins Haus kommt – wozu wär er jung und arbeitsfroh ? Auf's Geld brauchte zudem ein Tangermünder Wölling nicht groß zu sehen !

„Fräulein Meta !" sagte der junge Schiffer, als sie geendet, indem er ihren Arm sanft in den seinen zog. „Ich kann nicht viele und schöne Worte machen – aber ich meine es ehrlich mit jedem, das ich sage. Das dürfen Sie mir glauben ! Seitdem ich Sie in meiner Vaterstadt traf, hab' ich an Sie denken müssen, immer und immer wieder, und ich hab' mir ausgemalt, wie das alles werden könnt', wenn ich Sie träfe !" Der Arm des jungen Mädchens erbebte in dem seinen. Er aber zog sie fester an sich.

„Dann sah ich mich auf meinem Kahn nicht mehr allein – eine junge Frau stand bei mir, wenn ich am Steuer stand, oder sie war mit fleißiger Hand tätig vor mir. Und wissen Sie, Fräulein, wie diese junge Frau aussah ?"

Fritz Wölling fühlte, wie ein Zittern die Gestalt des Mädchens durchlief, das an seiner Seite schritt, und wie sein eigenes Herz zu pochen begann.

„Das waren Sie, Meta ! Immer Sie ! Und ohne dass ich erwarten durfte, Ihnen wieder zu begegnen, waren Sie doch immer bei mir. Und nun ich Sie gefunden – soll das, was ich mir ausgemalt habe an stillen Abenden, wenn ich auf meinem Kahndeck saß und auf die Flut hinabstarrte, ob die mir nicht die ersehnte Kunde von Ihnen geben könnte, soll das alles nicht Wahrheit werden ?"

„Es kann ja nicht sein !" kam es leise und schmerzlich von den Lippen des Mädchens. „Ich armes Ding – und Sie - - - mit Hohn und Spott würden mich Ihre Eltern von ihrer Schwelle weisen - - !"

„Nein !" sagte der junge Schiffer fest. „Wohl mögen sie andere Absichten mit mir haben und lieber sehen, wenn ich eine nehm' von den Tangermünder Schiffertöchtern. Aber niemals werden sie meiner Liebe zuwider sein und meinem Glück ! Denn ich hab' Sie lieb, Meta – für mein ganzes Leben !"

Die Dunkelheit verwehrte ihnen, des anderen Züge zu erkennen, aber er hörte, dass sie leise weinte. Nun schlang er leicht und sanft den Arm um ihren Nacken, und sie wehrte dieser ersten vertrauten Annäherung, die er wagte, nicht. Aber ihre Tränen flossen nur noch reichlicher. Das Gefühl der Seligkeit und der Weltvergessenheit, das sie in den letzten Stunden beherrscht, war wieder untergegangen in Zweifel und Mutlosigkeit. Es konnte ja nicht sein – der Abstand zwischen ihr, der Waise, die nichts besaß, als den Rock, den sie trug, und dem vermögenden Schiffersohn war zu groß, als dass die Hoffnungen, die er aussprach, sich je verwirklichen könnten. Und es erhöhte nur ihren Schmerz, dass sie im gleichen Augenblicke im tiefsten Herze inne ward, dass sie für ihr ganzes Leben nur diesen einen da lieb haben könnte !

„Meta !" tönte seine Stimme ihr wieder ans Ohr. „Ich lasse Dich nicht ! Hörst Du ! Und ich will in dieser Stunde nicht von Dir gehen, ehe ich nicht weiß, dass Du auch mir gehörst. Von Deinem Munde, Mädchen will ich's hören, dass auch Du mir gut bist !"

„Ich war's – von dem ersten Augenblick an – – – " bebte es kaum hörbar von den Lippen des jungen Mädchens. „Aber ich darf es ja nicht sein !"

Im Augenblick stockte sein Fuß, und tiefes Erschrecken klang aus seiner hastigen Frage :

„So hast Du einem anderen Dich versprochen, Meta ?"

„Ich nicht – ich hasse ihn und fürchte ihn zugleich – aber er, der mein Stiefvater ist – – – " Ein Schauer durchrann sie.

"Ich hab' andere Rechte an Dich, Mädchen !" rief Fritz Wölling, und er zog die Wankende an sich. „Rechte, die mir keiner antasten soll – auch der Alte nicht, der Dich einem anderen zusprechen will. – Wer aber ist's ?"

„Fragen Sie mich nicht," bat das Mädchen fast unhörbar. „Die Scham kommt über mich, wenn ich denke, dass einer mich begehrt, obwohl er weiß, dass ich Abscheu vor ihm empfinde - - -"

Der junge Schiffer atmete befreit auf :

„Wer es auch sei – er soll Dir nimmer mehr zu nahe kommen von morgen ab, Meta ! Denn morgen" – eine helle Zuversicht klang aus seinen Worten – – – „morgen komme ich im hellen Sonnenschein zu dem Haus, zu dem ich Dich jetzt im Nachtdunkel führe, und trete offen vor Deinen Stiefvater hin : Diese da – Eure Stieftochter – begehre ich – und nun sagt, was habt Ihr einzureden gegen des alten Schiffers Karl Wölling einzigen Sohn in Tangermünde ?!" „Tun Sie es nicht !" flehte Meta, deren Herz bebte zwischen Seligkeit und Furcht. „Ich bitte Sie, warten Sie noch – ich fürchte für – – – "

„Für Sie !" wollte sie sagen, aber das Wort wollte nicht über ihre Zunge. Der Gedanke an Lude Hekke war jäh in ihr aufgesprungen. Zu welcher Gewalttätigkeit würde der Rothaarige sich hinreißen lassen, wenn ihm kund ward, dass ihr Herz diesem jungen Manne gehörte, dessen Arme sie umschlungen hielten.

„Nein !" sprach Fritz Wölling fest. „Nun ich weiß, dass noch ein anderer seine Hand reckt nach Dir, darf ich nicht zögern – keine Stunde länger, als nötig ist !"

Das Dunkel zur Linken des wandelnden Paares vertiefte sich noch. Die finstere Masse eines Hauses und einer Baumgruppe trat daraus hervor.

„Gehen Sie jetzt !" bat Meta, sich aus dem sie umschlingenden Arme lösend. „Dies ist Fischer Tampkes Haus – in dem ich lebe. Lassen Sie mich darin - - - einsam, wie ich war ! Ich will an Sie denken alle Zeit – aber vergessen Sie mich ! Ach, ich weiß ja – nur Sorge und Unglück wird Ihnen meine Liebe bringen !"

Statt aller Antwort umschlang er sie.

„Nie vergesse ich Dich ! Und ein Wölling hält, was er sagt. Morgen, mit dem Mittag, komme ich !"

Sie ruhte willenlos in seinen Armen, und ihre Lippen fanden sich zu einem ersten scheuen Kuss. Dann riss sich Meta Streblow los. Hier jeden schrittbreit Bodens kundig, floh sie die Böschung des Elbdammes hinab, die Gartenhecke entlang zu der Lattentür. Ein heißes Glücksgefühl durchströmte ihn. Das Mädchen, das in seinen Gedanken gelebt die ganzen Wochen hindurch, dem sein Sehnen galt, gehörte ihm ! Ihre Lippen hatten ihm die selige Gewissheit gegeben : Auch sie war ihm gut, von jener Tangermünder Stunde an, die sie zuerst zusammengeführt. Ein anderer begehrte sie. Mochte er ! Fritz Wölling war Mannes genug, jeden anderen Bewerber aus dem Felde zu schlagen. Sie war arm und gering – was tat das ? Er wusste, mit dieser da kam und ging sein Glück. Und deshalb wollte er sie festhalten mit den starken Schifferarmen, jedem Widerstand, der sich ihm bieten mochte, zum Trotz !

„Morgen !"

Er rief das Wort fast jubelnd in die Nacht hinaus. Alle Welt sollte wissen, dass er sie begehrte. Vom ersten Tage ab sollte heller Sonnenschein auf ihrem jungen Liebesbunde ruhen.

Und wie er durch das Dunkel furchtlos und festen Schrittes dahinschritt, malte sein Auge ihm fröhliche Zukunftsbilder : Sein Weib, sein Kahn, sein Elbstrom – – welch reiches Leben lag vor ihm, voll Liebe, voll Tätigkeit, voll Berufsfreude !

Wenn er diese Nacht, auf den Kahn heimkehrend, dessen freundliche Kajüte betrat, würde er ihr zuflüstern : „Bald siehst Du mich nicht mehr allein – ein junges Weib wird bald in Dir schalten und walten und reines Menschenglück zu Dir hineintragen !"

Erst als er wieder hart am Köthkeschen Wirtshause stand, kehrten seine Gedanken in die Wirklichkeit zurück. Er musste ja über die Löcknitz, um drüben die Fortsetzung des Elbarmes zu erreichen und zu seinem Kahn zu gelangen. Ungewiss, ob er zu dieser späten Nachtstunde den Fischerknecht am Flüsschen finden würde, stieg er den Weg dorthin hinab. Wie drohende Gestalten standen die alten Weidenstümpfe am Wege. Einmal stockte sogar sein Fuß. Wie aus der herrschenden Dunkelheit, die kein Mondstrahl erhellte, hervorgewachsen, stand es plötzlich vor ihm wie in riesiger drohender Mannesgestalt. Er lachte, als er einsah, dass es nur wieder einer jener knorrigen Weidenstümpfe war. Sein Blut pulste doch heute aufgeregt durch seine Adern!

„He! Fährmann!"

Seine klangvolle Stimme drang weithin. Aber niemand antwortete. Schlief der Fährknecht?

Noch einmal ließ er seinen Ruf erschallen. Mit demselben negativen Erfolge. Es half ihm nichts, er musste noch einmal zur Gastwirtschaft hinaufgehen. Das tat er. Und in der kleinen Schankstube zur Rechten des Backsteinflurs fand er den Schifferknecht, der sich schwerfällig erhob, seine Laterne auf der Diele anzündete und ihm vorausschritt zur Löcknitzfähre hinunter. Fritz Wölling hob die Laterne in die Höhe, als der Ferge [46] den Nachen mit ein paar Stangenstößen hinübertrieb, um zu sehen, wohin sein Fuß trat, wenn er aus dem Nachen sprang. Für ein paar Sekunden ward seine Gestalt und sein Antlitz von dem Schein der Laterne hell beleuchtet.

„Wie komme ich am besten zum Hafen, Freund?"

Der Fährknecht, der statt der Kupfermünze [47], die er zu beanspruchen hatte, ein paar Nickel in seine schwielige Hand gleiten sah, gab freundlichere Auskunft.

„Durch die Wiese quer hindurch auf die Lichter da von der Bahn zu. Aber besser geht es sich auf dem Elbdamm drüben, gleich hier an der Löcknitz entlang!"

Fritz Wölling nickte. Das war auch ihm der liebere Weg. Und wohlgemut, aber bei jedem Schritt darauf achtend, dass ihn sein Fuss nicht in das Schilf treibe, schritt der junge Schiffer langsam in der Finsternis weiter. Droben auf dem ansteigenden Wege zu

---

[46] Ferge: alt für Fährmann.

[47] Vermutlich handelte es sich bei der Kupfermünze um einen oder zwei Pfennige, während der Nickel fünf Pfennige oder mehr wert war.

Köthkes Wirtshaus verschwand die Laterne, die der heimkehrende Fährmann trug.

Einsam schritt der junge Kahnschiffer durch die Dunkelheit weiter. Plötzlich blieb er stehen. Ein Rascheln war hinter ihm laut geworden, wie von eines Menschen Fuß, der flüchtig und leise hinter ihm drein kam. Er lauschte, alles war still wie zuvor. Und dennoch – nach einigen Dutzend Schritten blieb er aufs neue stehen. Er ward das bedrückenden Gefühl nicht los, dass ihm etwas Lebendes nachschleiche. „Wer ist da?" rief er. Keine Antwort.

Aber in demselben Augenblick hörte er neben sich ein keuchendes Atmen, und an seiner Seite hob es sich schattenhaft auf. Er wollte mit einem Satze zur Seite springen. Aber im selben Augenblicke traf etwas mit wuchtigem Schlage gegen seine rechte Schulter. Scharf und glühend drang es in sein Fleisch. Er wollte einen lauten Schrei ausstoßen und sich mit erhobenen Fäusten gegen seinen unsichtbaren Angreifer werfen, aber nur ein Ächzen drang aus seiner Kehle, und zugleich ergriff ihn ein Schwindel.

Die schwarze Finsternis färbte sich vor seinen Augen purpurrot. Schimmernde Punkte kreisten darin. Dann erlosch alles. Mit einem tiefen Aufseufzer sank der junge Schiffer schwer auf den blumigen Wiesenrand hart an der Löcknitz nieder. Aus einer tiefen Messerwunde unterhalb der rechten Schulter quoll der heiße, purpurne Strom des Lebens.

Ungesehen in diesem Dunkel, das kein schwaches Lächeln des Mondes durchdrang, sprang in flüchtigen Sätzen ein Mann durch den weiten Wiesenplan Dömitz zu.

* * *

Längst lag die Frühsonne des zweiten Pfingsttages auf der schimmernden Elbe, gab brillanten Glanz den Tautröpfchen an den Wiesenhalmes und weckte ringsum die Schläfer. Der alte

Bootsmann Franz schlug die Augen auf. Hinter seiner Stirn lag es wie geschmolzenes und erkaltetes Blei, so fest und drückend und starr. In der kleinen Bugkajüte war die Luft dumpfig und stickig, und der Sonnenstrahl, der durch das kleine, vergitterte Fenster huschte, zerstreute kaum etwas die Dunkelheit. Was war denn mit ihm vorgegangen, dass er, der früh schon im ersten Morgenwind auf dem Kahn zu stehen pflegte, sich kaum zu rühren vermochte? Die Glieder waren ihm steif, sein alter Kopf fast aller Denkfähigkeit entkleidet. Mühsam stand er auf, schwankend, wie jemand, bei dem sich die Nachwirkung zu vielen Trinkens am anderen Morgen heftig bemerkbar macht. Er stieg auf Deck und ließ die frische Morgenluft um die knöcherne Stirn sich wehen. Und als auch das wenig dazu verhalf, um ihm die Gedanken zusammenzubringen, zog er einen Eimer Elbwasser herauf und brachte sein heißes Gesicht mit ihm in die innigste Berührung.

Nach und nach gelang es ihm, sich zu besinnen, und als er auf der Leiter der Gedanken langsam bis zu dem genossenen Rum-Grog zurückgeklettert war, fiel ihm der neue Bootsmann ein. In der Absicht, ihm einige derbe Wahrheiten über sein Getränk zu sagen, das die Menschen ja aller Sinne beraube, begann er ihn zu suchen. Aber weder unten, noch hinten, noch auf dem Kahn fand er ihn, und als er in die Kajüte seines jungen Herrn hinabstieg, um diesem den unerklärlichen Abgang des neuen an Bord genommenen Mannes mitzuteilen, wuchs seine Unruhe. Sein junger Herr war nicht an Bord zurückgekommen, und die Wandschranktür wies Spuren einer gewaltsamen Öffnung allzu deutlich auf, als dass sie Franz' Blicken hätten entgehen können. Er eilte über den Kahn zurück in die Vorkajüte, um den dritten Bootsmann und den Jungen zu wecken, aber die starrten ihn aus leeren, gläsernen Augen an und verstanden ihn anscheinend gar nicht.

Dem alten Bootsmann aber jagte der Schreck über das Geschehene die letzten Dunstwolken aus dem Hirn. Sein junger Schiffsherr war wohl die Nacht über in einem Gasthofe geblieben, er musste sich aufmachen, um ihn zu suchen und ihm über den Vorfall so schnell wie möglich Nachricht zu geben. Die Beine zitterten unter dem alten, ehrlichen Bootsmann, als er über das Laufbrett an Land und an den niedrigen Speicherhäusern vorüber eilte. Oben am Hafen stand eine zumeist aus Schiffern bestehende Gruppe von Menschen, die sich jeden Augenblick verstärkte. Das, was er von dem eifrigen Durcheinandergerede der Leute vernahm, bestimmte auch Franz, stehen zu bleiben. Und da hörte er, man habe einen Schiffer heute früh an der Löcknitz bewusstlos mit einem schweren Messerstich in der Brust gefunden und in das kleine Dömitzer Krankenhaus gebracht, wo er noch immer besinnungslos darniederliege.

Die Angst um seinen Herrn trieb den alten Bootsmann zu dem ihm bezeichneten Hause, aus dem gerade der Arzt trat, an den sich Franz mit der halb atemlos gestammelten Bitte wandte, ihm doch zu sagen, wo der Verwundete sei. Er vermisse seinen jungen Kahnschiffer, und die Angst um diesen triebe ihn hierher. Statt aller Antwort wandte sich der Arzt in das Haus, winkte dem Alten und ließ ihn in ein Krankenzimmer treten, in dem man den Verletzten untergebracht hatte; mit einem leisen Aufschrei des Schreckens und der Bestürzung erkannte Franz seinen jungen Herrn, der bleich und mit geschlossenen Augen auf dem Lager ruhte. Die Angst, die sich auf dem Antlitz des Alten malte, rührte den Arzt.

„Er kann noch von Glück sagen," sagte er leise, auf den Verwundeten deutend. „Das Messer ist auf eine Rippe gestoßen und nach der Schulter zu schräge abgeglitten. Sonst stünde es wohl übel um den Mann. So wird er wohl in ein paar Wochen die Geschichte folgenlos hinter sich haben. Er hat zu viel Blut verloren, deshalb war er so lange bewusstlos. Aber er scheint einen kräftigen und gesunden Körper zu besitzen. Wenn er Angehörige hat, so benachrichtigen Sie diese wohl!"

Auf der Stelle eilte Franz zum nahen Bahnhof und gab eine Depesche auf an Fritz Wöllings Vater nach Tangermünde. Am selben Abend stand der Alte schon an dem Lager seines Sohnes, der im Wundfieber lag und ihn nicht erkannte, sondern nach einem jungen Mädchen, das er Meta nannte, und dem er die zärtlichsten Worte gab, verlangte. Finster begab sich der Alte dann auf den Kahn, wo er den Einbruch feststellte. Er übernahm selbst die Führung des Kahnes, und ging mit ihm einige Tage später zu Tal, nachdem der Arzt ihm versichert, dass keine Gefahr für das Leben seines Sohnes mehr zu befürchten sei.

In Tampkes einsamem Fischerhause aber weinte Meta viel heimliche Tränen. Weder war Fritz Wölling noch eine Botschaft von ihm gekommen. Von dem Überfall auf den jungen Fischer aber drang nichts hierher in ihre Einsamkeit. Der alte Tampke hütete sich wohl, den Mund aufzutun, und Lude Hekke hatte eine Handelsfahrt hinauf nach Magdeburg angetreten, ohne inzwischen wieder das Fischerhaus betreten zu haben.

Der Häuptling der Schwarz-Bruderschaft hatte geschäumt vor Wut, als die Kunde von dem Einbruch auf dem Wöllingschen Kahne zu ihm gedrungen war. Die Sache erregte auf dem Strome ungeheueres Aufsehen. Das Verschwinden seines Spießgesellen [48] machte es ihm leicht, den Täter zu erraten. Aber er gab es auf, die Rache der Schwarzbruderschaft auf ihn zu lenken. Hatte er sich doch selbst eines Vergehens gegen ihre Satzungen schuldig gemacht, als er sich von seiner wilden Eifersucht hinreißen ließ, das

---

[48] „Waffenbruder", der sich zum Mittäter und Helfershelfer in zwielichtigen Geschäften hergab.

Messer dem Wehrlosen nächtlicherweise in die Brust zu stoßen.

Die Behörden schoben den Mordfall dem verschwundenen Bootsmann zu und leiteten nach dieser Richtung hin ihre Untersuchungen. Lude Hekke aber fand es an der Zeit, für eine Reihe von Tagen sich in dem volkreichen Magdeburg den Blicken zu entziehen, zumal auch in jedem Augenblick durch die Rückkehr des alten Wölling von Hamburg bekannt werden musste, dass auch die Schwarzbruderschaft seinem Kahne einen Besuch abgestattet hatte.

Am Ende der zweiten Woche kehrte Vater Wölling zurück und fand seinen Sohn so weit wieder hergestellt, dass er ihn zu seiner völligen Genesung mit nach Hause nehmen konnte. Als der rote, neue Kahn an den Fischerhäusern der Lenzener Wische stromauf vorüberschwamm, dachte Fritz Wölling schmerzlich :

„Wie wirst Du meiner gewartet haben, armes Lieb, dort hinter den Bäumen ! Aber Geduld, zuerst habe ich die heilige Pflicht, aller ehrlichen Schiffer und mein eigener Rächer an diesem heillosen Elbpiraten zu werden ! Gott schütze inzwischen Dich und unsere Liebe !"

12. Kapitel
Im Magdeburger Werftkeller

Einer der letzten Abende des Juni war herangekommen. In Magdeburg strömte an dem herrlichen Abende alles in die großen Restaurationsgärten vor den Toren, fuhr mit den Dampfern der „Kette" [49] oder der Dampfstraßenbahn hinaus nach dem Herrenkrug oder stromauf mit einem der kleinen unterhalb der Zita-

---

[49] Schiffe, die sich entlang einer längs im Flussbett verlegten stählernen Kette vorwärts zogen. Vgl. Anhang

delle abfahrenden Dampfboote nach der Salzquelle, oder saß zum wenigsten in den kleinen Gärten der Stadtrestaurants und genoss nach dem glutheißen Tage die frische, erquickende Abendluft.

In den engen, dumpfigen Kneipen der Werftstraße, des Fischer- und Knochenhauerufers fehlte es trotzdem nicht an Gästen, die in der Mehrzahl hier aus der „schwimmenden Bevölkerung" der Elbe, aus den Mannschaften der Dampfboote, Schlepper und Kähne sich rekrutierten. Sie, die tagaus tagein im Freien leben, bald im Sonnenbrand, bald im Regenschauer und Sturm, ziehen abends, wenn sie den Kahn verlassen, um zu trinken, zu spielen, zu rauchen, ihre dunstigen Kneipen allen anderen Erholungsstätten vor. Hier sind sie unter sich, und niemand nimmt Anstoß an ihren oft lärmenden und das Wort nicht wägenden Unterhaltungen.

Vom „Goldenen Schiff", dem Schiffer- und Hauptverkehr, wo er Logis genommen, kommt ein hochgewachsener junger Mann die Werftstraße hinauf auf die Johannisbergstraße zu. Sein Antlitz trägt noch die Spuren der Zimmerluft und überstandener Krankheit; aber die Füße schreiten wieder kraftvoll aus, und die letzte Woche daheim in der Pflege der Eltern in Tangermünde hat wieder neue Kraft in seine Adern gegossen. Fritz Wölling könnte wieder auf dem Deck des Kahnes stehen und das Steuer lenken. Aber während der alte Wöllingsche Kahn einige notwendig gewordene Reparaturen erhält, fährt sein Vater den neuen. Er selbst hat auf ein paar Wochen Abschied genommen vom Schifferleben – er hat ein anderes Ziel im Auge !

Und wenn es ihm noch einmal ans Leben geht – dieser höllischen Bruderschaft der Elbpiraten will er nachspüren; er selbst, als Einzelner, das versuchen, was den Behörden, was geschulten Männern der Ausforschungskunst nicht gelungen ist. Für ihn ist der Einbruch auf seinem Kahne, der Raub an der Ladung, der Überfall auf ihn selbst e i n e zusammenhängende Tat, die nur der Schwarzbruderschaft auf das Konto zu schieben ist ! Für ihn stand es fest, dass, wo der Einbruch geschehen, auch der Kahnraub vorgenommen wurde. Nur was seine Person den Elbpiraten so gefahrvoll gemacht hatte, dass sie seinem Leben nachstellten, darüber grübelte er noch nach. Hat er die geheimen Kreise der wilden und gewalttätigen Kahnräuber gekreuzt, ohne es zu wissen ? Dann zögen sich diese nicht, wie alle bisher vermutet, um die großen Elblade- und Umschlagplätze, dann wären die Hauptschlupfwinkel der Piraten des Elbstromes ganz woanders zu suchen.

In den Wochen, in denen seine kräftige Natur ihn schnell von der Wunde genesen ließ, hatten seine Gedanken freie Flucht gehabt, und sie hatten manche Dinge in ihren Bereich gezogen, die ihnen vordem völlig fremd geblieben. Zu hunderten von Malen war er in all den Jahren an dieser Elbstrecke da zwischen Dömitz und der Havelmündung vorübergefahren, und nie war ihm aufgefallen, was sich jetzt in seinem Geiste fast zur fixen Idee ausgestaltete. Überreich an Schlupfwinkeln war gerade jene Gegend. Drei Grenzen schieden sich hier : die Westprignitz, das mecklenburgische Land und jenseits der Elbe die Provinz Hannover. Dünn gesät war die Bevölkerung, und der Verdacht und mit ihm die geheimen Nachforschungen hatten sich hierher noch nicht gelenkt.

Und gerade hier, wohin ihn auch sein Herz zog, riss den jungen Schiffer der Verdacht, dass die ergreifbaren Fäden zu dem ganzen geheimnisvollen Geflecht von Elbräubereien hier zu finden seien. Hierher wollte er zurückkehren zu doppeltem Zwecke : Meta Streblow nahe zu sein und zugleich mit allen Sinnen nach dem auszuspähen, was seinem Verdacht Nahrung geben könne. Zuerst aber wollte er die Spur des Bootsmannes verfolgen, den er in Magdeburg an Bord genommen hatte und dem er Einbruch, Raub und Wunde seiner Meinung nach in erster Linie zu verdanken hatte. Seine Augen behielten leicht und fest im Gedächtnis, auf wem sie einmal scharf geruht, und er würde jenen Schiffsknecht hier auf den ersten Blick aus allen herauskennen, mochten sie auf den Kähnen oder auf den Kais arbeiten oder auch in einer Winkelkneipe hocken. Und in die dunkelsten Schlupfwinkel hinein würde er ihn verfolgen ! Fritz Wölling kannte keine Furcht.

Mit den Gewohnheiten der Elbkahn-Bootsleute vertraut, begann er mit einer Rundstreiferei durch die Lokale, in denen sie ihren Verkehr hatten. So stieg er jetzt die Stufen zum Werftkeller nieder und fand sowohl die drei Tische unter den niedrigen Kellerfenstern wie den unter der riesigen schwarzen Adressentafel gleich neben dem Eingange und jenen gewissermaßen den Stammtisch bildenden am entgegengesetzten Ende des schmalen Lokales von Gästen besetzt. Der Rauch aus Pfeifen und Zigarren schwebte in blaugrauen Wolken bis zu den Lampen empor und ließ ihn zuerst kaum ein Antlitz ordentlich erkennen.

Unschlüssig, wo er seinen Platz wählen sollte, schritt er weiter in dem Keller vor, als sein Blick bei einem der Tische an der Fensterwand auf einem bekannten Antlitz hängen blieb. Es war das Gesicht seines früheren Pionierfeldwebels, jetzigen Kriminalbeamten Reimann. Aber sah er denn recht ? Unter einer alten Schifferkappe blickte das Gesicht hervor, und der sonst auf die adretteste Kleidung haltende Mann steckte heute in schmutzigen Gewändern, wie sie ein Schiffsknecht auf dem Kohlenkahn trägt. Schon glaubte er, sich geirrt zu haben – aber nein, das war nicht möglich, d a s Gesicht kannte er zu genau, auch wenn es wie jetzt entstellt war durch schwarze Flecken, die vom Hantieren mit böhmischer Braunkohle [50] herrührten. Schon wollte er sich zu dem so seltsam Veränderten mit einer verwunderten Frage niederbeugen, als ihn aus Reimanns Augen ein warnender Blick traf und jener sogleich

---

[50] Braunkohle aus dem nordböhmischen Becken (Vgl. Glossar)

sich von ihm wandte. Betroffen wollte Fritz Wölling dennoch an seinem Tisch stehen bleiben, als ihm im rechten Moment einfiel, dass diese absonderliche Kleidung seines alten Vorgesetzten eine beabsichtigte Maskierung sein müsse, die er zu respektieren habe. So griff er denn mit einem kurzen „Mit Verlaub !" nach dem Porzellangefäß mit Streichhölzern, das vor jenem stand, riss eines derselben an und zündete sich gleichmütig, bis zu dem letzten Tische weitergehend, eine aus der Tasche geholte Zigarre an.

Da er selbst den Schiffer weder verleugnen konnte noch wollte, so fiel seine Anwesenheit hier nicht im mindesten auf. Dicht neben der Tür, die in eine Küche und durch diese auf den Hof hinausführte, ließ er sich auf einen Stuhl gleiten und hatte dann das ganze Lokal vor sich. Die Wirtin stellte ein Glas hellen Bieres mit einem „Wohl bekomms !" vor ihn hin. Er trank nur einen Schluck davon und griff nach dem „Central-Anzeiger" [51], der auf dem Tische lag, sich den Anschein gebend, als lese er mit Aufmerksamkeit darin. Aber er benutzte das Blatt, um über den Rand desselben hinweg schnelle und forschende Blicke durch den Werftkeller zu senden.

Ein Gesicht, das dem des gesuchten Kahnknechtes glich, befand sich nicht unter den Gästen des Kellers, dessen ward er schnell inne. Dafür aber sah er nun das Antlitz Reimanns sich zugekehrt, und er deutete die nachlässige Handbewegung zu den Lippen wohl recht: „Schweigen ! Ich darf hier Ihnen nicht bekannt erscheinen !" Die Befolgung dieses Wunsches kostete Fritz Wölling Mühe. Am liebsten hätte er sich zu dem Kriminalbeamten hinübergesetzt und ihm von seinem Verdachte und dem, was ihm selbst passiert war, Mitteilung gemacht. Aber wenn er Reimanns Verkleidung recht deutete, so ging auch jener demselben Ziele nach wie er. Wenn es hier nur ein Mittel zur Verständigung mit ihm gäbe !

---

[51] Heimatblatt Magdeburgs. Vgl. Glossar.

Jetzt rief der Pseudo-Kahnknecht die Wirtin heran und verlangte in einem rauhen und heiseren Tone, der den jungen Schiffer durch sein „Echtheit" überraschte, Tinte und Papier. Ohne sich um die neben ihm sitzenden Gäste zu kümmern, legte jener sich über den Tisch, nachdem das Verlangte gebracht war, und begann mit Fingern, denen man es in der Haltung der Feder ansah, dass sie selten sich mit Schreiben abquälten, steife Buchstaben auf das Papier zu malen. Nach ein paar Zeilen warf der Kohlenkahnknecht mit einem Fluche die Feder hin, knüllte den Briefbogen zusammen, steckte ihn in die Tasche und verlangte einen neuen und einen Umschlag. Aber als er den bekam, schob er ihn unmutig brummend zurück:

„Mit der verdammten Schreiberei sollten sie ihn zufrieden lassen zu Haus – es würde doch nichts Rechtes, die Wirtin sollte den Kram man wieder fortnehmen!"

Das war so natürlich gemacht, dass niemand, auch der schärfste Beobachter am Tische nicht, gemerkt hätte, dass auch dies nur geschehen war, um etwas anderes zu kaschieren. Wieder fing der junge Schiffer einen mahnenden Blick Reimanns auf, und dann erhob sich der falsche Schiffsknecht, um mit leicht schwankendem Gange auf die durch die Küche zum Hofe führende Tür zuzugehen. Dabei musste er am Tisch Fritz Wöllings hart vorüber. Dieser fühlte plötzlich sein Knie von dem des an ihm Vorüberstolpernden hart berührt, und zu gleicher Zeit sah er aus der Hand Reimanns ein zu einem kleinen Knäuel zusammengeballtes Papier neben seinem Stuhle niederfallen. Ohne Absicht geschah bei diesem Manne heute nicht das geringste, und so lag die Vermutung nahe, dass dieser Papierknäuel eine für ihn, Fritz Wölling, bestimmte Mitteilung enthalte. Schnell setzte der junge Schiffer den Fuß auf den Papierknäuel und ließ, nachdem jener längst an ihm vorüber war, seine Zigarre fallen, um mit dieser zugleich das zusammengeballte Papier aufzuheben.

Begierig, welche Botschaft Reimann ihm auf so geheimnisvolle Weise zugehen ließ, wartete Fritz Wölling, bis jener wieder an seinen Platz zurückgekehrt war, um dann seinerseits den Hof zu betreten. Dort entfaltete er hastig das Blatt:

„Muss Sie sprechen – Bin elf Uhr in der ‚Seefahrt‘, unten im Tingeltangel." Der Schiffer zerriss das Blättchen in kleine Stückchen. Dann kehrte er in den Werftkeller zurück. Der schmutzige Schifferknecht war verschwunden. Dafür hatte ein neuer Gast an dem großen runden Tische Platz genommen, der Fritz Wölling, als er wieder seinen Sitz einnahm, den Rücken zukehrte. Die abgenommene Mütze lag vor ihm auf dem Tisches, kurzes, rotes Haar bedeckte den Kopf, der auf gedrungenem Hals über einem breiten Nacken saß.

Fast im nämlichen Augenblick, in welchem der junge Schiffer wieder nach dem Central-Anzeiger griff, wandte sich sein neuer Nachbar zu ihm, und einen Augenblick trafen ihre Augen einander.

Wie ein jähes Erschrecken ging es über das blatternarbige ihm zugekehrte Gesicht, dessen Augen ihn mit einem Blick des Entsetzens und zugleich der Feindseligkeit anstarrten, so dass Fritz Wölling verwundert ihn ansah. Dann griff der Rothaarige mit hastiger Hand nach seiner Mütze, schob sie auf den Kopf und ging eilig durch das Lokal zum Straßenausgang, das bestellte Bier gar nicht erst abwartend.

Verdutzt sah ihm der junge Schiffer nach.

Das sah ja aus wie Furcht vor ihm? Seine Rückkehr ins Lokal hatte diesen Rothaarigen vertrieben – daran war nicht zu zweifeln. Und er kannte jenen nicht einmal! Zu deutlich aber hatte er in den abstoßenden Zügen den Schreck und den Hass wahrgenommen.

Und beides hatte er, Fritz Wölling, erregt! Wenn er nicht einen Doppelgänger besaß und von dem vor ihm entweichenden Manne nicht für einen anderen gehalten würde, so musste dieser Mann schon mit ihm zusammengetroffen sein. Man erschreckt nicht vor einem friedfertigen Manne und sieht ihn nicht mit hasserfüllten Augen an, wenn man zu Schreck und Hass keinen Anlass hat.

Aber wie konnte er diesen ihm völlig Unbekannten zu beidem Anlass gegeben haben? Das Interesse Fritz Wöllings schwoll hoch empor. Er strengte sich an, diese hässlichen und gemeinen Züge unter dem brandroten Haar vor seinem geistigen Auge festzuhalten, um seine Erinnerung nach ihnen zu durchforschen.

Wie aus fernem Dunkel leuchtete ihm das Lichtpünktchen einer schwachen, ganz schwachen Erinnerung auf. Einmal war, in seinem schnellen Verschwinden einem Phantom ähnlich, ein hasserfülltes Antlitz vor ihm erschienen.

Wo aber war das doch gewesen?

Er zermarterte sein Hirn, indessen er auf die Drucklettern des Blattes vor seinen Augen starrte. Es war ihm, als sei in seinem Erinnern eine Kluft, über die hinweg er keine Anknüpfung an die früheren Ereignisse finde. Und doch, je mehr er sann und nachdachte, desto wahrscheinlicher ward es ihm, dass ein solches hasserfülltes Antlitz einmal für eine kurze Sekunde vor ihm aufgetaucht und schneller noch als heute wieder vor seinen Blicken verschwunden war.

Er sah auf die Uhr. Gleich elf. Er winkte der Wirtin, zahlte sein Bier und ging. Das Lokal, das unter dem Namen „Seefahrt" in Schifferkreisen bekannt war, hatte er auch ein paar Mal besucht und sich den Tingeltangel [52] unten in dem großen Parterresaale, der mit roh ausgeführten Fresken aus dem Seeleben ausge-

---

[52] Abwertend für ein billiges Varieté oder Tanzlokal.

146

schmückt ist, angehört. Soldaten, Schiffer und Mädchen zweifelhaften Charakters saßen hier unten an den langen Tischen, klatschten den üppigen Chanteusen [53] Beifall und lachten über die derben Späße des Komikers; Reimann musste wohl seine wichtigen Gründe haben – in solcher Verkleidung diese Lokale aufzusuchen. In einer Ecke unfern vom Eingang entdeckte er den Kohlenschiffer, der, beide Hände aufgestützt und den Rauch aus der zwischen den Zähnen hängenden Zigarre blasend, zu den vorn auf der Bühne sitzenden Sängerinnen hinüber starrte. Fritz Wölling nahm ganz in seiner Nähe Platz, schien aber von Reimann gar nicht gesehen zu sein, denn dieser blieb in seiner Haltung, bis dem jungen Schiffer Bier gebracht und in ihrer nächsten Nähe kein Lauscherohr war.

„Ich danke Ihnen, dass Sie gekommen sind, Wölling !" tönte es plötzlich an des Schiffers Ohr, gerade so laut nur, dass er die Worte auffangen konnte. „Weshalb ich in dieser Verkleidung hier bin, ahnen Sie wohl. Die Kunde von dem, was Sie und Ihren Kahn betroffen hat, ist auch zu uns gedrungen und hat dem Fass den Boden ausgeschlagen. Ich habe mich für eine Weile in dies Schiffergewand gesteckt; es gibt keine Schifferkneipe oder Destille [54], wo ich nicht schon gewesen bin. Ich mische mich unter die Bootsknechte und habe schon soviel von ihrer Sprache und Art angenommen, dass ich es wagen darf, mich als einen der ihrigen aufzuspielen. Im Werftkeller wäre es auffällig gewesen, wenn Sie mich plötzlich angeredet hätten. Ich las die Frage, was mich in diese schlechten Kleider getrieben, schon auf Ihren Lippen. Aber Sie begriffen zum Glück schnell die Situation. Hier ist es heute abend unverfänglicher. Das wenige Publikum sitzt drüben an den vorde-

---

[53] Sängerin, die vor allem Chansons im kabarettistischen Umfeld vorträgt.
[54] Branntweinschenke, Ausschank.

ren Tischen, und ich bin in dieser Tracht zum ersten Male hier. Deshalb bat ich Sie, mir hierher zu folgen. Und aus Ihrem Kommen sehe ich, dass Sie mein Spiel mit dem Papierknäuel verstanden." Fritz Wölling nickte.

„Hätte ich Sie heute nicht getroffen, so wäre ich morgen zu Ihnen gekommen. Denn" – noch leiser flüsterte der junge Schiffer, trotzdem sie beide allein in der Ecke saßen – „ich habe einen Verdacht, wo man hinter das Geheimnis der Elbpiraten kommen kann." Der verkappte Schifferknecht machte eine Bewegung der Überraschung.

„Wölling !" flüsterte er, immer noch die gleichgültige Haltung bewahrend, so dass ein Fernstehender sein Murmeln höchstens für das unverständliche leise Selbstgespräch eines leicht Angetrunkenen gehalten haben würde.

„Wenn Sie einen Fingerzweig uns geben könnten – aber jetzt still davon ! Weisen Sie das Mädchen, das da kommt, ab !"

Ein wenig schick gekleidetes, aber dennoch auffallendes Mädchen näherte sich ihrer Ecke und blieb vor Fritz Wölling stehen.

„Kaufst Du mir ein Glas Bier, Du – Hübscher Du ?"

Zwei brennende schwarze Augen, die in einem bleichen Gesicht funkelten, das von einem wirren, schwarzem Haargewoge umgeben war, richteten sich auf den Schiffer. Es war augenscheinlich eines jener Geschöpfe, die abends und nachts auf einen willigen Käufer ihrer feilen Liebe Jagd machen. Aber die Frechheit, die sonst aus den geschminkten Zügen dieser letztklassigen der modernen Hetären [55] spricht, fehlte in diesem blassen Gesicht. Es lag etwas Weltverlorenes darin, das den Blick fesselte. Etwas, das mit jenem üblen Rufe im Widerspruche stand und sie über ihn hinaushob. Und auch diese Anrede, die sie für den jungen Fischer

---

[55] „Gefährtin", (gebildete) Prostituierte im griechischen Altertum.

hatte, machte den Eindruck des Angelernten, Nachgeplapperten. Das mochte auch Fritz Wölling veranlassen, sie nicht mit einem harten Wort hinwegzuscheuchen. Er warf ein Fünfzigpfennigstück auf den Tisch und sagte :

„Da – kaufen Sie sich eins – aber bitte, trinken Sie es an einem anderen Tische – ich möchte allein bleiben !"

Sie nahm das Geld hastig, ja mit einer gewissen Gier, und heftete nur einen Blick leiser Verwunderung auf den Geber. Dann ging sie mit merkwürdig leichten, schwebenden Schritten vom Tisch. Des Schiffers und auch Reimanns Blicke folgten ihr. Aber sie rief nicht einen der Kellner an, noch ging sie an das Büfett – mit ihrem leichten, fast unhörbaren Gange verließ sie das Lokal.

„Die ist auch noch nicht lange Straßendirne," flüsterte Reimann.

„Und was sie in die Gosse getrieben haben mag, ist vielleicht die Not gewesen. Aber es ist gut, dass Sie meinem Rat folgten. Sie müssen mir alles mitteilen, was Sie wissen, draußen, an irgend einem Fleck, wo man offen reden kann. Ich trinke langsam mein Bier aus und trete dann hinaus. Ich werde vor dem Eingang des Hauses einen Augenblick stehen bleiben, bis Sie erscheinen. Folgen Sie mir dann in kleinem Abstand."

Fritz Wölling nickte. Ein Gedanke tauchte in ihm auf. Wenn Reimann sich ihm anschließen würde ! Die Maske eines Kahnschiffers trug er vortrefflich, und er wusste, dass jener furchtlos wie kaum ein zweiter war. Barg die Lenzener Wische den Schlüssel zum Geheimnis der Elbpiraten, so sollte sie ihn ihnen beiden ausliefern ! Er behielt draußen den Kahnknecht im Auge, der, ohne sich zu beeilen, den Weg die Straßen hinab einschlug, die zum Flusse hinunter führten. Vor der Strombrücke bog er ein und schritt langsam an der Vorhalle des „Toten Raben" vorüber. Fünfzig Schritte dahinter erwartete er den Herankommenden.

„Hier können wir ruhig sprechen, kaum ein Mensch begegnet

uns hier. Und erzählen Sie mir nun ausführlich, was Ihnen und Ihrem Kahn begegnet ist und welchen Verdacht Sie hegen !"

Neben dem Eisengitter, das die Fahrstraße hier von den Gleisen der Hafenbahn trennt, auf und ab wandelnd, gab Fritz Wölling eine ausführliche Schilderung seiner persönlichen Erlebnisse. Hatte sein Begleiter bei dieser schon aufmeksam gelauscht und oft durch eine schnelle Zwischenfrage sein Interesse an allem, was der junge Schiffer berichten konnte, an den Tag gelegt, so zeigte sich jetzt die gespannteste Aufmerksamkeit auf seinem Antlitz, als Fritz Wölling ihm von seinem Verdacht erzählte, dass die Wische zwischen Dömitz und Kietz einer der Tummelplätze der schwarzen Bruderschaft sein könne. Er ließ sich auch alle Umstände, die den Schiffer zu diesem Verdacht gebracht hatten, erklären und rief endlich mit unterdrückter Stimme :

„Wenn Sie recht hätten, Wölling ! Dieser Fingerzeig soll benutzt werden, gleich morgen ! Ich werde oben darüber Meldung erstatten und veranlassen, dass die Nachforschungen dort mit allem Eifer aufgenommen werden." Fritz Wölling schüttelte den Kopf.

„Ich habe mir das anders ausgedacht, Herr Reimann !"

„Wieso ? Sprechen Sie nur ungescheut Ihre Gedanken aus. Wer weiß, ob wir und die ganze Elbschiffahrt nicht Ihnen einst zu danken haben werden !"

„Ich meine," gab der junge Schiffer zurück, „die Schurken werden augenblicklich mehr auf der Hut sein als früher, denn die Geschichte mit meinem Kahn und der Überfall auf mich wird noch immer auf jedem Kahne besprochen. Und wenn eine Anzahl von Leuten dahin geschickt wird, so kann eine einzige kleine Unvorsichtigkeit jene leicht warnen, und wir haben das Nachsehen für immer !"

„Weiter, weiter ! Welchen Vorschlag haben Sie denn, Wölling !" rief ungeduldig der Beamte.

„Dass Sie und ich allein hinunter gingen," sagte der Schiffer hastig. „Sie in der Tracht da, in der Sie aussehen, als wären Sie seit Ihren Jungenjahren auf den Planken eines Elbkahnes herumgelaufen und in der Sie niemand beargwöhnen wird. Ich aber habe einen Grund, der mich ebenso unverdächtig dorthin führt – – – "

„Und welcher ist das?"

„Ach, Herr Reimann, ich habe da unten ein Mädchen wiedergefunden, das mir tief im Herzen sitzt und das, will's Gott, einst Frau Fritz Wölling heißen soll – – – "

Reimann antwortete nicht. Auch vor ihm stieg ein Frauenbild empor, dessen Original dort unten an der Elbe lebte. Ein Bild, das sich aufs neue tief in seine Seele gegraben und all seine Sehnsucht geweckt hatte. Ein leiser Neid stieg in ihm auf. Der junge Mann an seiner Seite durfte frei an die Geliebte denken und um sie seine Zukunftspläne spinnen – die e r liebte, war das Weib eines anderen und für immer von ihm getrennt, wollten sie beide nicht schwere und hässliche Schuld auf sich laden! Aber der redliche Mann schüttelte den Gedanken von sich ab. Alle seine Sinne hatten sich nur mit der Aufgabe zu beschäftigen, die Elbschiffer von dem lähmenden Druck der geheimnisvollen Piraterie zu befreien. Und sofort erkannte auch er, dass ein Mann wie Fritz Wölling, dem er bis ins kleinste vertrauen durfte, ein wertvoller Mithelfer für ihn sein werde. Er sah auch ein, dass dessen Vorschlag das Richtige traf.

„Ich glaube, Ihre Meinung ist die richtigere, Wölling!" sagte er deshalb. „Und ich will ihr die meine unterordnen. Morgen nehme ich acht Tage Urlaub – ich möchte nicht mit einem Fehlschlag von dort zurückkommen. Und diese acht Tage benutzen wir, wenn's Ihnen recht ist, zur Fahrt in die Wische – können Sie morgen schon hier abkommen?"

„Ich wollte erst sehen, ob ich meinem Bootsmann hier auf die Spur käme – ich muss ihn für den Dieb, Räuber und Messerstecher halten, und gelänge es, ihn hier ausfindig zu machen, so hätten wir wenigstens einen dieser Schufte fest."

Reimann schüttelte den Kopf.„Ich glaube nicht, dass er sich hier versteckt. Magdeburg hat der Schlupfwinkel nicht allzu viele. Aber ich will Ihnen nicht entgegen sein. Also bis morgen abend um diese Zeit hier in der Nähe vom ‚Toten Raben‘. Oder, warten Sie, Wölling –" er riss aus seinem Notizbuch, das er hervorzog, ein Blatt und schrieb ein paar Worte darauf: „In d e m Haus habe ich mich meiner Rolle getreu als Schifferknecht eingemietet : Bibelgasse Nr. 3, Parterre, gleich gegenüber dem Magdalenenberg – wenn Sie das Knochenhauerufer hinaufgehen, können Sie gar nicht fehlen. – Wenn Sie im Laufe des Tages mir etwas Wichtiges mitzuteilen haben, so fragen Sie die alte Frau, die mir das elende Gemach vermietet hat, nach Bootsmann Holub, der bin ich augenblicklich für die Welt. Ich werde früh und um die Mittagszeit dort zu finden sein ! Und Sie wohnen wieder im ‚Schiffchen‘ ?" „Ja !"

„Dann haben wir einen Weg – aber es ist besser, man sieht uns so wenig zusammen wie möglich. Ich gehe also voraus ! Auf Wiedersehen morgen, Wölling !" „Auf Wiedersehen, Herr Reimann !"

Der Himmel hatte sich inzwischen mit dunklen Wolken bezogen, welche die Sichel des Mondes zumeist verschleierten. Unter den Jochen der Strombrücke rauschte, in Dunkel gehüllt, der Elbstrom. Das Licht der Laternen auf der Strombrücke erreichte ihn kaum. Die Lust, noch einen nächtlichen Blick auf den Strom zu werfen, der seine eigentliche Heimat war, trieb Fritz Wölling, nachdem Reimann von ihm gegangen war, auf die Brücke. Langsam wandelte er dem Dunkel am Nachthimmel sich abzeichnenden Massivmauerwerk der Zitadelle entgegen.

13. Kapitel
Die schwarze Hanne

In bösester Laune war Lude Hekke aus dem Werftkeller auf die Straße hinausgetreten. Jäh war in diesem Manne, der zu allem fähig war, die Furcht aufgesprungen, als er das Antlitz dessen, den sein Messer in der Pfingstnacht niedergestreckt, so urplötzlich auf Armlänge dem seinen gegenüber sah. Und diese Furcht hatte er gezeigt dadurch, dass er so hastig den Keller verließ. Er ließ den Fuß zornig auf die schmalen Granitplatten des Trottoirs aufstampfen: „Welcher Satan hatte ihm heute und hier diesen Mann wieder vor Augen geführt!"

Und obendrein gesund und in alter Kraft! Er hätte sich selbst an die Gurgel fassen mögen, dass er in jener Nacht an der Löcknitz seiner Faust so wenig sicher gewesen! Wie der Rothaarige weiter ziellos durch die Gassen um den Wallonerberg stieg, ward er ruhiger. Der junge Schiffer kannte ihn ja gar nicht. Und wer in aller Welt konnte auf ihn, Lude Hekke, einen Verdacht haben? Alle Welt sah in dem flüchtigen Kahnknecht von Wöllings Kahn den Täter, und auf dessen Ausforschung richteten sich alle die Maßnahmen der Behörden. Und doch – die Begegnung mit seinem Opfer hatte etwas in dem gewalttätigen Manne ausgelöst, was er bisher noch nie gekannt, die aufkeimende Furcht vor einer Wiedervergeltung! Dies Magdeburg ist ihm zudem verleidet! Hier besitzt er eine Feindin, die ihm ein stilles Grauen einflößt und gegen die er machtlos ist, denn sie ist zum Phantom für ihn geworden. Das ist die schwarze Hanne, die Seiltänzerein, deren glühende Leidenschaft für ihn in tödlichen Hass umgeschlagen ist. Er möchte dieses jungen Weibes lachen und spotten, aber da ist etwas, das ihm das Lachen verschlägt. Das ist dasselbe, das ihn hier zuweilen wie mit Gewalt vom Elbfluss forttreibt, wenn er plötzlich in der Flut ein winziges Kinderköpfchen auftauchen zu sehen glaubt – – –

Und dieses junge Teufelsweib ist unsichtbar um ihn und umlauert ihn ! Da hat ihm vor ein paar Tagen ein Kahnknecht seiner Bekanntschaft lachend zugerufen : „Du, Lude Hekke – ich soll Dir einen Gruß bestellen, wenn ich Dich sähe – – – "

„Von wem ?"

„Von einem schwarzen Frauensmensch, das den leibhaftigen Satan in den Knochen hat. Da sieh' her – als ich ein bischen mit ihr schäkern wollte, biss sie mich in die Hand wie eine tolle Katze !"

Da wusste er, dass es die schwarze Hanne gewesen war und dass sie Kenntnis hatte von seiner Anwesenheit in Magdeburg. Und eine jener Straßenläuferinnen letzter Sorte, mit der er gestern Nacht in einer Penne [56] gesessen, hatte ihm den gleichen Gruß bestellt und eifersüchtig hinzugesetzt:

„Aber das sage ich Dir, wenn Du, Rotkopf, mit der Schwarzen gehst, ist's aus mit uns beiden !"

Der beiden Vorfälle hatte er gelacht. Aber heute früh war ihm inne geworden, dass sie ihn umspähte. Nachts, wenn er nicht gerade bei einer Dirne Unterschlupf fand hier in Magdeburg, beherbergte ihn der Inhaber eines kleinen Schnapsschankes an der Zollelbe, bei dem die Genossen der Schwarzbruderschaft ihr heimliches Stelldichein hatten, wenn sie in Magdeburg lagen. Seit jener Pfingstnacht steckte dem Lude Hekke eine Unruhe im Blute, die ihn nicht in einem Schifferverkehr ehrliche Herberge nehmen ließ. Und als er heute morgen aus dem Verschlag, in dem der Schnapswirt ihm ein Lager hergerichtet, in das kleine Schenkzimmer getreten war, hatte der

---

[56] Schlechte Herberge, Kneipe mit Schlafstelle. Vgl. „pennen" umgangssprachlich für „schlafen" (Penner). Oder „Penne", abwertend für „Schule".

Budiker [57] ihm lachend gedroht :

„Ihr seid doch ein Lork auf der Bassgeige [58], Lude – Euch laufen ja schon in der Frühe die Mädchen nach. War heute schon eine hier, schwarz wie eine aus der Polackei [59], die hat mir aufgetragen, sie würde Euch heute erwarten ! War dann wie ein Wirbelwind wieder hinaus. Na, Ihr werdet sie ja kennen !"

Also auch sein Versteck kannte die schwarze Hanne ! Und ihn erwarten wollte sie heute ! Der Rothaarige knirschte mit den Zähnen und presste die Finger zur Faust zusammen. Sie mochte sich in acht nehmen ! – Wenn sie ihm heute in den Weg lief – – –

„Ja, da bin ich, Lude Hekke !"

Urplötzlich, wie durch die Kraft der eigenen Gedanken herbeigerufen, stand sie vor ihm. Er prallte fast zurück.

„Du – – – ?" stieß er hervor.

Sie nickte nur, während die Augen in ihrem weißem Gesicht sich mit starrem Ausdruck auf ihn hefteten.

„Ich bin Dir nachgegangen – schon lange ! Fast zwei ganze Wochen. Aber der Tag war noch nicht da, wo derselbe Mond am Himmel steht, wie er damals zusah, wie ich unser Kind – – – "

„Schweig von der albernen Geschichte !" fuhr der Rothaarige auf. „Ich will nichts davon hören !"

Sie lachte leise. Und das Lachen klang schlimmer in sein Ohr, als hätten ihre Lippen eine wilde Drohung ausgestoßen.

„Was willst Du noch von mir ?" rief er zornig mit unterdrückter Stimme, indessen auch sie, wie von einer geheimen Kraft getrieben, den Flusse wieder zuschritten.

„Was soll das, dass Du mir nachspionierst und meinen Namen in

---

[57] Wirt einer kleinen Kneipe mit Herberge.
[58] Norddeutsch für Lurch, Kröte. Übertragen: „ein Teufelskerl sein".
[59] Umgangssprachlich für das Land „Polen".

andere Mäuler bringst ! Wenn ich Dich jetzt zum Dank dafür – – "
er erhob die Faust.

Aber das junge Weib schüttelte den Kopf, dass die schwarzen
Haare hin und her flogen.

„Ich fürchte Dich nicht, Lude Hekke !" sagte sie leise. „Nicht
Deine Hand bringt mir den Tod ! Aber gib acht auf D e i n e
Schritte – denn als ich gestern nacht im Mondschein an die Uferstelle ging, wo ich das Kleine in den Fluten zu Dir sandte, da habe
ich gesehen, dass Dir Gefahr nachschleicht – – – "
„Und die bist D u !" stieß Lude Hekke wütend hervor, und blitzschnell tauchte die Befürchtung in ihm auf, dass der Zufall der
schwarzen Hanne Kunde gegeben habe von einer seiner lichtscheuen Taten. Das Verlangen, sich dieser Halbwahnsinnigen für
immer zu entledigen, packte ihn mit Riesenarmen und ließ ihn
nicht wieder los. Über die Strombrücke gingen sie jetzt. Alle finsteren, dem Menschenauge unzugänglichen Uferstellen drüben an
der Zollelbe oder weiter flußab an der Stromelbe tauchten vor seinem wild arbeitenden Geiste auf. Wenn es ihm gelang, sie kirre zu
machen [60], seine alte Macht wieder über sie zu gewinnen, dass sie
ihm folgte – überall hin – – –

Am liebsten hätte er sie hier von der Brücke über die Brüstung
hinabgeschmettert in den Strom, um ihrer ledig zu sein für immer.
Aber, wenn auch nur von wenigen Passanten, war die Brücke immer noch belebt, und ein Hilfeschrei des Mädchens lockte alle auf
seine Fersen. Aber da tauchte vor seinem Geiste eine andere Stelle
auf, in deren Dunkel zwei eiserne Fäuste sich um ihren Hals legen
und die schnell Betäubte lautlos in die dunkle Flut hinabsinken
lassen würden : dort, wo die Bastion Kronprinz der Zitadelle sich
hineinschiebt in den Zollelbarm, zieht sich eine schmale Schlucht

---

[60] Gefügig, zahm machen

zwischen der Böschung der zur Zollbrücke aufführenden Straße und dem Mauerwerk der Bastion hin - Gras wächst hier, das den Tritt unhörbar macht, tiefe Dunkelheit liegt nachts über ihr, und das Gras an ihrem Ende nickt über der dunklen Flut. Während sein Hirn den verbrecherischen Plan formte und seine Einzelheiten überdachte, suchte sein Mund die schwarze Hanne sicher zu machen:

„Wenn ich so untunlich gegen Dich bin, so hast Du selbst die Schuld! Wärst Du mir anders gekommen auf dem Tangermünder Markt - wir wären längst wieder beieinander! Und die Geschichte mit dem Kinde geht mir auch im Kopfe herum. Wenn ich nur die Stelle wüsste, wo Du – – – "

Sofort machte das Mädchen an seiner Seite kehrt:

„Ich führe Dich dahin, Lude Hekke!" „Ist's weit von hier?" Sie deutete stromab. „Dort unten!"

„So kommen wir auf dem Flusse schneller hin. Ich habe auf der Zollelbe einen Nachen; unter der Brücke halb versteckt. Der trägt uns rascher hin - wenn Du den Mut hast, mir zu folgen!"

Über das Gesicht des Mädchens ging ein seltsames Lächeln.

„Ich fürcht' mich nicht, Lude Hekke!" „So komm!"

Sie bogen, der um die Zitadelle führenden Straße folgend, hinter der Brücke ein Stückchen nach links ein und schritten an den Bäumen des Elbkais vorüber. Eine Laterne beleuchtete hier hell beider Gesichter für einen Augenblick. Aber sie beide, mit ihren so verschiedenen Gedanken beschäftigt, sahen nicht, wie ein Mann unweit von ihnen bei ihrem Anblick von der nächsten im Dunkel stehenden Bank emporfuhr und ihnen nachstarrte.

„Hier hinab!" flüsterte Lude Hekke der schwarzen Hanne zu, als sie in die Nähe der Zollbrücke gekommen waren. Sein scharfes Auge hatte ihn vergewissert, dass weder vorn über die Brücke kommend noch hinter ihnen jemand zu sehen war. Er kroch leicht unter dem Geländer hindurch und half dem ihm folgenden Mädchen. Hastig zog er sie die hier noch niedrige Böschung hinunter, zu ihrer Rechten ragte massig das hohe Mauerwerk der Bastion auf. Lude Hekke hatte des schwarzhaarigen Mädchens Hand gefasst und zog sie der Elbe zu tiefer in das Dunkel.

„Komm!" flüsterte er heiser vor Erregung, „gleich hier unter der Brücke liegt mein Nachen. Die Kette hab' ich am Ufer befestigt. Noch ein paar Schritt – – so – – – " Blitzschnell warf er sich auf das Mädchen, das er gegen die Böschung drängte, und umklammerte mit beiden Händen ihren Hals. Einen einzigen schwachen Angstruf stieß die schwarze Hanne hervor. Ihre Hände krampften sich in seine Arme fest, um diese von ihrer Kehle wegzureißen. Aber schon fühlte sie ihre Sinne schwinden von der eisernen Umklammerung seiner Fäuste – – –

Die Sehnsucht nach Meta Streblow war es, die Fritz Wölling noch eine ganze Weile oben am Elbkai auf der Ostseite der Strombrücke festhielt. In seinen Gedanken gab er der vorüberschießenden Flut, die ja auch unfern ihres Hauses vorüberrauschte, Grüße an das geliebte Mädchen mit, und dann setzte er sich auf die nächstgelegene Bank und ließ seine ganze Sehnsucht Herr werden über ihn. Schon morgen wollte er sich Reimann gegenüber bereit erklären, mit ihm sobald als möglich zur Lenzener Wische hinunterzufahren. Alles in ihm drängte zu einem Wiedersehen mit dem jungen Mädchen im Gaarzer Fischerhause.

Da kam drüben von der Brücke her ein Pärchen. Der Mann beugte sich vertraulich zu dem Mädchen an seiner Seite nieder. Bald würde e r wieder so an Metas Seite gehen. Unwillkürlich blieben seine Blicke auf dem sich nähernden Pärchen geheftet und verfolgten dessen Gebahren. Und als sie in dem vollen Lichtschein der nächsten Laterne erschienen, sahen seine scharfen Augen auch deutlich ihre Züge. Ein einziger Blick auf diese ließ ihn überrascht emporfahren. Das war wieder jenes hässliche, blatternarbige Gesicht, aus dem ihm heute im Werftkeller tödlicher Hass entgegengefunkelt, und das Mädchen – keine Sekunde war er im Zweifel – das war die Dirne aus der „Seefahrt" mit den brennenden, schwarzen Augen und dem wirren Haargesträhn um Stirn und Schläfen, die ihn angesprochen hatte ! Ein seltsames Ungefähr führte gerade die beiden zu später Nachtstunde an ihm vorüber, die heute abend sein Interesse erregt und seine Gedanken beschäftigt hatten.

Es zog ihn ihnen nach, aber er hielt sich dabei im tiefsten Dunkel. Die Begier, zu sehen, wo die beiden bleiben würden, war in ihm mit Macht rege geworden. In einem genügend großen Abstande, um von ihnen nicht gesehen zu werden und dennoch ihre Bewegungen beobachten zu können, folgte er ihnen. Plötzlich blieb er stehen, als er sah, wie der Rothaarige und die Straßendirne zwischen Straße und der Bastion Kronprinz in dem schmalen, dunkeln Hohlwege verschwanden. Ein verächtliches Lächeln trat auf seine Lippen. Aber was war das ? War das nicht ein halberstickter Hilfeschrei, der von drüben zu ihm herüberklang ? Mit den Sätzen eines flüchtigen Hirsches stürmte Fritz Wölling über die Straße und schwang sich mit raschem Satze über die Brüstung. In dem Dunkel vor sich glaubte er ringende Gestalten zu sehen.

„Hierher !" schrie er laut und sprang auf die Gestalten zu. Ein paar über die Brücke kommende Leute rannten auf seinen Schrei herbei. Laut trug die leere Straße den Schall ihrer raschen Laufschritte zu ihm herunter. Ein wilder Fluch ward vor ihm ausgestoßen; eine der dunklen Gestalten taumelte auf die Böschung nieder, die andere beugte sich vor, hinunter – ein lautes Plätschern erscholl.

„Hierher !" schrie der junge Schiffer noch einmal, und nun sprangen zwei, drei andere die Böschung hinunter zu ihm. Die Niedergesunkene war wieder aufgetaumelt, einer der Gekommenen riss ein Wachsstreichholz [61] an; zwei starre schwarze Augen blickten in Fritz Wöllings Gesicht, und von den tief erblassten Lippen kam es stoßweise, als sei der Überfallenen die Kehle noch wie zugeschnürt : „Er – wollte – mich – morden !"

„Ins Wasser ist der Kerl gegangen !" rief der junge Schiffer. „Ich ging hinter den beiden her und sah, wie sie in der verdammten Schlippe [62] hier verschwanden. Gleich darauf hörte ich einen leisen Hilfeschrei und bin gerade noch zur rechten Zeit gekommen, ein Verbrechen zu verhüten. Man muss dem Mordgesellen nachsetzen !" Sie horchten auf das Wasser der Zollelbe hinaus – nichts regte sich, nicht das leiseste Plätschern eines rudernden Armes. Während die anderen auf die Brücke rannten, führte Fritz Wölling das Mädchen auf die Straße zurück. Die schwarze Hanne dankte ihm nicht. Kaum verständlich schlugen die Worte ihm ans Ohr, die sie seltsam feindlich und starr vor sich hinsprach :

„Nun ist das Maß voll, Lude Hekke !"

Zu der Ansammlung der Leute auf der Brücke, die in die Zollelbe hinabstarrten, trat ein Schutzmann. Zu ihm wandte sich der junge Schiffer, um eine Erklärung des Vorganges abzugeben. Als er auf die schwarze Hanne als die Überfallene deuten wollte, zeigte sein Finger ins Leere. Das Mädchen war im Dunkel verschwunden.

„Ein Selbstmörder !" meinte der Schutzmann trocken. „Vielleicht hat er sein Mädel bestimmen wollen, ihm in den Tod zu folgen, und als sie im letzten Augenblicke sich weigerte, sie mit in die Elbe zu reißen versucht. Die Fälle haben wir hier häufiger !"

Dennoch veranlasste der Beamte, dass ein Mann in einen Nachen sprang und unter der Brücke und an dem Fuße der Bastion nach dem ins Wasser Gesprungenen suchte. Aber der musste längst un-

---

[61] Streichholz mit Wachsstiel aus paraffinhaltigem Papier.
[62] Enger Durchgang, schmales Gässchen.

tergegangen sein, denn auf der Zollelbe war alles totenstill. Nur dort, wo links von der Brücke an den Ausladestellen die Kähne in doppelter Reihe nebeneinander liegen, ward ein Stück von der Brücke entfernt ein so leises Geräusch hörbar, wie es eine Wasserratte verursacht, die von ihrem Schlupfwinkel in dem Holzbollwerk hinweg nach einem der Kähne hinüberschwimmt. Neben dem Steuer eines dieser Kähne hob sich ein bleiches Gesicht aus dem Wasser. Ein Mund hatte gierig Atem geholt und ein Arm klammerte sich fest ans Steuer. Der hinter den Wolken hervortretende Mond beleuchtet ein verzerrtes Gesicht, das unbeweglich auf dem Wasser zu ruhen schien, bis man jede weitere Nachforschung nach dem vermeintlich Ertrunkenen aufgegeben hatte. Dann erst hob es sich leise und vorsichtig aus dem Wasser heraus und kroch auf das Steuer und von dort auf den Kahnrand. Völlig erschöpft von dem langen Schwimmen unter dem Wasser, blieb Lude Hekke hier liegen.

14. Kapitel
Die Augen der Rache

Während man noch nach dem vermeintlichen Selbstmörder an der Zollelbe suchte, hatte Fritz Wölling, der dem Schutzmann bereitwillig seine Adresse gegeben, langsam den Rückweg zur Strombrücke angetreten, um das Logierhaus „Zum goldenen Schiffchen" wieder aufzusuchen. Er fühlte sich von den Ereignissen des Abends müde und abgeschlagen. Aber plötzlich hemmte er den Schritt. Hinter dem letzten Baume, den er passierte, ehe er die Brücke erreichte, war eine dunkle Gestalt herangetreten. Trotz der schlechten Beleuchtung dieser Strecke erkannte er sie sofort. Es war das

Mädchen, das seine Dazwischenkunft wahrscheinlich vor einem schrecklichen Schicksal bewahrt hatte.

„Da sind Sie!" rief er überrascht. „Weshalb versteckten Sie sich und machten nicht Anzeige von dem an Ihnen verübten Überfall, als die Polizei herzukam?" setzte er vorwurfsvoll hinzu.

„Ich wollte nicht!" sagte das Mädchen ruhig, als habe es sich für sie um eine geringfügige Sache gehandelt. „Zwischen jenen Mann und mich braucht nicht die Polizei zu treten. Ich selbst bin seine Vergeltung!" Die Stimme des seltsamen Geschöpfes klang tonlos, aber es war etwas darin, das den jungen Schiffer durchschauerte.

„Er wollte Ihnen ans Leben?"

„Er wollte – aber es wäre ihm nicht gelungen, auch ohne dass Sie gekommen wären. Ich weiß, dass ich nicht von seiner Hand sterbe." Sie hatte das weiße Gesicht gehoben, und ihre Augen hingen an der Sichel des Mondes, die jetzt, von Wolken befreit, silbern am Himmel stand. In den schwarzen starren Augen stieg ein Leuchten auf. Ihre Lippen zogen sich von den Zähnen, die jetzt in ihrer doppelten Reihe sichtbar wurden.

„Aber – er" – – kam es wie im leisen Selbstgespräch von ihrem Munde – „er wird sterben durch mich!"

Es ging etwas Unheimliches von dem Mädchen aus. Aber der junge Schiffer fühlte eine tiefe Neugier in sich erwachen. Diese da verband ein festeres Band mit dem geheimnisvollen Rothaarigen, als das der niedrigen Leidenschaft. Er fühlte ein Interesse für das verlorene Geschöpf in sich erwachen, von dem er sich selbst keine Rechenschaft zu geben wusste.

„Wissen Sie auch, woher es kam, dass ich Ihnen nachging? Ich hatte heute eine Begegnung mit dem Manne, dem Sie so vertrauensvoll in den finstern Bastionswinkel, der wie geschaffen ist für eine Untat, folgten!"

Er sah eine leise Überraschung auf ihren Zügen.

„Sie – mit jenem ?" Ihr Blick glitt prüfend über sein Gesicht. Dann schüttelte sie den Kopf. „Nein, Sie können nichts mit dem Manne zu tun haben !"

„Zu tun ? Nein, ich erinnere mich nicht, ihn je vorher gesehen zu haben. Um so mehr musste es mich überraschen, dass er mich zu kennen schien. Und der Blick, mit dem er mich ansah, war eine Drohung. Dann verschwand er so plötzlich, dass es einer Flucht vor mir glich."

„Wo war das, Herr ?" „Im Werftkeller !"

„Und wann ?" „Heute abend, vor zwei Stunden kaum !"

„Und Sie haben nie etwas zu tun gehabt mit ihm ?"

„Nie – und doch – mir ist, als müsse ich dies Gesicht schon gesehen haben, nur weiß ich nicht mehr, wo und wann."

„Nehmen Sie sich in acht vor ihm, dieses Mannes Feindschaft tötet !" „Wer ist er ?"

Das Mädchen schwieg. Dringender wiederholte er seine Frage, aber sie schien nicht zu hören. Die langen Wimpern hatten sich über ihre Augen gelegt. Aber auch mit geschlossenen Augen schritt sie mit dem fast schwebenden Gange, der ihm schon in der „Seefahrt" aufgefallen, sicher ihren Fuß geradeaus setzend, neben ihm dahin, das bleiche Gesicht erhoben und dem Monde zugewendet.

„Hören Sie nicht ?" rief er lauter, sich zu ihr hinabbeugend. „Wer ist er ?" „Ihr Feind !" kam es so leise von ihren Lippen, dass er den Kopf mehr zu ihr herabbog. „Ich sehe es – – und ich sehe Sie mit ihm zusammen – miteinander ringend – ach – er sinkt !" schrie sie plötzlich auf und taumelte gegen das Brückengeländer.

Fritz Wölling fing sie auf. „Sie sind krank !" rief er. „Gehen Sie heim !" Sie öffnete die Augen und sah ihn groß an wie jemand, der aus dem Schlafe gerissen wird. „Lassen Sie mich !" rief sie rauh. Dann schien sie sich zu besinnen. „Schnell ! Sagen Sie mir, wo ich Sie finden kann – um Sie zu warnen, vielleicht – – –"

„Im ‚Goldenen Schiff' ! – – – hier unten an der Elbe !"

Sie nickte nur. Dann entfloh sie plötzlich von seiner Seite. Er hörte nicht einmal den Schall ihrer Schritte. Wie ein Schatten glitt sie über die Brücke zurück, dahin, woher sie gekommen.

Von einem Grauen überrieselt, schritt Fritz Wölling seinem Logierhause zu. Hat eine I r r s i n n i g e seinen Weg gekreuzt ?

* * *

Zollelbe mit Zollhafen, der Strombrücke und dem Dom, um 1890
Photo Eckbert Busch

Auf den Ladeplätzen an der Zollelbe herrscht die Nacht. Totenstille liegt über der langgestreckten Straße am Flusse, an der rechts teils in Gruppen, teils einzeln, von Höfen und Gärten unterbrochen, die Häuser aufragen, bis zum „Odeum" [63] hinunter zu der

---

[63] Gesellschafts- und Liederhaus. Vgl. Anhang.

stolz ihren Bogen über den Fluss spannenden Königsbrücke, während links bis zum Einfluss der Zollelbe in die Stromelbe in ununterbrochener Reihe die löschenden Kähne liegen, bis sie vor der Brücke abgelöst werden von dem Ladungsplatz der Schleppdampfer der deutsch-österreichischen Dampfschiffgesellschaft. [64]

Königsbrücke   Ansichtskarte 1903

Wo ein schmaler Fußweg das Trottoir fortsetzt, liegt ein kleines, schuppenartiges Gebäude. Ein Gang trennt es von einem Garten. Ein Hof liegt dahinter, Speicher erheben sich darauf, und Lastwagen, die am Tage oben an den Ausladeplätzen die Güter aufnehmen, stehen hier nachts leer umher. Keine Tür schließt den Gang um den vorderen Schuppen, dem ein paar kleine Fenster den Anstrich eines bewohnten Häuschens geben. Es umschließt ein kleines Schenkzimmer, in dem die Kahnleute in den Arbeitspausen ihre Flaschen füllen lassen oder dort selbst in dem scharfen ge-

---

[64] Vgl. Anhang

brannten Wasser eine Stärkung suchen, einen küchenartigen Raum und unter der zu dem Boden führenden Treppe einen dunklen Verschlag – denselben, in dem Lude Hekke Unterkunft gefunden. An der Seite des Ganges ist in das gemauerte Fundament des schuppenartigen Häuschens ein vergittertes glasloses Luftloch von einem Fuß im Geviert eingelassen, hart über dem Boden. Es führt dem kleinen Keller, in dem der Besitzer der Budike seine Branntweinfässer aufbewahrt, und zu dem von der Küche aus eine durch eine Falltür verschlossene Treppe hinunterleitet, Luft zu.

Gegenwärtig dringt aus diesem Kellerloch, dem Auge draußen kaum wahrnehmbar, ein schwacher, ganz schwacher Lichtschimmer. Vor kaum einer Viertelstunde ist durch diesen Gang ein Mann geschlüpft, dessen Kleidung noch ganz durchnässt ist vom Elbwasser. Er hat den Lichtschein wahrgenommen und weiß, wie sich die sorgfältig verschlossene Hintertür ihm öffnen wird. Seine Hand greift in die Erde des Ganges und wirft durch das Luftloch eine Handvoll hinein. Das Licht verschwindet sofort. Und nun geht er an die hintere Holztür und pocht mit gebogenem Finger wie der Taster eines Telegraphenapparates zweimal kurz hintereinander und einmal in längeren Zwischenräumen an die Türfüllung. Eine kurze Weile vergeht. Ungeduldig wiederholt der Durchnässte sein Zeichen. Nun öffnet sich die Tür, und er tritt hastig ein. Hinter ihm schließt eine Hand die Tür sofort wieder mit einem breiten Riegel.

„Ich sah Licht – wer ist da?"

„Der lange Karle!" ist die im Flüsterton gegebene Antwort.

„Er kommt mir recht! Aber erst gebt mir einen Rum, ein großes Glas voll."

„Gleich! Aber wie seht Ihr aus, Lude Hekke? Seid Ihr ins Wasser gefallen?"

„In der Elbe war ich ! Warum – das geht Euch nichts an. Macht schnell – ich habe es nötig, etwas in den Magen zu bekommen, was mich wärmt." Er folgte dem Budiker in die Schenkstube und stürzte den ihm gereichten Rum hinunter.

„Noch einen !" sagte er, jenem das Glas hinhaltend.

„Ihr glüht ja wie im Fieber, Mann !" rief der Budiker. „Besser wär's, Ihr legtet die nassen Kleider ab und ginget schlafen !"

„Das schadet mir nichts. Und was Ihr Fieber nennt – – das ist – " Er schwieg. Eine schreckliche Wut erschien auf dem Antlitz des Rothaarigen. Er vollendete den Satz nicht, sondern ergriff das Glas und goss das scharfe Getränk hinunter wie das erstemal. Ihn schien zu beruhigen, was andere berauscht haben würde. Aufatmend gab er das Glas zurück.

„Gebt mir das Licht und legt Ihr selbst Euch nieder. Was ich mit dem langen Karle zu unterhandeln habe, ist meine Sach' allein. Zum Satan, Ihr werdet mir doch trauen dürfen," fuhr er mit unterdrückter Heftigkeit auf, als er des Budikers Zögern bemerkte – – „wir gehen Euch nicht an Euer Eigentum. Da !" – er warf einen Taler [65] auf den Schenktisch – „gebt mir die Rumflasche mit – die löscht doch noch nicht, was heute Nacht in mir brennt."

Er riss dem Mann die blecherne Öllampe und die Flasche fast aus der Hand und ging in die Küche zurück zur geöffneten Falltür. Er schwang sich auf die Treppe und verschwand im Keller. Wieder drang der kaum wahrnehmbare Schein des trübe brennenden Öllämpchens auf den Gang hinaus, und jetzt nahmen ihn gierig zwei andere Augen in sich auf. Zwei schwarze Augen, in denen es brannte und glühte. Lang auf den Erdboden ausgestreckt, im Dunkel des Ganges dem Auge eines etwa noch den Elbpfad Passierenden sich mit dem dunklen Boden verschmelzend, lag ein junges

---

[65] Im Deutschen Kaiserreich eine Silbermünze, etwa im Wert von drei Mark.

Weib, das Gesicht auf die Erde gedrückt, das Ohr lauschend an das Gitter des Luftloches gepresst. Die Wölbung des kleinen Kellerraumes trug den Schall selbst halblaut gesprochener Worte nach oben und an dies Ohr.

„Wo kommst Du her, Lude Hekke ?" „Aus der Elbe !"

„Hast Fische greifen wollen ?" lachte der andere.

„Spare Deine Witze. Einem anderen Mund wollte ich Elbwasser zu saufen geben und hätt's beinahe selbst gesoffen. Zum Glück tauchte ich wie eine Ente. Aber unter den Kähnen wäre mir bald die Puste ausgegangen."

„Sind sie Dir auf den Fersen ?" klang des anderen Stimme besorgt.

„Narr Du ! Der Lude Hekke ist gerade der Mann danach, sich auf die Fersen kommen zu lassen. Einen Augenblick noch, und ich hätte diesen verdammten Weibermund auf immer verstummen lassen – – – ! "

„Ein Weib ?" „Was geht's Dich an ! Aber der andere, Höll' und Satan ! Wieder er und immer er !"

„Du bist rasend, Lude Hekke ! Gieb mir die Rumbuddel – er nimmt Dir ja den Rest von Verstand !"

„Er gibt ihn mir wieder, Karle ! Er gibt ihn mir wieder ! Nur die Wut hätte ihn mir beinahe genommen – – – Aber er oder ich – auf und an der Elbe ist nicht Raum für uns zwei mehr !"

„Wer zum Teufel ! Einer von den Unseren ?"

„Von den Unseren ?" Lude Hekke lachte höhnisch auf. „Ich glaube, wenn der wüsste, dass zwei aus der schwarzen Bruderschaft hier unter der Erde säßen – er schickte uns die ganze Magdeburger Polizei noch diese Nacht auf den Hals. Denn die Bruderschaft hat ihm ein bischen derb das Fell gekitzelt – – – "

„Wer ist's – so rede doch endlich !"

„Der junge Tangermünder Wölling !"

„Dem sie unten bei Dömitz eins ausgewischt haben ? Die ganze Elbe ist voll davon !"

„Hätt' ihm doch das Messer gleich den Garaus gemacht !" knirschte Lude Hekke - - - „Der Bursche kommt mir in den Weg, dort unten, und heute hier - - - ich habe nun eine doppelte Rechnung mit ihm auszugleichen - und der Satan soll mich holen, wenn's nicht bald geschieht !"

„Du willst ihm ans Leben ?"

„Wo ich ihn treff', und ich weiß, w o ich ihn treffe."

„Hier in Magdeburg ?"

„Er wird sich hier nicht lange aufhalten, nun er wieder gesund ist. Und hier muss ich fort, je eher, desto besser. Am liebsten machte ich mich diese Nacht noch auf. Und Du kommst mit, Karle !" „Ich ?"

„Du ! Keine Widerrede ! Du kennst unsere Satzung. Und Du bist ein Kerl, der wie ich Feuer im Leibe hat. Ich habe da noch etwas anderes vor in der Lenzener Wische - ich bin einem Schatz auf der Spur ! Und verdammt, wenn's nicht anders geht, nehme ich auch die Dirne mit Gewalt, nachdem ich mit dem Flaumbart, dem Schiffer abgerechnet. Und dann - meinetwegen mit der Dirne in die Welt ! Wenn sie der Lude Hekke erst in den Armen gehabt, wird sie schon folgen !" Er setzte die Rumflasche aufs neue an die zukkenden Lippen und trank. Der andere riss sie ihm vom Munde.

„Sei vernünftig, Mann ! Du bist schon von Sinnen, Lude Hekke! Kein Wort verstand ich von dem, was Du da durcheinander schwätzest."

„Wirst's schon verstehen, Karle ! Und nun pack' auf und zusammen ! Noch in dieser Nacht machen wir uns auf die Fahrt. Ich fühle mich nicht sicher mehr in Magdeburg !"

„Vor diesem Tangermünder Kahnschiffer ?"

„Auch vor ihm ! Ich hab' keine Ruhe, bis ich ihn unschädlich weiß. Die Elbe ist tief, und es liegt manch einer unten, dem sie vergeblich nachgespürt haben. Aber hier ist mir ein anderer auf den Fersen – ein tolles Weib !"

„Lude Hekke läuft vor Weibern davon ?"

„Karle, spotte nicht, oder – – ! Schon gut, ich weiß, böse war's von Dir nicht gemeint. Und dies Weib kennst Du nicht ! I c h fürchte es, das sagt viel ! Und nun vorwärts !"

„In Deinem nassen Zeuge ?"

„Ist schon halb trocken ! Der Nachtwind bläst schnell die letzte Feuchtigkeit hinaus ! Und sperr' Dich nicht lange, Karle ! Ich halte Dich bei Deinem Eid, durch den Du Dich der Bruderschaft versprochen, und dann – wenn 's glückt, was ich vorhabe – so fülle ich Dir die Tasche, dass Du ein halbes Jahr, wo Du magst, den Baron spielen kannst !"

Der andere war von dem Fässchen, das ihm als Sitz gedient, aufgesprungen : „Ich geh' mit Dir, Lude Hekke !"

Draußen löste sich die Gestalt vom Boden. Mit Füßen, die kaum die Erde zu berühren schienen, eilte sie den dunklen Pfad zurück zur Königsbrücke und die Steinstufen hinauf. Und dann irrten diese kleinen Füße, die keine Müdigkeit zu kennen schienen, umher, bis der neue Morgen in seiner lichten Strahlenschöne erschien. Notdürftig gesäubert, mit farblosem Gesicht schritt um die siebente Morgenstunde ein Mädchen mit Augen, in denen eine verstohlene Glut lag, an dem alten Preußenturme oberhalb der Königsbrücke vorüber, dem um den Holzhof sich ausdehnenden Elbstraßenviertel Magdeburgs zu.

15. Kapitel
Die erste Spur

Von unruhigen Träumen gequält, fuhr der junge Tangermünder Schiffer von seinem Kissen auf Die Sonne schien golden herein durch die beiden kleinen Fenster des einfachen, aber sehr sauberen Stübchens im „Goldenen Schiffchen". Da ihn ein Pochen an der Tür geweckt, musste er wähnen, tief in den Tag hineingeschlafen zu haben, aber ein Blick auf seine auf dem Nachtischchen liegende Uhr überzeugte ihn, dass es noch nicht einmal sieben Uhr war. Das Pochen wiederholte sich, und jetzt rief jemand :

„Herr Wölling ?"

Er erkannte die Stimme der Wirtin vom „Goldenen Schiffchen".

„Ja, was gibt's ?"

„Unten ist ein Mädchen, das nach einem Herrn dringend verlangt, der ihrer Beschreibung nach nur Sie sein können. Aber sie sah sehr wenig ordentlich aus. Sie will nicht gehen, ehe sie Sie gesprochen hat !" „Ein Mädchen ?"

„Ja, soll ich es wegschicken ? Es wäre vielleicht besser !"

Das Mädchen von gestern abend fiel ihm ein. Sie hatte nach seiner Adresse gefragt, falls sie ihm etwas Wichtiges mitzuteilen hätte. Wenn sie es wäre ! Schon stand er auf den Beinen.

„Sie soll warten. Ich bin gleich unten !"

Die Wirtin brummte etwas Unverständliches und entfernte sich. Hastig wusch er sich und warf sich die Kleider über. Für einen ehemaligen Soldaten ist das, wenn es sein muss, das Werk einiger Minuten. So waren auch noch nicht zehn Minuten verstrichen, als Fritz Wölling die schmale Treppe herabkam. Auf den ersten Blick erkannte er in dem auf dem Flur stehenden Mädchen seine seltsame Begleiterin vom gestrigen Abend wieder. Sie schien erschöpft und sah übernächtigt aus.

„Was wünschen Sie von mir ?"

Die schwarze Hanne warf ihre Blicke umher.

„Ich muss Sie sprechen, allein !"

Der junge Schiffer zauderte. Das Gesicht der Wirtin, das in der zum Büfett führenden Tür sichtbar wurde, war mit wenig freundlichem Ausdruck auf das Mädchen gerichtet.

„Können Sie's mir nicht hier sagen ?"

„Nein ! Denn es ist für Sie allein !" und leise fuhr sie fort :

„Es droht Ihnen Gefahr !" Fritz Wölling trat zur Wirtin.

„Ich muss das Mädchen dort einen Augenblick allein sprechen. Wo kann das ungestört geschehen ?"

„Aber, Herr Wölling," das sonst gutmütige Gesicht der Wirtin zeigte ärgerliche Falten.

„Sehen Sie denn nicht, was für eine das ist ? Was kann so eine mit Ihnen zu schaffen haben. Und in meine Räume kommt sie nicht !" Fritz Wölling runzelte die Stirn.

„Sie sollten mich besser kennen, als dass Sie von mir annehmen, ich brächte Ihnen Gelichter [66] ins Haus. Aber mit diesem Mädchen ist es etwas anderes – sie hat mir nur eine Nachricht zu bringen, die anscheinend von Wichtigkeit für mich ist !"

„So gehen Sie mit ihr hinter in die Gaststube, es ist niemand darinnen !" gab die Wirtin endlich zu.

Er winkte dem Mädchen, und sie folgte ihm. Mit kurzen Worten erzählte sie ihm, was von den Worten im Keller des Budikers an ihr Ohr geschlagen war.

„Welchen Grund zur Rache kann der Mann haben ?" fragte der junge Schiffer befremdet – – – „Ich bin ihm nie in den Weg getre-

---

[66] Verächtlich für Personen mit niedriger Gesinnung.

ten!" „Haben Sie mich nicht gestern abend seinen Händen entrissen? Aber das kann es nicht sein – – er hasst Sie noch eines anderen Vorfalles willen, den ich nicht genau verstand. Und nicht hier will er Sie treffen, sondern elbniederwärts – bei einer Wisch' – ich verstand den Namen nicht genau!"

„Bei einer Wische?" rief Fritz Wölling in völliger Verblüffung.

„Steht denn der Satan mit dem rothaarigen Kerl im Bunde, dass er ihm sogar die G e d a n k e n anderer Leute mitteilt? Aber mag's so sein, ich fürchte ihn nicht!"

„Herr," sagte das blasse Mädchen, „sie sprechen hier an der Elbe von der ‚schwarzen Bruderschaft', und sie wagen's nur flüsternd zu tun – – –"

„Mädchen!" rief der Schiffer und ergriff in fassungsloser Überraschung den Arm des Mädchens.

„Was weißt Du von der schwarzen Bruderschaft?"

„Er, der Euch mit seiner Rache droht, und der Mann, den er diese Nacht mit sich nahm elbniederwärts – nach ihren Worten gehören sie beide der schwarzen Bruderschaft an!"

„Und sie haben sich nicht verhört? Es ist Wahrheit, was Sie mir da sagen?" „Ich lüge nicht, Herr!"

Die Schwarzbruderschaft, der er Rache geschworen! In Fritz Wöllings Hirn wirbelten die Gedanken! Sollte durch diese verlorene Straßendirne der erste Schleier von dem auf ihnen allen lastenden Elbgeheimnis gezogen werden? Was sollte er tun? Der wunderbaren Mär dieses Mädchens glauben? Wenn sie auch nur eine Mittelsperson war, um ihm eine Falle zu stellen? Oder hatte sie ihr Märlein klug zusammengestellt, um Geld aus ihm zu erpressen? Nur einer konnte hier klarer sehen, und das war Reimann.

„Bleiben Sie einen Augenblick!" sagte er zu dem Mädchen und eilte zur Schiffchen-Wirtin.

„Es handelt sich in der Tat um etwas Wichtiges," sagte er halb atemlos zu ihr. „Ich muss ein Opfer von Ihnen fordern : Öffnen Sie, während ich einen Bekannten herbeihole, dem Mädchen ein Zimmer und geben Sie ihr einige Erfrischungen. Das arme Ding sieht ja zum Erbarmen aus, und sie hat vielleicht nicht nur mir, sondern auch vielen anderen einen großen Dienst geleistet. Ich komme für alles auf – und dass es sich jetzt nicht mehr um törichte Dinge handelt, das sehen Sie mir wohl an !"

Das sah die Wirtin in der Tat. Sie sah auch den Ernst und die Betroffenheit auf dem Antlitz Fritz Wöllings und nickte endlich Gewähr.

„Kommen Sie !" sagte er zu der schwarzen Hanne, die fragend zu dem Schiffer aufblickte.

„Gehen Sie mit der Wirtin da," redete er ihr zu, „und warten Sie zehn Minuten auf mich, ich bin sofort zurück."

Schon stand er draußen und eilte dem Knochenhauerufer zu. Vielleicht fand er zu dieser Stunde Reimann noch in seiner Schifferklause in der Bibelgasse. Eine hagere Alte empfing ihn dort und wies auf seine hastige Frage, ihn neugierig von oben bis unten musternd, auf eine kleine niedrige Tür. Er klopfte, und auf ein heiseres „Herein !" trat er ein.

Reimann lag noch im Bett, sprang aber sofort auf, als er Wölling im Türrahmen stehen sah. Ehe dieser seine Neuigkeiten auskramen konnte, legte ihm Reimann die Hand auf den Mund.

„Still ! Die Alte steht schon an der Tür und horcht !" Und laut, wie mit einer branntweinheiseren Stimme rief er :

„Hat Euch der Kuckuck schon so früh aus den Federn geholt, Schiffer ? Nur langsam – ich komme schon mit Euch. Habt nur ein paar Augenblicke Geduld ! Der Kahn wird Euch nicht gleich wegsacken, wenn's mit dem Löschen eine halbe Stunde länger dauert !"

„Höchste Zeit ist's !" rief Fritz Wölling, auf seinen Ton eingehend, und beflügelte damit Reimanns eilig Toilette machende Hände noch mehr.

„Wenn der Schiffer auf den Beinen ist, sollt's der Bootsmann auch sein !" Und leise sprach er:

„Eine Nachricht von höchster Wichtigkeit, Herr Reimann,
    d i e   e r s t e   S p u r !"

Wenn es etwas hätte geben können, diesen schneller noch in die Beinkleider, in Wollhemd und Jacke fahren zu lassen, so war es dies Wort.

„Fertig !" rief er mit der angenommenen rauhen Stimme. Und die Tür aufreißend, hätte er bald die hagere Alte zur Seite geschleudert, die jetzt brummend hinwegschlich, während der Schiffer und der Bootsknecht eilig das Haus in der Bibelgasse verließen. Unterwegs teilte Wölling in hastigen Worten Reimann das ihm von der schwarzen Hanne Überbrachte mit, nachdem er ihm kurz seine Erlebnisse vom Abend vorher erzählt.

„Wölling !" stieß Reimann mit seiner natürlichen Stimme hervor.

„Wenn das Mädchen wahr gesprochen hat, so haben wir in der Tat die erste Spur, und es soll wahrlich nicht an uns liegen, wenn sie nicht zum Ziele führt !"

Die Wirtin vom „Goldenen Schiffchen" wusste in der Tat nicht, was sie heute aus ihrem soliden Wölling junior machen sollte. Erst ließ er sich durch eine Straßendirne aus dem Schlafe wecken, und jetzt kam er mit einem ordinär aussehenden Bootsknecht an. Und dann verschlossen sich alle drei in einem Zimmer – deutlich hörte sie, wie der Riegel vorgeschoben wurde. Und horchen mochte sie nicht, sie hatte sich obendrein sofort davon überzeugt, dass drinnen doch nur mit leisen, draußen kaum verständlichen Stimmen gesprochen wurde.

„Wiederholen Sie diesem da alles, was Sie mir sagten, Fräulein," sagte der junge Schiffer zu der schwarzen Hanne. „Stoßen Sie sich nicht an seiner Tracht – er ist mir vertraut und darf alles wissen." Mit einer Stimme, die heute noch müder und verschleierter klang, gab die schwarze Hanne das Erlauschte wieder.

Reimann sprang auf und ging mit erregten Schritten im Zimmer auf und nieder. Das war allerdings eine Nachricht von größter Bedeutung. Er begann das Mädchen auszufragen. Willig gab sie ihm Antwort. Nur wenn eine sie selbst und ihr Verhältnis traf, in dem sie zu dem Rothaarigen stand, dann schwieg sie, nicht trotzig und aus Angst. Sie schwieg mit einer Miene, die den beiden Männern sagte : „Das ist meine Angelegenheit, forscht nicht danach."

Aber sie musste diesen Lude Hekke – auch seinen Namen hatte sie preisgegeben – hassen, hassen mit der ganzen Rachsucht eines Weibes, denn das, was ihnen mitgeteilt war, musste ihn in ihre Hände liefern.

„Was wollen Sie tun ?" wandte sich Wölling an Reimann. „Wollen Sie diesen Lude Hekke, oder wie er heißt, steckbrieflich verfolgen und festnehmen lassen ?" Reimann warf ihm einen vorwurfsvollen Blick zu, vor dem der junge Schiffer beschämt die Augen zu Boden senkte. In seiner Hast hatte er dem Mädchen, das ihnen noch immer Zweifel einflößte, den wahren Charakter Reimanns verraten !

Dieser wandte sich zu der schwarzen Hanne :

„Sie werden ja nun wissen, was ich bin !" sagte er streng. „Ich kann also als Beamter mit Ihnen reden !" Ein halbes Lächeln erschien auf ihren Lippen. „Ich wusste es längst !"

Die beiden Männer sahen sich betroffen an.

„Sie brauchen kein Misstrauen vor mir zu haben," fuhr das Mädchen fort. „Ja, ich will behilflich sein, den Mann, der gestern Abend mich zu erwürgen suchte, um mich dann in die Elbe zu stürzen,

Ihnen zu überliefern, aber nicht um meinetwillen, auch nicht darum, weil er Ihnen" – sie wandte sich zu dem Schiffer – „den Tod geschworen hat. Es ist um eines anderen willen ! Aber bedenken Sie, was Sie tun – Sie haben es mit dem schlauesten und dem gewalttätigsten Mann zu tun, der Ihnen freiwillig keins der Geheimnisse ausliefern wird."

„Das Mädchen hat Recht," rief Reimann. „Mit Gewalt ist hier gar nichts anzufangen. Wir können uns nur seiner Person versichern. Nichts ist leichter, als wegen des gestrigen Attentats auf dieses Mädchen einen Haftbefehl gegen ihn auszuwirken, aber was nützt das ? Wenn es wahr ist, dass er mit der Schwarzbruderschaft zusammenhängt, dass vielleicht mehrere Fäden dieser Elbpiraterie in seinen Händen zusammenlaufen, so verdirbt ein zu früher Fang des Vogels alles. Denn wir werden bei ihm nichts finden, was ihn nach dieser Richtung hin belasten kann. Und was nützt es uns, wenn sie ihn wegen des nächtlichen Überfalles eine Reihe von Monaten einstecken. Es gibt nur ein Mittel, das zum Ziele führt !"

„Welches ?" rief der junge Schiffer.

„List gegen List – Verschlagenheit gegen Verschlagenheit zu setzen – ihm auf seinen heimlichen Wegen nachspüren ! Und dann, wenn wir hinter die geheimen Schlupfwinkel und Helfershelfer dieses Mannes gekommen sind, zufassen, nötigenfalls im persönlichen Kampfe, den Sie nicht fürchten, Wölling, und den ich nicht fürchte !"

„Nein !" rief der junge Schiffer mit blitzenden Augen. „Und was Sie da sagten, ist richtig, ich bin dabei !"

Die schwarze Hanne sah von einem zum andern. Ihre Teilnahmslosigkeit schien zu weichen. Ihre starren Züge belebten sich, und in ihren Augen flammte es auf, als sie nun rief :

„Wollen Sie mir Ihr volles Vertrauen geben ?"

„Wieso ?" rief Reimann, und auch Fritz Wölling sah gespannt auf das Mädchen.

„So lassen Sie mich mit auf die Fährte gehen !"

Reimann schüttelte energisch den Kopf, und auch der Schiffer rief : „Sie ? Mit uns ?"

„Ja, ich mit Ihnen ! Denn was Sie auch immer in dem Lude Hekke vermuten mögen – es kann Sie nicht stärker antreiben zur Verfolgung als das, was ich mit dem Manne abzurechnen habe !"

„Unmöglich !" sagte der Beamte. „Er kennt Sie genau, und wenn er wirklich nach der Lenzener Wische zurück ist und Sie, der die Gegend unbekannt ist, dort erblickte, müsste er sofort kopfscheu werden !"

„Und wenn er mich erblickte – er würde mich nicht erkennen !"

„O, wie wollen Sie das verhindern ?"

„Ich war nicht immer das, was ich jetzt bin. Ich war Artistin und bin in allen Künsten, die das Gesicht und die Gestalt verändern, geübt. Und ich würde ihm in einer Verkleidung, unter der er mich nicht vermuten kann, leichter näher kommen als Sie – – – denn Ihnen, Herr gilt sein Hass, er wird Ihnen öffentlich aus dem Wege gehen, um Sie im Finstern oder allein zu beschleichen. Und Sie" – dabei wandte sie sich an den Beamten – „in welcher Verkleidung Sie ihm auch nahen, er wird immer das Misstrauen gegen Sie haben, das er gegen jeden Fremden hegt."

Das Mädchen war plötzlich wie umgewandelt. Ihre passive Ruhe war einer Erregung gewichen, die sich ihrem ganzen Körper mitteilte.

„Das Mädchen hat, weiß Gott, Recht !" wandte sich Reimann betroffen an Wölling.

„Und sie sieht ganz aus, als ob sie jede Rolle durchführen könnte, die man ihr aufgäbe !"

„Versuchen wir es !" sagte der Schiffer leise. „Es steckt in dem Mädchen etwas, was mir trotz ihres elenden Gewerbes Achtung abzwingt !"

„Mir auch ! Aber desto vorsichtiger müssen wir sein ! Denn wenn wir sie mit uns nehmen, so bleiben ihr unsere Maßnahmen nicht verborgen – und wenn sie uns nun verrät, wie sie jenen Mann jetzt an uns verraten hat !"

„Sie hasst den Mann !"

„Weiberhass kann wieder in das zurückschlagen, was ihn geboren, in die wahnsinnigste Zuneigung !" flüsterte Reimann. „Und eine solche hat ganz gewiss zwischen diesem geheimnisvollen Lude Hekke und dieser nicht minder mysteriösen Frauensperson dort bestanden !"

„Ich weiß, dass Sie mir noch immer misstrauen," unterbrach plötzlich in diesem Augenblick das Mädchen ihr Gespräch. „Aber Sie werden mich doch nicht fernhalten können – auch nicht mit Gewalt. Denn dazu fehlt Ihnen die Macht. Die Lenzener Wische werde ich schon ausforschen, und wenn ich meine geringen Habseligkeiten verkaufe, so werde ich schon dahin gelangen ! Und dann nehme ich meine Rache allein !"

„Das Mädchen sieht mir ganz danach aus," sagte Reimann, „als ob sie dazu imstande wäre ! Dann aber kann sie alle unsere Anschläge, in das Geheimnis des Burschen einzudringen, durchkreuzen !" „Nehmen wir sie also mit uns !"

„M i t u n s ? Wenn wir so zu dritt auftreten, würden wir bald als das bekannt sein, was wir sind, als Auf- und Nachspürer. Nein, jeder muss allein gehen; nur müssen wir drüben ein Rendezvous verabreden – das um so sicherer ist, je weiter es von den Wohnungen der Menschen entfernt liegt. Das alles aber findet sich. Wir ließen uns Ihre Hilfe gern gefallen, Mädchen, denn es handelt sich um mehr, als wir Ihnen sagen können, aber wenn ich nur erst wüsste, wer und was Sie sind ?"

„Nichts, als eine Unglückliche !" Der Ton dieser Worte entwaffnete das letzte Misstrauen der beiden.

„Ich eile, mir meinen Urlaub erteilen zu lassen," rief Reimann.

„Ich fahre mit einem Schlepper zu Tal – die Erlaubnis erbitte ich mir schon. Das Fräulein da – wie nennen wir Sie überhaupt ?" unterbrach er sich.

„Wie mich alle heißen : die schwarze Hanne !"

„Und ihr Familienname ?"

„Der ist begraben. Angemeldet bin hier unter meinem Artistennamen !"

„Sie müssten die Bahn nehmen. Von hier bis Wittenberge und von dort bis Lenzen zunächst. Dort würden wir uns zuerst treffen und das weitere beschließen. Aber in dieser Kleidung – – – ?"

„Sorgen Sie sich nicht ! Ich wende mein letztes daran, um mich unkenntlich zu machen. Aber da Sie von der Polizei sind, könnten Sie mir einen Hausierschein [67] besorgen ?"

„Gewiss !"

„Wann soll ich abreisen ?"

„Gegen 6 Uhr nachmittags geht ein Zug !"

„Wollen Sie auf den Bahnhof kommen und mir den Schein mitbringen ? Ich werde mich Ihnen schon zu erkennen geben !"

„Oho, wollten Sie auch mein Auge täuschen ?"

„Vielleicht ! Kann ich jetzt gehen ?"

„Noch nicht, Fräulein !" Wölling hatte seinen Geldbeutel hervorgezogen und eine Summe Geldes herausgenommen. „Nehmen Sie das – und glauben Sie mir, ich werde nicht knauserig sein, wenn

---

[67] Amtliche Bescheinigung, dass es einer Person erlaubt ist, eigene Waren im ambulanten Handel auf eigene Rechnung von Haustür zu Haustür anzubieten.

die Spur, auf die Sie uns heute bringen, uns an das ersehnte Ziel führt!"

Gelassen und ohne zu danken ließ das Mädchen das Geld in ihre Tasche gleiten. Dann ging sie aus der Tür, deren Riegel Wöllings Hand eilfertig zurückschob.

„Wir setzen alles auf eine Karte, und die ist dieses Mädchen!" sagte Reimann. „Wenn sie sich nun als eine falsche Karte erweist?"

„Wir müssen's abwarten!"

„Und welchen Weg wollen Sie hinunter nach der mecklenburgischen Grenze nehmen?"

„Mit der Bahn bis Wittenberge. Dort habe ich einen Bekannten, der ein kleines, schnelllaufendes Motorboot besitzt. Das will ich mieten. Es kann uns von Nutzen sein!"

„Unbedingt! Das ist eine gute Idee!"

„So treffen wir uns zum 6 Uhr Zuge auf dem Bahnhofe!"

Die Männer schieden von einander, und jeder eilte, seine Vorbereitungen zu treffen.

Am Nachmittage trafen sich Reimann, der für den heutigen Tag seine adrette Zivilbekleidung wieder angelegt hatte, und Fritz Wölling auf dem Bahnsteig, von dem die Züge nach Stendal und Wittenberge abgehen. Vergebens aber sahen sich die beiden nach dem Mädchen um, das sich ihnen verbündet hatte. An dem schon bereit stehenden Zuge entlang gehend, den auch Fritz Wölling benutzen wollte, trafen sie auf eine gebückt gehende, in groben Kleidern und Schuhen steckende Frauensperson, die den Kopf und das Gesicht durch ein Kopftuch verhüllt hatte, und die von den beiden Männern, als sie ihnen das braune Gesicht zuwandte, für eine Hausierhandel treibende Zigeunerin gehalten wurde. Dahin deutete auch der flache Kasten, den sie an einem Tragbande um den Nacken gehängt trug. Die anscheinend schon ältliche Frau stieß mit ihrem Kasten Reimann derb an und erntet dafür von diesem ein paar unwillige Worte. Aber der Beamte fuhr förmlich zurück, als die Frau nach ein paar Worten in einem unverständlichen Kauderwelsch mit völlig veränderter leiser Stimme sagte:

„Haben Sie den Schein für mich? Geben Sie ihn mir nur! In diesem Gewühl achtet hier doch niemand auf den anderen!"

Wahrlich – die schwarze Hanne hatte nicht zuviel gesagt! Wer in diesem zigeunerhaften alten Weiblein die schwarze Hanne wiedererkennen wollte, musste erst den grauen Scheitel und aus dem Gesicht des Mädchens die Teintschminke [68] entfernen!

Reimann hatte sich zum Zwecke seiner Nachforschungen leicht einen Schein verschafft, wie ihn solche Hausiererinnen auf Verlangen vorzeigen müssen, und ihn mit einem erfundenen Namen ausfüllen lassen. Kam das Mädchen in der Gegend, der ihre Expedition galt, in Konflikt mit den Behörden, so war es ihm durch den amtlichen Ausweis seiner Stellung, den er bei sich trug, jederzeit ein leichtes, sie als Vigilantin [69] in seinem Dienste zu bezeichnen und aus jeder Bedrängnis zu befreien.

Die Hausiererin schob den empfangenen Schein in die Tasche ihres groben Rockes und stieg zur Plattform eines Wagens vierter Klasse [70] empor. Dabei kam unter ihrem Rocksaum ein grober blauer Strumpf zum Vorschein. Reimann nickte beifällig. Die frühere Artistin hatte ihre Verkleidung nicht nur oberflächlich durchgeführt. Nun glaubte auch er, dass dies Mädchen ihnen gute Dienste leisten würde.

Während Lude Hekke mit seinem Spießgesellen, dem langen Karle, an die Verwirklichung seiner neuen verbrecherischen Pläne ging, schritt die Vergeltung bereits seinen eigenen Spuren nach!

---

[68] Schminke, mit der die natürliche Gesichtsfarbe, der „Teint", überdeckt werden kann.

[69] „Wachsame" Person, als Polizeispitzel eingesetzt.

[70] Waggon mit Holzbänken nur an den Seitenwänden, sonst Stehplätzen.

16. Kapitel
Wetterleuchten

Ein Tag voll Glut hat über der Löcknitzniederung gelegen. Seit Tagen schon ist kein Regen niedergefallen. Das üppige Gras auf der „Wische" dorrt unter den sengenden Strahlen des Tagesgestirnes. Auch die Nächte bringen kaum erfrischende Kühle. Die Sonne dieses Julitages geht zur Rüste [71]. Schwer liegt die dunstige Luft über der großen Wiese zwischen Dömitz und den Elbfischerdörfern an der Priegnitz-Grenze. Gewitterluft ! Alles sehnt sich nach dem luftreinigenden Wetterausbruch.

Fischerkähne an der Elbe   Photo Erich Kilian

---

[71] „Rüste" von Rast, Ruhe. Die Sonne geht zur Ruhe, geht unter.

Hart an dem von der Löcknitzfähre nach Dömitz an der Dynamitfabrik vorüberführenden Wege, dort, wo die Pappelallee hinter den letzten Häusern der kleinen Stadt ihr Ende erreicht, liegt hart am Weg mitten im Lande, durch ein paar Stützen halb aufgerichtet, seine Bodenfläche dem Wege zukehrend, ein alter Fischerkahn. Er mag in den Frühlings- und Herbstzeiten, in denen die Elbe ihre Fluten über die weite Wiese bis hierher sendet und den Weg an der Dynamitfabrik entlang überspült, den Bewohnern der kleinen Reihe von Arbeiterhäusern dort oben dazu dienen, sich den Weg abzukürzen. Jetzt, im heißen Sommer, blicken die Augen Fremder verwundert auf ihn, der, soweit von Elbe und Löcknitz entfernt, hier im glutenden Sonnenscheine zusammentrocknet.

Hinter diesem Nachen sitzt ein Weib, den von einem Kopftuch fast ganz verhüllten Kopf in die Hände der auf die gestützten Arme gelegt. Ein wachstuchbezogener Kasten mit Tragband neben ihr liegt im kurzen, dürren Grase. Seit zwei Tagen sind sie hier : die schwarze Hanne, die nachts in einem offenen Stall, unter einem Schuppen oder in einem Heuschober, wie sich's ihr bietet, ihr Lager sucht, der junge Tangermünder Kahnschiffer, der Lenzen verlassen und in Kietz an der Elbe, wo er das in Wittenberge gemietete Motorboot untergebracht, Quartier genommen hat, und Reimann, der als verkappter Kahnknecht in einem kleinen Logierhause in Dömitz in der Gegend des Hafens Unterkunft gefunden hat.

Diese zwei Tage haben ihnen nichts offenbart als das Überraschende, dass der, welchem sie auflauern, hier anscheinend einem redlichen Gewerbe nachgeht und den langen Karle als wortkargen, aber gliederstarken Gehilfen benutzt. Das macht ihn zwar in ihren Augen doppelt verdächtig, aber bis jetzt ist es Reimann und der schwarzen Hanne, die ihn umspähen, nicht gelungen, ihm auf einem geheimen Pfade zu begegnen.

So sehr den jungen Schiffer die Sehnsucht nach dem einsamen Fischerhause am Eingang des Dorfes Baarz treibt, er hat auf die Vorstellungen Reimanns hin seine Sehnsucht zügeln müssen. Denn e r vor allem muss sich vor einem Rencontre mit dem Rothaarigen hüten, denn er ist viel im Dömitzer Hafen, am Zingel und auf dem an den Fischerdörfern hinlaufendem Elbdamme herumlungernd zu sehen. Nur, wenn tiefe Dunkelheit den Strom deckt, treffen sich die drei oberhalb von Besandten an einer umbuschten Uferstelle, an welcher Fritz Wölling mit seinem Benzinboot auf sie wartet. Und so groß ist ihre Vorsicht, dass sie den Strom kreuzen und dort drüben an der hannoverschen Seite der Elbe ihre Beratungen pflegen.

Auch in dieser Nacht wollen sie sich dort treffen. Reimann wird sich beim Zingel über die Elbe setzen lassen und am jenseitigen Ufer dem Rendezvousplatze zustreben. Die schwarze Hanne wird den Weg durch die Fischerdörfer nehmen und Fritz Wölling sie dort oberhalb Besandten in seinem Boote erwarten. Und wahrscheinlich werden sie heute nicht wieder enttäuscht zusammensitzen !

Die schwarze Hanne hat, als sie ihrer Rolle getreu ihren billigen Krimskrams zu Mittag feilbot an den Kähnen im Hafen, immer Lude Hekke im Auge behaltend, gehört, wie er dem langen Karle die Worte zuwarf, dass er am Nachmittag hinüber müsse nach Baarz drüben. Nun sitzt sie hier, um ihn zu erwarten und ihm wie sein Schatten in einer gewissen Entfernung zu folgen, die seinen Argwohn nicht zu erregen vermag. Die Augen des Mädchens sehen scharf, wie die eines Falken. Und drüben über die Bahngeleise sieht sie jetzt eine Gestalt schreiten, in der sie den Erwarteten schon von weitem erkennt. Wahrscheinlich wird er achtlos an ihr vorübergehen, die der halbaufgerichtete Kahn zum größten Teile verdeckt vor seinen Blicken. Aber da hat sie ja einen halben Schritt vor sich ein vollkommenes Versteck. Wie ein schräges, gewölbtes Dach ruht der Kahn auf seinen Stützen vor ihr. Sie braucht nur ein paar Fuß vorzurutschen, und sie liegt unter dieser Höhlung. Und wenn ein Auge sie dort wirklich erspähen sollte – wie kann's auffallen ? Sie hat Schatten gesucht darunter und ist wandermüde eingeschlafen.

Schon liegt sie halb geduckt unter der Bretterhülle des Nachens. Breite Fugen hat die Trockenheit zwischen die Planken gerissen – ihr Auge hat nach rechts und links Ausblicke, und während sie Lude Hekke an den letzten Dömitzer Häusern vorüberschreiten sieht, erspäht ihr den Weg abwärts streifender Blick einen städtisch gekleideten Mann, der etwa in gleicher Entfernung auf der entgegengesetzten Seite dieser Wegstelle sich nähert. Sie kennt ihn nicht und hat nicht Obacht auf ihn. Um so überraschter ist sie, als die beiden sich Begegnenden wenige Schritte von ihrem natürlichen Versteck stehen bleiben und sich ansprechen, und im Nu sind alle ihre Sinne bei den beiden Männern. Des Rothaarigen Stimme ist's, die zuerst an ihr Ohr schlägt.

„Das wird eine Nacht, wie für uns gemacht, Herr Rebacker : bei einem Gewitter arbeitet sich's doppelt leicht. Vergessen Sie nicht, zur bekannten Stunde am Telegraphenpfahl 127.“

Des anderen Stimme klang voll Groll und Ärger :

„Auf mich brauchen Sie heute nicht zu rechnen. Ich hab' die Sache satt ! Schließlich bin ich als Ansässiger der einzige, der an der ganzen Geschichte hängen bleibt.“

„Sie nehmen heute die Schmuggelwaren nicht ab, Herr Rebacker ?“
„Schmuggelwaren !“ Der andere stieß ein höhnisches Gelächter aus. „Ich bin nicht so dumm, an Schmuggelwaren zu glauben. Was habe ich denn von dem ganzen Geschäft ? Eine anständige Provision und nichts weiter. Und dieser alte Fuchs, der Tampke, streicht das Gold händeweis ein.“

„Ich höre es Ihnen an, dass Sie mit dem Fischer Tampke etwas gehabt haben, Herr Rebacker!" sagte Lude Hekke, und auch seine Stimme bekam eine erregte Färbung. „Ich habe ein Recht, zu wissen, was Sie mit ihm auseinander gebracht hat!"

„Meinetwegen können Sie es wissen," lautete die höhnische Antwort. „Im Dalles [72] sitz' ich, und die paar hundert Mark, die ich brauche, und um die ich vor einer Stunde den alten Tampke anging, hat er mir rund abgeschlagen. Er habe kein Geld, und dabei weiß ich, dass er Tausende bar in irgend einem Versteck in seinem Hause aufgespeichert haben muss, in blankem Gold und Silber, denn der alte Fuchs ist so misstrauisch, dass er selbst unsere Reichskassenscheine [73] nicht nehmen will. Und als ich ihn fühlen ließ, dass ich an seinen und Ihren Schmuggelkram, Herr Hekke, nicht mehr glaube – – – "

---

[72] Sich in Geldverlegenheit, finanzieller Not befinden. Aus dem Jiddischen.
[73] Staatliches Papiergeld des Deutschen Reiches, 1 : 1 umtauschbar in Reichsbanknoten

„Herr Rebacker!" warf Lude Hekke drohend ein.

„ – nicht mehr glaube," fuhr jener unbeirrt fort, „setzte mir der alte Schleicher fast den Stuhl vor die Tür. Wenn ich's nicht wäre, nähmen ein paar Dutzend andere die Ware – – – mögen sie 's ! Ich habe nicht länger Lust, den Hals in der Schlinge zu haben. Wenn ich nur erst aus dieser ganzen vermaledeiten Gegend hinaus wäre ! Die Stunde, in der ich mich mit dem alten Tampke einließ und mit Ihnen, Hekke, die v e r f l u c h e ich ! Denn eine ruhige Minute habe ich seitdem nicht mehr gehabt !"

„Herr Reb - - - - "

„Lassen Sie mich ungeschoren ! Von Stund' an kenne ich Sie und den Alten nicht mehr, verstanden ?" Die letzten Worte klangen schon aus einiger Entfernung zu der schwarzen Hanne Versteck und mischten sich mit einem Fluch des Rothaaarigen.

„Hier geht's zu Ende !" murmelte er. „Und das sollt Ihr mir bezahlen, Tampke, denn durch Eure Habgier allein geschieht's ! Dieser Rebacker war ja ganz rabiat, und wenn er heute abend nicht kommt – zum Teufel, wenn ich dem alten Halunken von Fischer heute Nacht die Beute anvertrauen muss, so soll mir diese Nacht auch sein geheimes Versteck ausliefern, das er und sein wortkarger Täve mir nie angeben wollten. Aber zuerst will ich versuchen, ob ich den alten Tampke nicht veranlassen kann, die Sache mit Rebacker wieder ins Reine zu bringen. Gerade diese Nacht wäre wieder ein Hauptschlag zu machen ! Die beiden Kerle unserer Bruderschaft, die da auf einem nach Havelberg bestimmten Kahne hausen, der hier anlegte, weil die Frau des Schiffers plötzlich krank geworden ist, machen schon die halbe Arbeit. Sie bringen uns die Waren bis an die Löcknitz-Mündung ! Und der helle Satan soll mit ihm abfahren, wenn ich diese Nacht trotz aller Weigerungen des alten Tampke nicht ausfindig mache, wo er seine vermaledeite Diebeshöhle hat ! Geht's nicht mehr mit dem nächtlichen Geschäft, so mag er sich in acht nehmen. Denn mein letztes Arbeiten hier wird ihm gelten und seinen ergaunerten ‚Goldfüchsen' !"

Während dieses Selbstgespräches hatte Lude Hekke fast die Höhe der Dynamitfabrik erreicht und natürlich war nicht ein Wort von dem Gemurmel bis an das Ohr des versteckten Mädchens gedrungen. Aber sie hatte auch schon genug gehört. Zwei der Komplicen Lude Hekkes waren ihr in diesem Augenblicke dem Namen nach bekannt geworden : Rebacker und Fischer Tampke. Und wenn ihr auch nicht klar war, in welcher Verbindung diese Männer zu ihm standen, die Worte des ersteren hatten doch offen genug bekundet, dass es sich um eine gesetzwidrige und strafwürdige Sache handeln musste. Von Schmuggelware war die Rede gewesen und von einem Anschlage, der heute Nacht verübt werden musste. Aber wo ? und wie ?

Weit hinten in der Wiese sah sie Lude Hekkes Gestalt verschwinden. Sie kroch unter ihrem Nachen-Versteck hervor, hing ihren Tragkasten um und schritt dann dem sich Entfernenden nach. Wenn sie den Ort, wo heute Nacht die Schleichhändler [74] zusammenkommen wollten, nur ausfindig machen könnte ! Sie würde nicht zögern, zu versuchen, unter dem schützenden Dunkel der Nacht ungesehene Zeugin zu sein. Furcht vor Menschen und vor der Finsternis lebte nicht mehr in der Seele dieses Mädchens, seitdem in dieser selbst alles finster geworden war ! Sie hatte gestern schon einmal den Weg zu den Fischerdörfern gemacht und, um ihre Rolle getreu zu spielen, in ein paar Häusern ihren billigen Kram angeboten. Das würde sie auch heute tun. Sie hatte so die beste Gelegenheit, aufzuspüren, wohin er sich gewandt hatte. Vielleicht lieferte ihr dieser Gang vor dem Einbruch der Nacht noch einen Anhalt, wohin die nächtliche Beute, von der die Rede gewe-

---

[74] Betreiben illegalen, heimlichen Handel. Von schleichen, lautlos gehen.

sen war, gebracht würde. Schnell schritt sie aus. Drückend wurde die Luft. Die Schweißperlen traten ihr auf die Stirn, und das Tragband des Kastens drückte ihre Schulter. Sie lehnte sich einen Augenblick an den nächsten Telegraphenpfahl, an dem sie vorüber kam, um den Moment der Schwäche vorübergehen zu lassen.

Da fiel, in der Höhe ihres Armes, den sie gegen den hohen braunen Pfahl stützte, eine weiße schablonierte Zahl ihr ins Auge. Und in demselben Augenblick ward in ihrer Erinnerung ein Wort aus dem Gespräch dieser beiden wieder rege, dessen Bedeutung ihr jetzt im ganzen Umfange klar wurde. Einen Telegraphenpfahl hatte Lude Hekke erwähnt und eine Ziffer hinzugesetzt – nun wusste sie auch diese wieder – 127 ! – und der, den sie umfasst hielt, trug die Nummer 120. Sie stand wieder aufrecht auf den Füßen. Alle Schwäche war von ihr gewichen. Ihre Augen folgten den dunklen, drahtverbundenen Pfählen, die aus der blumigen Wiese vor ihr aufragten. Sie zählte sie – dort der letzte vor der Fähre der Löcknitz musste der erwähnte sein; sollte dort das nächtliche Schauspiel, das keine Zeugen duldete, vor sich gehen ?

Als sie die Stelle erreicht hatte, wo der Pfahl, der die ominöse Ziffer trug, stand, und das Gewirr von Büschen sah, das hier zur Linken der Fähre die Löcknitz einfasste, schien ihr der Platz für ein lichtscheues Tun unter dem Schleier der Nacht nicht übel gewählt. – Was sollte sie nun beginnen ? – – Ihr blieb die Zeit nicht, Reimann und Fritz Wölling zu verständigen. Sie musste allein versuchen, das Geheimnis dieser Nacht zu ergründen !

Und sie würde es tun !

Sie winkte dem Fährmann, der drüben am Ufer an dem hohen Netz-Galgen nasse Fischernetze zum Trocknen aufzog, und ließ sich übersetzen. Dann schlich sie hinauf zu der heute der Gäste entbehrenden Wirtschaft von Heinrich Köthke und bot der Wirtsfrau ihre Waren an. Und wenn auch diese ihr nichts abnahm, so ließ sie die Hausiererin doch auf der Bank vor dem Hause rasten und bot ihr auch einen frischen Trunk, den das Mädchen dankbar annahm.

* * *

Meta Streblow war in dem kleinen Garten, der die Front des niedrigen Fischerhauses einsäumte, beschäftigt. Sie war schmaler geworden in diesen Wochen, und der Zug von schmerzlicher Trauer, der auf ihrem Antlitz lag, hatte sich noch verstärkt. Es gab keinen Zweifel mehr für sie. Jener, dem sie ihr junges Herz geschenkt, hatte wohl eingesehen, dass der Abstand zwischen ihr und ihm zu groß gewesen war, um sein Versprechen zur Tat machen zu können und offen um sie zu werben. Und er war wohl zu redlich, um nach solcher Einsicht ihr sich wieder zu nähern. So war er fern geblieben!

Gottlob, dass auch der andere, der ihr Furcht und Abscheu einflößte, ihr fern geblieben war. Wenn er doch nie wieder dies Haus betreten wollte! Der inbrünstische Wunsch war gerade in ihrer Seele aufgetaucht, als das Antlitz des Verhassten über der dichten Hecke des Gärtchens auftauchte und seine Stimme, die sie erzittern machte, sie anrief. Unfähig zu antworten, sah sie ihn zu dem Pförtchen eintreten und nun vor sich stehen. Wieder gingen seine Augen in heißer Begehrlichkeit über ihren schlanken, reizvollen Körper, aber er bezwang sich. Die Stunde, die ihm diese da in die Arme lieferte, kam auch und – bald. Heute galt es, die Zeit wahrnehmen, sollte die Sache mit Rebacker rechtzeitig noch ins Gleis gebracht werden.

„Wo ist Tampke?"

„Zum Täve nach Besandten!" gab Meta nit fliegendem Atem zur Antwort und trat scheu zurück, ohne es jedoch hindern zu können, dass er ihre Hand ergriff und ihr zuraunte:

„Sträube Dich, soviel Du willst, Mädchen, m e i n wirst Du doch !" In diesem Augenblick lohte es hell am Horizonte auf. Fernes Wetterleuchten kündigte das Nahen eines Gewitters an. Das entsetzte Mädchen sah ihre Hände losgelassen und den Rothaarigen sich abwenden.

„Ein anderes Mal sprechen wir ernst zusammen, Meta ! Jetzt muss ich dem Tampke nach !" Damit eilte er zur Gartentür hinaus.

Keiner von beiden hatte den erstickten Ruf der Überraschung gehört, der drüben von der anderen Böschung des Elbdammes zu ihnen herübergedrungen war. Der Mann, der dort hinter einem der Baumstämme am Damm hervorlugte, glitt die Böschung hinab und hinter ein Gebüsch des Vorlandes, als er den Rothaarigen auf dem Elbdamme erscheinen und mit eilig ausgreifenden Schritten in das Dorf Baarz hineineilen sah, das, durch den Damm verbunden, fast mit dem Nachbardorfe Besandten zusammenhängt. Und von Busch zu Busch huschend, gewann der Mann das Elbufer wieder und schritt an ihm entlang, immer bemüht, zwischen dem auf dem Damme Vorwärtshastenden und sich Büsche und Gestrüpp als Deckung zu bringen.

Dieser Mann war Fritz Wölling. Er hatte oberhalb Besandten sein kleines Motorboot in einer Ufereinbuchtung festgemacht und war, von Sehnsucht getrieben, auf dem in der Sonnenglut der letzten Tage getrockneten Vorlande zwischen Elbufer und Elbdamm weitergegangen. Nur einmal wieder in der Nähe des geliebten Mädchens wollte er sein, das Strohdach des Häuschens über dem Elbdamme auftauchen sehen, unter dem er sie wusste. Bald mussten ja alle Schranken fallen, die ihn noch von ihr trennten ! Kein Mensch begegnete ihm, niemand war auf dem Damme zu sehen. So war er die Böschung hinabgestiegen, und da sah er sie im Garten. Aber sie war nicht allein. Ein Mann stand an ihrer Seite, der auf sie einredete und der nun ihre Hand ergriff, und dieser Mann – der so vertraut mit dem Mädchen tat, dem Liebsten, was Fritz Wölling auf Erden besaß – war der Rothaarige, den als Verbrecher zu entlarven sie gekommen waren! Ein qualvolles Aufstöhnen war's, was sich von seinen Lippen löste. Was trieb sie, die ihm als die Reinheit und Lauterkeit selbst erschienen war, mit diesem niedrigen Menschen zusammen? Wie durfte er es wagen, zu diesem Hause, das sie barg, zu kommen, ihre Hände zu berühren, vertraut mit ihr zu tun? Als habe er einen betäubenden körperlichen Schlag erhalten, glitt der junge Schiffer, als er den Rothaarigen aus dem Garten treten sah, die Böschung herab und hinter das Buschwerk, und eine plötzliche Angst, die ihn verwirrte und ihm das Bild Metas entweiht, besudelt zeigte, trieb ihn langsam erst, dann schneller und schneller von der Nähe des Fischerhauses zurück, zu dem er in jener Pfingstnacht sein ganzes, liebewarmes Herz getragen!

17. Kapitel
Eine Nacht, die Augen hat

Gegen Mitternacht erst war das Gewitter losgebrochen. Vom tiefschwarzen Himmel zuckte es wie feurige Schlangen herab, zuweilen fast sekundenlang mit violettem Licht alles übergießend, nahezu ununterbrochen rollte der Donner. Aber der ersehnte Regen wollte nicht einsetzen. Eine trockene Gewitternacht gab's, die jeden in sein Heim bannte und ihn an gar nichts anderes denken ließ als an die Gefahr, die ein herniederfahrender Blitz jeden Augenblick im Gefolge haben konnte.

Dennoch sah diese Nacht hier am Eingang der „Wische" furchtlose Menschen, die den Elementen den gleichen Trotz entgegensetzten wie den Menschengesetzen und ihr Toben und Wettern noch willkommen hießen, weil es jedes spähende Auge von ihrer geheimnisvollen Tätigkeit hinwegscheuchte.

Unweit des Stellwerkes neben der Fähre an der Löcknitz, auf der preußischen Seite des Flusses, starrten diese Augen in das Dunkel hinaus, das über dem Flüsschen lag, welches auf kurze Augenblicke von dem violetten Lichte des Blitzes erhallt wurde. In ein Ufergebüsch hineingekauert, harrte die schwarze Hanne des kommenden. In diesem Toben der Elemente öffnete die Nacht alle Schauer, die sie besaß, den Menschen; aber an dies Mädchen rührten sie nicht. Die Schauer einer einzigen Nacht hatten für immer die Macht des Schreckens von ihr genommen.

Ganz leise, leise Worte murmelten ihre Lippen. Sie fügten sich zu einer klagenden Melodie. Aber selbst das Geflüster des Schilfrohres, das hier und da in kleineren und größeren Gruppen in die Löcknitz hineinstand, hätte diese verschlungen. Der Wind, der sich mit dem Gewitter aufgemacht hatte und die Regenwolken vor sich hertrieb, dass sie der dürstenden Erde ihr Nass versagten, lockte alle Stimmen der Natur hervor. Die Büsche rauschten sich geheimnisvoll zu, die Flut des Flüsschens, zu kleinen Wellchen emporgetrieben, schlug leise klatschend an die Uferwände, und zu diesem Flüsterkonzert gab der rollende Donner das Fortissimo.

Plötzlich verstummten der schwarzen Hanne Lippen. Der verhüllte Kopf des jungen Mädchens hob sich, ihre Hand nestelte das Tuch, das ihn deckte, zur Seite, scharf horchte ihr Ohr in die Nacht hinaus. Nicht umsonst war sie ein Kind der Landstraße, von frühester Jugend an mit der fahrenden Gauklertruppe in Nacht und Nebel, sowohl wie in Sturm und brennendem Sonnenbrand umhergezogen. Ihre Augen und Ohren waren geschärft wie die eines Tieres, das zur Nacht erst sein Lager verlässt, um seiner Nahrung nachzugehen.

Auf dem Flüsschen, dessen Uferbüsche sie bargen, hörte sie etwas herankommen, hörte sie zwischen dem Donner das leise Rauschen, das der Bug eines durch das Wasser getriebenen Nachens erzeugt, das feine Plätschern des zur Seite gedrängten Wassers im Schilf. Sie erhob sich und schlich geduckt an den letzten der Büsche vor dem Schleusenstellwerk, wo sich ein freierer Ausblick auf die Fährstelle und ein weiteres Stück des Löcknitzflüsschens ihr öffnete. Wieder schien ein Blitz das schwarze Himmelsgewölbe zu zerreißen, und in seinem zuckenden Licht sah sie zwei Männer einen Nachen heranstoßen, der fast bis zum Bord im Wasser lag, also schwer beladen sein musste.

Ein heißes Beben der Erwartung ging durch den Körper des Mädchens. Sie fühlte, der Schlüssel der geheimen nächtlichen Taten dieser Männer gab sich in ihre Hände. Sie huschte in ihr Versteck zurück, bereit, jedes Hindernis zu besiegen, das sich ihr in der Verfolgung des Nachens an dem Löcknitzufer bieten könnte. Aber wenn sie sich nicht verhört hatte, so musste diese Stelle und zwar am gegenüberliegenden Ufer der Schauplatz einer Szene in dem Mysterienspiele dieser Nacht werden. Sie nickte unwillkürlich mit dem Kopf. Ihre Annahme bestätigte sich. Drüben knackten und rauschten die Uferbüsche. Man trieb dort den Nachen ans Ufer. Der nächste Blitz gab ihr die Gewissheit, wenn auch das leise Klirren der Bootskette der nachhallende Donner verschlang. Sie sah Lude Hekke den Kahn am Ufer festmachen. Und fast gleichzeitig ward das leise Gewieher eines Pferdes hörbar.

„Seid Ihr da?" fragte eine tiefe Stimme.

„Ich – ja!" antwortete eine jugendlichere in verdrießlichem Tone. „Aber der Rebacker ist nicht gekommen!" Ein leiser Fluch des Rothaarigen wurde hörbar. „Sagte ich's Euch nicht, Tampke! Das habt Ihr erreicht. Was soll nun geschehen?"

„Bis morgen wird sich der Mann besonnen haben. Und wenn morgen nacht der Täve ihm das Gut vor seine Ziegelscheune fährt, wird er sich hüten, das Tor unaufgesperrt zu lassen. Und für diese Nacht bringe ich die Ladung schon in ein Versteck !"

„Wohin ?"

„Das lasst meine Sorge sein, Lude Hekke !" erwiderte mürrisch der Alte. „Euer Werk ist für diese Nacht getan. Ihr könnt heimgehen. Das andere besorge ich und der Täve. Es gilt, wie wir's ausmachten !" „Aber ich kann Euch helfen !"

„Brauchen keine Hilfe ! Wir zwei sind Manns genug, der Täve und ich ! Führ' das Pferd ein Stück weiter die Löcknitz hinauf, Täve, und pflöcke es gut an. Wenn das Tier auch nicht grad' wetterscheu ist – das Gewitter nimmt noch mehr zu. In dieser Nacht brauchen wir nicht ängstlich zu sein – und wenn der Morgen kommt, magst Du nach Dömitz hineinfahren. Wenn der Rebacker ausgeschlafen hat, wird er wohl zur Besinnung gekommen sein und andere Saiten aufziehen. In der nächsten Nacht holt er sich die Waren. Darum seid unbesorgt !" Lude Hekke nickte. „ –s ist gut ! Ich mache nun, dass ich heim komme !"

Von diesem Gespräch waren nur undeutliche Worte an das Ohr der schwarzen Hanne gedrungen. Dann war alles still. Auch das Boot wurde nicht vom Ufer abgestoßen. Der nächste Blitz zeigte ihr nur einen Mann darin, Lude Hekke war verschwunden. Das musste also der alte Fischer Tampke sein, von dem in dem erlauschten Gespräch die Rede gewesen war. Worauf wartete er noch ? Eine ganze Weile verging. Dann klang wieder eine Stimme :

„Bist Du's, Täve ?" „Ja, Vater !"

„Dann steig ein !"

Es waren für das Mädchen fremde Stimmen, die da flüsterten. Lude Hekke war also fort. Dann sah sie in dem Zickzack des nächsten Blitzes wieder das Boot mitten auf dem Flüsschen. Langsam stakte es der Alte stromaufwärts. Einen Augenblick zögerte die schwarze Hanne. Bei ihr drehte sich alles um die Person des Rothaarigen. Was gingen sie diese hier an? Aber auf diesem Ufer, das keine Brücke mit dem jenseitigen verband, war ihr ein Verfolgen des längst im Dunkel verschwundenen Rothaarigen ja doch unmöglich. Und den beiden Männern, die sie hierher begleitet, war gewiss darum zu tun, alles zu erfahren, was Lude Hekkes Helfershelfer anging. Und so war sie schnell mit sich im Reinen. Sie würde den langsam auf der schmalen Flut dahingleitenden Nachen am Ufer verfolgen, so lange es ihr die Beschaffenheit desselben gestatten würde. Und von Busch zu Busch lautlos huschend, sich niederduckend, wenn die Flüsterstimme der beiden Männer im Nachen ihr kündete, dass sie ihnen ganz nahe gekommen war, dann wieder den sich Entfernenden nacheilend, wand sich die schwarze Hanne am Löcknitzufer hin.

Lude Hekke war in der Finsternis verschwunden. Aber er war nicht den Weg über die Wiese nach Dömitz zurückgegangen. Er hatte sich ganz in der Nähe niedergeworfen und gewartet, bis Täve von der sicheren Unterbringung seines Tieres zurückgekommen war, und bis auch ihm das Geräusch, das mit dem Hinausschieben des Kahnes aus den Uferbüschen verbunden war, die Kunde gab, dass die beiden die Fahrt mit dem Nachen flutauf begonnen hatten. Nun erst, als eine ganze Kette von Büschen zwischen jenen und ihm lag und ihnen kein Blitzstrahl mehr zeigen konnte, wohin er lief, sprang er auf und eilte an der Fähre vorbei zu dem Schilfröhricht der Löcknitzmündung.

Hier ließ er einen leisen Pfiff ertönen. Sofort rauschte es im Schilf. Ein Nachen schob sich aus diesem hervor und fuhr ein Stück herauf, wo das Ufer schilffrei war. Der lange Karle stand darinnen. Eilig stieg der Rothaarige hinein.

„Ans andere Ufer! Schnell! Ich hab' keine Zeit zu verlieren!"

Der Nachen war mit zwei Stangenstößen drüben.

„Fahre ein Stück stromabwärts in die Elbe hinaus, Karle, und halte Dich hart ans Ufer, damit Dich der alte Tampke nicht sieht, wenn er mit dem leeren Kahne zurückkommt. Erst wenn Du meinen Pfiff hörst, kommst Du heran, an dieses Ufer, dort oben an der Löcknitz-Mündung." Schon strich er in langen Sätzen der Fährstelle zu, um das Schleusenwerk herum, und eilte nun, so schnell es die Dunkelheit erlaubte und die Blitze ihm den Weg zeigten, flussauf, denselben Pfad, den ein Dutzend Minuten vorher die schwarze Hanne genommen.

Wo diese jetzt ihre Füße vorwärts setzte, unterbrach eine Heidestrecke die Wische. Drüben am anderen Ufer, das höher und steiler wurde, drängte sich ein ziemlich umfangreicher Föhrenkamp [75] an die Löcknitz, die hier ihr Bett verengte. Auch das Ufer, an dem das Mädchen dem Kahne nachschlich, stieg schon an. Um die Ellern, die hier in kürzeren Abständen, unterbrochen von Buschwerk, am Ufer standen, spannen Brombeerbüsche ihr Gerank. Mühseliger ward es hier, dem immer noch langsam flussauf fahrenden Nachen zu folgen. Plötzlich erbebte das Mädchen. Hinter ihr erzitterte der elastische Uferrand wie unter hastig sich nähernden Tritten. Wer nur konnte ihr folgen ? Instinktiv warf sie sich in das Gebüsch und ließ sich ganz auf den Boden gleiten. Ihre Hand griff dabei in das scharfe Brombeergerank und der Schmerz durchzuckte sie. Aber sie verbiss ihn und machte keine Bewegung, denn jetzt im sekundenlangen Blitzschimmer ward ihr vorüberhuschender Verfolger sichtbar.

Der Rothaarige !

Ihr Herz stand stille. Hatte er sie entdeckt und drohte ihr hier, fern aller Menschen, seine Rache ? Oder galt seine Verfolgung den

---

[75] Kamp als Flurname für ein Stück Land, von lateinisch campus, Feld.

beiden Männern im Nachen, die doch die Gefährten seines nächtlichen Treibens waren? Unbeweglich blieb sie liegen, aber das Blut stockte in ihren Adern. Kaum ein halbes Dutzend Schritte von ihr hörte sie auch ihn sich in dem Buschwerk niederwerfen. Und als wieder ein Blitz den hier eine Strecke weit in gerader Richtung laufenden Löcknitzstrom erhellte, hörte sie einen leisen Ruf der Überraschung von seinen Lippen. Und auch sie fühlte sich von dem gleichen Gefühl durchzuckt.

Der Nachen, der eben noch kaum zehn Schritte von ihr drüben am Ufer hinglitt, über dem wie eine große dunkle Wand der Föhrenwald aufragte, war verschwunden. Der nächst flammende Doppelblitz bestätigte diese Wahrnehmung. Aber er enthüllte auch eine breite Unterspülung des jenseitigen Ufers, über die wie ein Gewirr sich windender Schlangen das von aller anhaftenden Erde von den Hochfluten im Herbst und Frühjahr befreite Wurzelwerk der Bäume sich ausbreitete. War der Nachen in diese jetzt über dem niedrigen Wasserspiegel der Löcknitz halbmannshoch sich wölbende Höhlung geglitten?

Trotzdem die ihr in die Finger gedrungenen Dornen ihr Pein bereiteten, wagte das Mädchen kein Glied zu rühren. Ein halb' Dutzend Schritte voneinander getrennt lagen die beiden Menschen, die einst eine wilde Leidenschaft vereint und die heute von noch wilderem Hasse zu einander beseelt waren. Und jede Sekunde konnte der Rothaarige ihre Gegenwart entdecken. Dann aber rettete sie niemand vor seiner Rache. Das wusste sie. Eine lähmende Starre war über sie gekommen, ihr Körper blieb völlig regungslos. Es war ihr, als ob sie, auch wenn sie gewollt, jetzt keinen Finger rühren könnte. Um so lebhafter war das Spiel ihrer Gedanken. Es war kein Zweifel: Das überraschende und plötzliche Verschwinden des Kahnes hing mit jener Uferunterwaschung zusammen, und Lude Hekkes Auftauchen hier galt jenem Versteck ! Denn auch er rührte sich nicht.

Minuten flossen zu Viertelstunden zusammen. Der Nachen erschien nicht wieder. Spärlicher zuckten die Blitze am Himmel. Ferner rollte der Donner. Das Gewitter war im Verziehen. Noch einmal leuchtete es auf. Gerade genug, um den Bug eines Nachens gespensterhaft wie den Kopf eines Untieres unter dem jenseitigen Ufer hervor in den Fluss gleiten zu sehen. Zugleich glühte es hell auf. Der Rest eines Kienspanes oder einer Fackel fiel zischend in die dunkle Flut. Dunkel ward es wie vorher. Flussab führte der leere Kahn die beiden Männer. Der nächste Augenblick musste der schwarzen Hanne Schicksal entscheiden. Lohte es, wenn der Rothaarige sich aus seinem Verstecke aufrichtete und an dem ihren vorüberschlich, noch einmal am Gewitterhimmel auf, dann war sie verloren ! Dann musste sie seinen Blicken sichtbar werden. Und die Mitwisserin seines Geheimnisses würde er nicht schonen, das wusste sie. Kaum fünfzig Schritte weit würde ihr letzter Schrei hallen, wenn seine eisernen Fäuste hier aufs neue ihr würgendes Werk verrichteten. Wochen, Monate konnten vergehen, ehe man ihre Leiche in dieser menschenverlassenen Gegend, in irgendeinem Gebüsch versteckt, auffand. Und dann waren es die halbverwesten Überreste einer Namenlosen, Unbekannten – – –. Was diese Nacht an ihr verübte – die Sonne würde es nie an den Tag bringen.

Jetzt raschelte es in Lude Hekkes Verstecke. Vier, fünf Sekunden noch, und Leben oder Tod entschied sich für sie. Und triumphierend würde der Gewalttätige, der ihr Leben und ihre Ruhe vernichtet, Sieger bleiben ! Sein Fuß berührte so nahe an ihr den Boden, dass er fast ihren Rockzipfel traf, und gerade jetzt lohte es noch einmal auf am Horizonte – – – Sie schloss die Augen. Aber sein hastiger Schritt war schon vorüber. Mehr und mehr verschlang ihn der weiche Wiesenboden. Das Blut strömte ihr vom Herzen in den

200

Körper zurück. Sie fühlte den Schmerz nicht mehr, den ihr die scharfen Ranken verursacht. In den Knien richtete sie sich auf, mühsam – langsam! Jetzt stand sie auf den Füßen.

„Nun hüte Dich, Lude Hekke! Jetzt bist Du in m e i n e r Hand!"

18. Kapitel
E i n e n i e d e r s c h m e t t e r n d e E n t d e c k u n g

Noch zwei andere hatten diese Gewitternacht im Freien überdauert, Reimann und Fritz Wölling. Als die Stunde, die sie zum Stelldichein bestimmt hatten, herangekommen war, fuhr der junge Schiffer in seinem Motorboot über den Strom und erwartete den ehemaligen Pionierfeldwebel, der in seinem neuen Berufe mit demselben unumstößlichen Pflichteifer tätig war wie in seinem früheren.

Die schwarze Hanne war nicht gekommen. Auch die zuckenden Blitze zeigten den beiden, die an das Elbufer unterhalb Besandten zurückgefahren waren und in einer kleinen Einbuchtung in dem Boote schweigend einander gegenübersaßen, nichts von dem Mädchen, dessen sie immer noch harrten. Beide waren einsilbig. Reimann, weil ihn auch die heutige Nacht nicht einen Fußbreit seinen Zielen nähergebracht hatte; und der junge Schiffer hatte mit seiner eigenen Gedankenlast zu tun, die ihn mit tausend Zweifeln zusetzte. War seine Liebe einer Unwürdigen zugefallen? Sein Herz schrie: nein, nein! Aber sein Auge konnte nicht trügen. Schon die leiseste Verbindung mit diesem rothaarigen Schurken besudelte ihr Bild in seinem Herzen. Fritz Wölling fühlte sich wie zerschlagen. Die Zukunft, die er sich so licht und sonnig gedacht, war finster wie diese Gewitternacht. Und die Blitze, die ihn umzuckten, brachten in die Finsternis seiner Gedanken keine Helle. Konnten Metas klare Augen lügen ? Ihre reine Stirn ein Geheimnis bergen vor ihm ? Dann, wenn seine Gedanken in diesen Stunden des Harrens ihr Bild aufs neue mit allem Liebreiz malten, zeichneten sie eine Fratze daneben, ein verzerrtes Gesicht, mit höhnischem Lächeln – das des Rothaarigen ! Und jetzt rückte er auf seinem Sitze so plötzlich auf, dass das Boot ins Schwanken geriet und Reimann aus seinem Sinnen emporfuhr.

„Was gibt's ?" raunte er leise.

Aber Fritz Wölling brachte nur ein mühsames „Nichts" heraus. Jetzt fiel es ihm wie Schuppen von den Augen : jenes widerwärtige Gesicht mit dem hasserfüllten Blicke, der sich auf ihn richtete – nun wusste er, wo er es zuerst gesehen hatte ! In jener Pfingstnacht, die für ihn zur blutigen werden sollte, an dem Fenster des großen Schenkzimmers neben dem Tanzsaal drüben in Köthkes Wirtshaus in Gaarz ! Die flammenden Blitze, die den Elbstrom in fast magischem Lichte aufschimmern ließen, schienen in ihm nachzuwirken. Wie ein Blitz auch war es in seine Seele gefahren und hatte das Dunkel darin gelichtet. Dieser Lude Hekke war es, dem Meta von ihrem Stiefvater zugesprochen war ! Dieser Rothaarige hatte sie miteinander beobachtet, und Eifersucht hatte das Messer nach seiner Brust zielen lasse !

Die Flut von Offenbarungen, die plötzlich auf den jungen Schiffer eindrang, raubte ihm fast die Besinnung. Es war so – er fühlte, w u s s t e es in diesem Augenblick ! Meta war der Preis für den Schurken ! Dann aber stand ihr Stiefvater mit jenem in Verbindung. Der Mann, aus dessen Händen er das geliebte Mädchen entgegennehmen wollte, gehörte zu denen, die sie der Gerechtigkeit zu überliefern gekommen waren. Ein schneidendes Weh erfüllte des jungen Schiffers Herz. Deshalb hatte Meta Streblow von einer Kluft gesprochen, die unausfüllbar zwischen ihnen liege.

Die Kluft des Verbrechens trennte sie für immer! Mit eigenen Händen musste er seine Liebe aus der Brust reißen. Mit ihr seine Lebensfreude, seine Lust an dem freien, schönen Schifferberuf. Als ein stiller, wortkarger und freudloser Mann würde er seine Tage dahinleben. Mit seiner ersten Liebe begrub er jede Fähigkeit, eine zweite zu empfinden!

Auch in Reimanns Brust öffnete diese Nacht, die sie umwetterte, alle Schleusen der Gefühle, die er mit starkem Willen zurückgedämmt hatte. Aber seitdem er hier war, dieselbe Luft atmete wie jene stille, blasse Frau in dem kleinen Häuschen drinnen in dem nahen Dömitz, war sein Wille machtlos geworden gegen die wieder aufquellende tiefe Empfindung, die ihm schmerzliche Stunden verursachte. Für ihn gab es kein Hoffen auf der Welt. Entsagen war sein Los, und er musste sein Schicksal wie ein rechter Mann ertragen: still und ergeben, ohne Klage und Murren. Es hatte nicht sein sollen – was half es ihm, wenn er den falschen Freund zur Rechenschaft zog? Jeder Schlag, den er gegen diesen führte, verwundete jene mit, die er liebte und lieben würde bis ans Ende seiner Tage.

So saßen sie einander gegenüber, die beiden Männer, umzuckt von Blitzen, umrauscht vom Donner, und unter dem leichten Boote hob und senkte sich, wie ein lebendiges Wesen atmend, der nächtliche dunkle Elbstrom. Das Gewitter hatte sich längst verzogen. Die Finsternis begann zu weichen und wandelte sich in das Grau, das dem anbrechenden Tage vorausgeht.

Wo war die schwarze Hanne geblieben? Reimann war zuerst aus seinem trüben Sinnen erwacht.

„Sie kommt nicht mehr!" sagte er leise. „Fahren Sie mich über den Strom und kehren auch Sie zurück. Wir müssen einige Stunden ruhen. Wenn das Mädchen uns nur nicht hintergangen hat!"

„Ist einem Mädchen überhaupt zu trauen?" erwiderte der Schiffer mit tiefer Bitternis, und der ungewohnte Ton, in dem er die

Worte aussprach, machte schon in Reimann eine Frage rege, als plötzlich das Gebüsch sich teilte, eine Gestalt in dem fahlen Grau sichtbar wurde und beide Männer, von ihren Sitzen aufspringend, eine Taumelnde mit dornenzerrissenen blutenden Händen ins Boot hoben, wo sie völlig erschöpft niedersank.

„Was ist Ihnen passiert – und wie sehen Sie aus !"

„Fort !" stöhnte das Mädchen und streckte den zitternden Arm elbwärts aus. „Dorthin ! Ich kenne nun das Versteck der Elb-piraten !"

Wie ein Feuerstrahl schlug das Wort in die Seelen der beiden Männer und verdrängte daraus alles andere. Die Elbpiraten ! Die freiwillig übernommene Pflicht stieg wieder riesengroß und mah-nend vor ihnen auf und betäubte den Schmerz, den sie empfanden. Von Fritz Wöllings Hand gewendet, schoss das flinke Boot den Strom hinab. Reimann hatte ein Fläschchen mit Kognak hervorge-holt und es der völlig Erschöpften an die Lippen gehalten. Der scharfe Trank drang wie Feuer durch ihre Adern und belebte sie auf neue. Und während das Boot im Schatten des Ufers die Elbe hinabeilte der Löcknitzmündung zu, gab sie in abgerissenen Wor-ten eine Schilderung dessen, was die Nacht ihr zugetragen. Hoch-auf horchten die Männer. Bewunderung für den Mut des verachte-ten Mädchens erfüllte sie. Unter hundert furchtlosen Männern hätte dennoch die Hälfte gezögert, gälte es ein Gleiches zu tun.

„Was soll nun geschehen ?" rief Fritz Wölling mit unterdrückter Stimme. „Einen Augenblick !" wehrte ihn Reimann. „Sie haben die Helfershelfer dieses Lude Hekke nur bei dem ungewissen Aufzuk-ken der Blitze gesehen – würde es Ihnen möglich sein, sie bei hel-lem Tage wiederzuerkennen ?"

„Ich glaube, aber der Versuch wird nicht nötig sein !"

„Warum nicht ?"

„Ich kenne ihre Namen !"

„Bei Gott, Mädchen, Sie beschämen uns Männer. Die ganze Entdeckung fällt ja Ihnen zu ! Und nun schnell, wer sind die Komplicen ?"

„Außer dem langen Karle, der mit dem Lude Hekke von Magdeburg hierher kam, der Fischer Tampke und ein Mann aus Dömitz namens Rebacker." Ein erstickter Doppelschrei folgte diesen Worten. Das Boot schwankte, und der Strom riss sein Heck herum – Fritz Wölling hatte einen Augenblick die Steuerpinne fahren lassen. Mit zusammengebissenen Zähnen brachte er das Boot wieder in den richtigen Kurs.

„Rebacker ?" klang es von Reimanns gleichfalls entfärbten Lippen. „Um Gottes willen, Mädchen - - - Sie hörten diese Namen genau ?" „So genau, wie jetzt jedes Ihrer Worte. – Es ist kein Zweifel möglich !" Eine tiefe Stille folgte. Alle Farbe war aus Reimanns Antlitz gewichen. Das Schicksal lieferte den, der sein Leben vernichtet, in seine Hände. Aber zugleich – es durchschauerte ihn eisig – machte ihn die Erfüllung seiner Pflicht zum Zerstörer alles dessen, was das von ihm geliebte Weib noch besaß, zum Zerstörer ihrer Familie und des Namens, den sie und ihr Kind trugen ! Und Fritz Wölling sah nun, dass alles, was er gefürchtet, wahr war. Die Stunde, die ihnen das Geheimnis der schwarzen Bruderschaft und einiger ihrer Mitglieder und Hehler auslieferte, zerriss sein ganzes Zukunftsglück. Wie zu Tode getroffen von den Eröffnungen des Mädchens, starrten die beiden Männer vor sich nieder, bis die Stimme der schwarzen Hanne sie aufschreckte.

„Hier ist die Löcknitz-Mündung, wohin wollen Sie – was soll geschehen ?"

„Sie hat recht !" sagte Reimann tonlos. „Stoppen wir das Boot, Wölling. Wir müssen erst überlegen, was die nächste Stunde von uns fordert." „Mir wird jetzt vieles klar," nahm das Mädchen wieder das Wort. „Das Versteck dort oben an der Löcknitz, in das die

Leute im Nachen die Ladung gebracht haben müssen, war auch Lude Hekke unbekannt."

„Vielleicht, dass er jetzt mit dem langen Karle auf dem kleinen Flüsschen dahin gefahren ist, um es zu untersuchen. Ich kenne ihn – er entschließt sich zu seinem Tun blitzschnelle. Und wenn wir, ehe die Sonne ganz aufgegangen ist, das Versteck ebenfalls erreicht haben, so ist es möglich, ihn zu überraschen !"

Die Blicke der beiden Männer begegneten sich.

„Das ist ein gefährliches Werk !" wandte Reimann ein. „Wir kennen das Innere des Versteckes nicht und könnten uns in eine Falle begeben." „Vorwärts !" drängte Fritz Wölling mit finsteren Falten auf der Stirn. „Sie haben einen Revolver in der Tasche, Herr Reimann, und ich habe nichts als mein Schiffermesser. Aber auch das verschmähe ich." Er reckte den Arm und ballte die Faust. „Mit den Händen möchte ich dem Schuft an die Gurgel. Denn nun weiß ich's, wer mich in der Pfingstnacht niederstach. Nur e r ist es gewesen ! Und nun kenn' ich auch den Grund" – unaufhaltsam kam es von dem Munde des Schiffers, als erleichtere dies Bekenntnis seine Brust. „Denn das Mädchen, das ich liebte, ist des Tampke Stieftochter und war diesem Lude Hekke zugesprochen. Mein Glück sinkt mit dieser Nacht, Herr Reimann – nun hab' ich nur noch die Rache. Und die will ich auskosten !"

In den Augen der schwarzen Hanne flammte es auf.

„Ihm zugesprochen – – ?" – bebte es tonlos von ihren Lippen.

„Nun weiß ich, Lude Hekke, warum Du meinen Mund zum Schweigen bringen wolltest !"

„Auch Sie, Wölling !" rief Reimann schmerzlich. Er verstummte. Sein Los ertrug keine Worte. Er drängte alles in ihm Aufstürmende zurück. Der Pflicht gehörten diese Stunden und nur der Pflicht. Alles hing von ihrer Erfüllung ab.

„Wohlan denn !" rief er halblaut. „Dann vorwärts, Wölling, lassen Sie das Boot mit aller Kraft laufen, die der Motor hergibt. Wenn es sein muss – wir werden auch einen Kampf nicht scheuen." Reimann zog bei diesen Worten seinen Revolver aus der hinteren Beinkleidtasche, prüfte die Ladung, sicherte und steckte die Waffe handbereit in die Tasche seines Jacketts.

Immer mehr lichtete sich das Dunkel. Der Tag kam heran. Nun fuhren sie in die Löcknitz-Mündung ein, und Wölling mäßigte die Schnelligkeit des kleinen Bootes. Das hier war fremdes Fahrwasser für ihn, und die Vorsicht gebot ein langsames Hinauffahren. Mit leisen Worten bezeichnete die schwarze Hanne ihm den Ort, an dem man Rebacker vergeblich erwartet und wo sie selbst im Versteck gelegen, bis das beladene Boot weiter flussaufwärts geführt wurde. Der Morgen brach an. Die zunehmende Helligkeit vertrieb immer mehr die Schatten aus den Uferbüschen. Klarer lag die Löcknitz in ihren Windungen vor ihnen.

Keins von den dreien sprach ein Wort. Jeder Augenblick konnte ihnen mit den verwegenen Gesellen der schwarzen Bruderschaft ein Rencontre bringen, wenn diese sich noch auf dem Flusse befanden. Aber hüben wie drüben herrschte tiefes Schweigen, und auf dem Flüsschen vor ihnen war tiefe Stille. Zur Linken stieg das Ufer an. Dunkelblaugrüne Häupter von Föhren erschienen. Einzeln erst, dann zusammenhängend, zu einem Wäldchen sich verdichtend. Steiler und höher lief zur Linken das Ufer empor.

Die schwarze Hanne streckte die Hand aus. Ein Gewirr von bloßgelegten Baumwurzeln ward am Flussufer sichtbar.

„Dort war es, wo der Fischerkahn verschwand !" flüsterte sie leise. Langsam trieb das Boot heran. Reimann hielt seine Waffe schussbereit in der Hand. Tief unter die Unterspülung schien der Fluss sein Bett weitergegraben zu haben. Wenn sie sich bückten, konnten sie bei dem niedrigen Wasserstande der Löcknitz in die grottenähnliche Uferunterspülung hineinfahren. Reimanns Auge wandte sich auf den jungen Schiffer.

„Sollen wir ?" fragte sein Blick.

Fritz Wölling nickte, und das Boot verschwand mit seinen Insassen unter dem Ufer. Dunkel umfing alles. Nichts als ein leises Rascheln wurde hörbar. Eine Wasserratte, die vor ihnen floh. Die Spitze des Bootes prallte an etwas Elastisches an.

Reimann zog sein Feuerzeug aus der Tasche und brannte ein Streichholz an. Ein paar Sekunden lang beleuchtete es ihre Umgebung. Wohl an zehn Schritte im Umkreis breit stieß eine kleine trockene Höhle an dies kleine Wasserbecken unter dem Ufer, um ein paar Fuß über den Wasserspiegel ansteigend. Im Sommer, wo auch nach heftigem Regen die Löcknitz nur ein paar Zoll stieg, bot diese Unterwaschung einen prächtigen, versteckten Lagerraum. Und zu einem solchen zeigte er sich benutzt. Säcke, Tonnen und Kisten waren dort aufgestapelt, ein kleines Häuflein kienigen Holzes lag gleich am Rande. Aber sonst war die Höhle leer. Kein menschliches Wesen zeigte sich darin.

Reimann hatte einen der Kienspäne entzündet, der nun seinen roten Flammenschein durch die Höhle warf, das ineinander verflochtene Wurzelwerk von Bäumen, die hier zunächst dem Flussrande einst gestanden und der Axt oder dem Sturm zum Opfer gefallen waren, bildeten die Decke. Über dieser mochte noch mehr als ein Meter hoher Sandboden lagern. Die größte menschliche Geschicklichkeit hätte nicht eine solche Höhle hier unter dem Flussufer herzustellen vermocht, wie es vielleicht im Laufe von langen Jahrzehnten das feuchte, gierig den Sand hier leckende Element getan. Reimann brach zuerst das Schweigen.

„Es ist kein Zweifel mehr möglich – wir sind in einem Hehlerneste der Elbpiraten. Das werden wir später und bei vollem Tageslicht ausnehmen. Was dann mit diesem Versteck zu geschehen hat, ist nicht unsere Sache. Jetzt heißt es, die Schuldigen zu greifen, ehe sie Verdacht schöpfen und uns entwischen."

Ein schwerer Seufzer hob seine Brust. Die Flamme des Kienspanes erlosch knisternd. Mit dem kurzen Bootshaken, der in dem Boote lag, schob Fritz Wölling dieses zurück, ließ dann die kleine Maschine rückwärts arbeiten, und sie glitten unter dem Netzwerk von Baumwurzeln hervor wieder in den schmalen Fluss, gerade, als die ersten Sonnenstrahlen seine Flut vergoldeten. Erst jetzt sah das Mädchen, wie bleich und ernst die beiden Männer in ihrer Nähe aussahen. Als Fritz Wölling das Boot gewendet hatte, und sie nun langsam die Löcknitz hinabfuhren, immer das Ufer im Auge, fragte der junge Schiffer mit gepresster Stimme :

„Was soll nun werden, Herr Reimann ?"

„Was uns die Pflicht auferlegt !" gab dieser tonlos zurück. „Ich darf und kann nicht anders handeln. Den Lude Hekke und den langen Karle nehme ich auf meine Verantwortung fest, wo ich sie treffe. Auch den alten Tampke sistiere [76] ich zu vorläufigem Gewahrsam, aber für die Person Rebackers bedarf es eines Haftbefehls. Und den muss ich so schnell wie möglich erwirken. Denn bis zum heutigen Abend muss die ganze Bande in Gewahrsam sein. Die Nachricht auch nur einer einzigen Verhaftung wird hier wie ein Lauffeuer umgehen und kann die anderen leicht unseren Händen entziehen. Es wird der arbeitsreichste und schlimmste Tag meines Lebens !" fügte er mit einer Stimme hinzu, der er vergeblich Festigkeit zu geben suchte.

„Wo also soll ich Sie absetzen, Herr Reimann ?"

„Jetzt hängt alles von der Schnelligkeit ab. Verhüllen Sie Ihr Gesicht, so gut es geht, Wölling, damit der Lude Hekke, wenn er etwa an der Elbe oder am Zingel umherlungert, Sie nicht erkennt. Sieht

---

[76] Festnehmen, verhaften zur Feststellung von Personalien.

er uns drei zusammen, so ist der Bursche gewarnt, denn dann kann auch die Verkleidung dem Fräulein kaum etwas nützen. Er wird auf einen Verdacht kommen m ü s s e n ! Fahren Sie also so rasch, dass es nicht gerade Aufsehen erregt, in die Elbe zurück und hinunter zum Zingel. Ich muss in die Stadt. Wenn ich Ihnen beiden raten soll, so ruhen Sie irgendwo aus – – "

„Ich könnte nicht schlafen !" rief Wölling unwillig. „Jetzt vor der Entscheidung !" „Auch ich nicht !" rief die schwarze Hanne. „Ich bleibe dem Lude Hekke auf den Fersen, wenn ich ihn finde, und Sie, Herr Wölling, mögen in den Fischerdörfern bleiben." Der junge Schiffer sah Reimann fragend an. Dieser nickte.

„Nur suchen Sie jeden Zusammenstoß mit dem Rothaarigen zu vermeiden ! Ich werde ihn natürlich erst in seiner Wohnung mit Hilfe hiesiger Beamten festzunehmen versuchen, aber es sollte mich wundern, wenn der geriebene Bursche in seinen eigenen vier Wänden sich erwischen ließe."

„Soll ich lieber mit Ihnen gehen ?"

„Bei dem Geschäft könnten Sie mir nicht helfen. Das Mädchen hat recht. Bleiben Sie hier oben in Gaarz. Sie allein sind unseren Feinden bekannt und müssen ihnen auszuweichen versuchen. Dort aber in dem Wirtshaus, das oberhalb der Fähre liegt, können das Fäulein und ich Sie am leichtesten erreichen !"

„So lassen Sie mich hier noch zwischen den Büschen ans Ufer steigen !" sagte die schwarze Hanne. „Ich habe drüben im Stellwerk noch meinen Tragkasten verborgen und mit Gras zugedeckt. Den will ich holen, um meine Rolle bis zum letzten Augenblicke weiter zu spielen. Und wenn Sie glauben, mir Dank schuldig zu sein, so können Sie ihn mit einem Schlage abtragen !"

„Wodurch ?" riefen die beiden Männer.

„Dadurch, dass Sie es ermöglichen, dass ich zugegen bin, wenn den Lude Hekke sein Schicksal ereilt," erwiderte das Mädchen, und jener düsterer Schimmer lohte wieder in ihren Augen auf. „Ich möchte ihm gern noch ein Abschiedswort zurufen!"

„Wenn es geht – – –!"

„Es wird gehen. Denn ich vermute, ich selbst werde heute zum letzten Male Sie auf die Spur des Mannes leiten müssen, den ich Ihnen und damit der Gerechtigkeit in die Hände geliefert habe!" Sie sprang bei den letzten Worten an das Ufer, an das ihrem Wunsche gemäß Wölling das Boot hatte gleiten lassen. Sie tauchte in den Uferweiden unter und verschwand.

Wölling knüpfte sein großes buntes Taschentuch um das Gesicht, ehe er das Boot schnell der Mündung der Löcknitz in die Elbe zuschießen ließ, und zog die Mütze tief in die Stirn. Reimann hatte recht – Schnelligkeit war alles!

19. Kapitel
Um rotes Gold

Der lange Karle wartete mit dem Nachen, bis der helle Morgen anbrach, am Elbufer unterhalb der Löcknitzmündung. Sein Spießgeselle kam nicht zurück. Kein leiser Signalpfiff rief ihn hinunter zum Elbdamm, wo er jenen aufnehmen sollte. Der lange Karle fluchte erbost vor sich hin. Die durchwachte Nacht lag ihm schwer in den Gliedern, und Hunger und Durst meldeten sich bei ihm. Er kannte den Lude Hekke schon. Wenn es ihm besser in den Kram passte, so änderte er seine Pläne mit der Minute. Vielleicht lag er schon in seinem kleinen Hause und schlief von den Strapazen der Nacht aus. Zum Kuckuck, Karle hatte es auch nötig, ein paar Bissen zu nehmen, sie mit einem Schluck irgend eines belebenden Getränkes anzufeuchten und ein paar Stunden die Füße von sich zu strecken. das war ja ein Hundeleben ! Und von den goldenen Bergen, die der Lude Hekke ihm versprochen hatte, war auch noch nicht das geringste zu bemerken.

Noch eine Viertelstunde wollte er warten. Kam sein Kumpan bis dahin nicht, so machte er den Nachen, von dem er ohnehin nicht wusste, wessen Eigentum er war, am Ufer fest und ging, um Lude Hekke in dessen Hause zu erwarten. Jetzt war ja auch der Fährmann längst auf seinem Posten, und selbst wenn der Rothaarige noch kam, so konnte er sich dort ebenso gut übersetzen lassen wie durch ihn. Die Viertelstunde war um. Verdrossen schlug der lange Karle den Weg zum Dömitzer Hafen ein.

Lude Hekke hatte in der Tat seinen Entschluss in den letzten Minuten geändert. Die Entdeckung des Versteckes des alten Tampke hatte für ihn nur einen relativen Wert, nach dem er gesehen, wo dasselbe sich befand. Dieser Erdhöhle unter dem Flussufer mochte der schlaue Fuchs wohl Waren anvertrauen, aber ganz gewiss nicht seine Barmittel, die gewiss keine geringen waren. Kein Zweifel, er bewahrte sein Gold in seinem Hause auf. Und ebenso zweifellos in der Räucherei, in dem Raume, in dem er sich am liebsten und lange Stunden des Tages aufhielt.

Ein teuflisches Grinsen flog über das Gesicht des Rothaarigen. Wenn er das Versteck, in dem der alte Fischer seinen Schatz aufbewahrte, erspähen könnte ! Er würde nicht eine Stunde zögern, das goldene Nest auszunehmen, soviel stand fest. Aber wie das entdecken ?! Die Füße des Rothaarigen wurzelten plötzlich am Boden fest. Hatte ihm der Alte nicht selbst gegen seinen Willen auch heute das Versteck der gestohlenen Hafengüter verraten ? Warum sollte er nicht das gleiche in seinem Hause tun, wenn es ihm gelang, dort den Fischer ungesehen in seiner Räucherei zu belauschen ? War ihm nicht bei seinem neulichen Besuche in diesem ängstlich verschlossen gehaltenen Sanktuarium [77] des Fischers die zur Bodenluke aufführende Leiter aufgefallen ? Hatte er nicht zuerst da oben das Versteck des Alten vermutet ? Nun, ein paar Augen, die da oben verstohlen herabspähten, wenn Trampke in seiner Räucherei war, würden beobachten können, womit sich der Alte hinter der stets verschlossenen Tür beschäftigte. Und wenn es ging, würde eine flinke Hand dort unten alles, auch das Kleinste umwenden. Es müsste doch mit dem Kuckuck [78] zugehen, wenn er, Lude Hekke, mit seinem angeborenen Spürsinn nicht das goldene Nest ausfindig und die goldenen Vögel des Alten flügge machte !

Dann freilich war für ihn hier die Geschichte zu Ende. Aber sie war es so wie so, wenn Rebacker nicht wieder einlenkte. Was nützte ihnen der Kahnraub, wenn sie die Beute nicht schnell in Geldwert umsetzen konnten ? Und zudem – ein Luftwechsel würde ihm auch gut tun. Wenn der junge Schiffer hier die Behörden auf die Beine brachte, war es mit dem Kahnplündern für die nächste Zeit doch aus. Da war es besser, er machte hier noch einen großen Schlag und ging auf und davon. Und selbst wenn der alte Fischer Verdacht auf ihn hätte – würde er sich selbst ans Messer liefern wollen, wenn er ihn angäbe ?

Aber die Meta ! Alle niedrigen Instinkte erwachten wieder in dieser Nacht in dem wilden Burschen. Wenn sie nicht sein Weib sein konnte – zum Teufel, e i n m a l wollte er die Lust in ihren Armen auskosten ! Die Stunde, wo er sie wehrlos und allein traf, fand sich auch wohl. Was hinderte ihn, gleich jetzt durch die Wische Baarz zuzueilen und sich auf irgend eine Weise Zugang zu dem Fischerhause zu verschaffen, ehe Tampke und sein Sohn die

---

[77] Heiligtum (von sanctus, heilig), auch Aufbewahrungsort für Reliquienschrein.
[78] Redewendung, dass ein Ereignis nicht sehr wahrscheinlich eintreten wird. Ähnlich wie „es müsste mit dem Teufel zugehen".

zeitraubende Fahrt von der Löcknitz die Elbe stromauf gemacht hatten. Wenn er auf den Boden des Fischerhauses zu gelangen suchte, dort den Morgen erwartete und seine bisherigen Helfershelfer belauschte? Rebacker mit seiner Anspielung auf die Summe, die der Fischer im Hause haben müsse, hatte diesen Gedanken zuerst rege in ihm gemacht. Nun war er nicht mehr aus seinem Hirn zu verbannen! Also, warum das auf eine spätere und vielleicht ungünstigere Zeit verschieben, wozu die gegenwärtige Stunde die geeignetste war?

Und statt am Ufer der Löcknitz entlang zu eilen, um die Mündung derselben wiederzugewinnen, wandte sich Lude Hekke und strich querfeldein durch die Wische. Die Einzäunungen und Hekken der Weidekoppeln waren keine Hindernisse für ihn. Atemlos, mit rinnendem Schweiß, stand er endlich in dem Gärtchen vor dem Fischerhause. Noch war alles in Nacht gehüllt um ihn. Tampke konnte noch nicht zurück sein. Wie aber sollte er Eingang in das Haus finden, ohne dass Meta, erwachend, das Geräusch des Eindringens hörte und dem heimkehrenden Stiefvater sofort davon Mitteilung machte? Ungesehen und ungehört musste er den Boden des Hauses gewinnen.

Das Hirn des Rothaarigen arbeitete fieberhaft. Er wusste, hier an der einen Giebelfront des Hauses, wo einer der das Haus umschattenden Bäume seine Äste über das Strohdach streckte, befand sich eine Luke. Aber würde er sie von einem Zweige des Baumes aus erreichen können? Es war der einzige Zugang zu dem Dachboden, der sein Ziel war. Vielleicht war's ein halsbrecherisches Stück Arbeit, das er leisten musste. Aber Lude Hekke biss die Zähne zusammen. Er musste hinauf und hinein! Der Stamm war zu dick, um an ihm hinaufklettern zu können. Lude Hekke wusste indessen Rat. An das Strohdach der Hinterfront gelehnt standen ein paar lange und starke Bootshaken. Wenn er einen hier herantrug und in die untersten Äste des Baumes legte, würde er an ihm hinaufklettern können, bis seine Hand den ersten starken Ast erfasste.

Kaum war dieser Gedanke in seinem Hirn gereift, als er ihn auch schon zur Ausführung brachte. Ein Knicken und Knacken entstand, als er die lange Stange in die Äste schob. Würde sie sein Gewicht tragen können ? An den Händen allein zog er sich im Klimmzug die schräge Stange hinauf. Sie knisterte und knackte, aber sie hielt aus. Jetzt fasste seine Rechte den Ast, und mit einem tiefen Atemzuge begleitete er die Vollendung des ersten Teiles seines gefährlichen Weges, als er rittlings auf diesem saß. Aber hier war ihm vorderhand ein weiterer Weg abgeschnitten. Er würde warten müssen, bis die Nacht so weit gewichen war, dass er um sich her alles klarer erkennen konnte.

So saß er und wartete, bis die Schatten der Nacht weichen würden. Er hörte schwere Schritte über den Elbdamm kommen und wusste, Tampke nahte nun. Regungslos saß er unter dem überhängenden Blätterdach des Baumes. Er vernahm, wie jener über die Gartenpforte stieg und wie das alte Schloss der Haustür unter dem rostigen Schlüssel des Fischers leise knirschte. Die Tür klappte zu und ein Eisenriegel schob sich vor. Er hatte den richtigen Zeitpunkt abgepasst. Bis jener in Schlaf gefallen, würde der Morgen soweit tagen, dass er es versuchen konnte, auf diesem Wege auf den Dachboden zu gelangen.

Jetzt war es Zeit ! Die Luke war vielleicht eben groß genug, um ihm ein Durchzwängen zu ermöglichen, auch lief einer der höheren Äste nahe genug an ihr hin, um von ihm aus die Öffnung im Giebel zu erreichen. Aber würde der Ast sein schweres Gewicht tragen ? Wenn er brach, war ihm der Zugang abgeschnitten. Eine Leiter war hier des Baumes wegen nicht anzulegen, und wie hätte er eine solche herbeischaffen sollen ! Er musste alles auf diesen Versuch ankommen lassen. Die Gewandtheit, die Lude Hekke besaß, kam ihm jetzt zu Hilfe. Er verminderte sein Gewicht, als er den höheren Ast erreichte, indem er mit einer Hand einen zweiten über ihm noch sich ausstreckenden ergriff und sich daran hielt, während er die Füße immer mehr der Mitte des Astes und somit der Hauswand zuschob. Jetzt wagte er das letzte! Seine Hände griffen nach der unteren Kante der Luke und krallten sich fest, während sein Füße von dem Aste sich abschnellten. Mit übermenschlicher Kraft zog er sich empor und stemmte die Ellbogen hinter den Balkenrahmen der Luke, um dann den Körper nachzuziehen, bis seine Brust drinnen lag auf dem Boden. Seine Muskeln liefen zu eisernen Klumpen an, jede Sehne straffte sich, als er nun sich aufstemmte bis auch seine Knie den Rand der Luke erreicht hatten. Nun hatte er gewonnenes Spiel. Noch eine letzte Anstrengung, und keuchend und völlig erschöpft von der unerhörten und im anderen Falle bewundernswerten turnerischen Kraftleistung, die er vollbracht hatte, lag er halb außer Atem auf dem duftenden Heu, das diesen Teil des Dachbodens füllte.

Er blieb lange liegen. Auch seine ausdauernden Kräfte hatte diese Nacht und die letzte Arbeit in ihr völlig erschöpft. Und er war ja nun da, wo er sein wollte; das Weitere konnten ihm erst die späteren Tagesstunden zeigen, in denen auch Tampke wieder von seinem Lager sich erhoben haben würde. Der Schlaf der Ermattung kam über den Verbrecher, den selbst die Besorgnis, dass der an den Baum gelehnte Bootshaken, wenn der Fischer seiner am nächsten Morgen ansichtig werden würde, zu seinem Verräter werden könnte, nicht aufzuhalten vermocht.

Das Brüllen der Kuh erweckte ihn. Von dem Dunst des frischen Heues umnebelt, musste sich der Rothaarige erst vergegenwärtigen, wo er sich befand. Es war schon heller Morgen, und der Sonne nach zu urteilen, war dieser Morgen in seinem Laufe weit vorgeschritten. Er erhob sich von seinem weichen Lager. Er näherte mit aller Vorsicht das Gesicht dem Rande der Giebelluke. Die lange Stange mit dem Eisenhaken lehnte noch am Baume. Einige Blätter und kleine Zweige lagen am Boden. Wenn Tampke sich dieser, seiner Räucherei entgegengesetzten Seite des Hauses heute früh näherte, musste sein Verdacht rege werden. Lude Hekke setzte seine Zähne hart aufeinander, dass sie knirschten. Musste ihm darum bisher alles gelungen sein, um im letzten Augenblicke vielleicht noch alles vereitelt zu sehen?

Er überstieg die Heuhaufen, die diesen Teil des Bodens füllten, und schlich auf leisen Sohlen in den weitläufigen dunklen Dachraum hinein, dem anderen Ende zu. Ein paar schadhafte Stellen im Dach, durch die der Regen seinen Weg finden mochte, gaben einen solchen auch ein paar verirrten Sonnenstrahlen, die hier und da eine kaum mehr als dämmerige Helle verbreiteten. Aber diese genügte, um den Rothaarigen an das Ziel seiner Gedanken, an die im Bretterboden befindliche Luke gelangen zu lassen, durch die eine Leiter zu dem dunklen Gelass hinunterführte, in dem Tampke sich tags über meist befand und in dem hunderterlei Dinge, die mit seinem Fischerhandwerk zu tun hatten, aufbewahrt wurden.

An dem Rande dieser Luke legte sich Lude Hekke auf die Lauer. Er wusste, er musste Geduld haben, ehe das Gelass ihm sein Geheimnis auslieferte. Diese wurde stark auf die Probe gestellt. Eine Stunde – und mehr mochten vergangen sein. Die Gefahr seiner Entdeckung wuchs. Die zehnte Stunde des Vormittags mochte nicht fern sein, als er an dem Vorhängeschlosse, das die dichtgefugte Brettertür zu diesem Raum von außen verwahrte, schließen hörte. Lude Hekke schob sich soweit zurück, dass nur seine Stirn und seine Augen über den Rand der Luke ragten, zu der der helle Lichtstrom, den der Tag beim Öffnen der Tür in den dunklen, fensterlosen Raum hineinsandte, nicht reichte. Ein Blick in Tampkes ruhiges Gesicht verriet ihm, dass er fern von jedem Verdachte sein müsse, also die verräterischen Spuren seines Eindringens noch nicht bemerkt haben könne.

Jetzt hüllte sich alles wieder in Dunkel. Der Fischer hatte die Tür zugezogen und von innen durch das Vorschieben des Riegels gesichert. Gleich darauf flammte der schwache, rötliche Schein der Öllampe auf, wie bei dem jüngsten Besuche des Rothaarigen in dem Räucherraum. Auch ihr Schein erreichte die finstere Ecke nicht, über der er auf der Lauer lag, das sah er sofort. Und nun verfolgten seine Augen gespannt das Gebaren Tampkes. Was zum Teufel machte sich denn der Fischer an dem alten Räucherherde zu schaffen, an dem er jetzt mit der Ölfunzel herumleuchtete? Wollte er Feuer auf dem Herde entzünden? Dann konnte der Rauch den Lauscher aus seiner Ecke schnell vertreiben und jedes weitere Ausspähen unmöglich machen. Aber nein – nicht auf der Platte des gemauerten Herdes kramten Tampkes Hände umher – jetzt bückte er sich auf den Tennenboden nieder und bog sich herab, während seine Hand einen losen Ziegel am Fuße des Herdes vorzog. Lude Hekkes Herz pochte in so wilden und raschen Schlägen, dass es ihm fast den Atem raubte. Eine Ahnung, dass dort das schlau angelegte Versteck des Alten sein könne, überkam ihn. Diese Ahnung machte ihm der nächste Augenblick zur Gewissheit.

Er sah, wie der Fischer aus der verborgenen Höhlung einen Beutel hervorzog und ihn öffnete. In Lude Hekkes Augen funkelte es auf. Gold, rotes Gold blitzte dort in dem trüben Schein der Lampe! In dem Rothaarigen stieg die Gier wild empor. Am allerliebsten wäre er jetzt mit einem Satze die Leiter hinabgesprungen, hätte den Alten niedergeschlagen und sich in den Besitz des goldenen Schatzes gesetzt. Aber dieser war ihm nun, da er seinen Fundort kannte, auch ohne blutige Gewalt sicher genug.

Aber was war das? Selbst Lude Hekkes Augen, die wie gebannt auf den Händen Tampkes ruhten, lösten sich von dem Anblick des

Goldes und wandten sich zur Seite. Draußen vor dem Fischerhause wurde Schritte und Stimmen laut. Auch der alte Fischer war bei dem Geräusch emporgefahren. Jetzt bargen seine zitternden Hände mit wilder Hast den Beutel wieder in der Öffnung und schoben den Stein an seine Stelle. Horchend, geduckt, mit wildem Ausdruck in den alten, runzligen, verwitterten Zügen, stand er da. Die Öllampe in seiner Hand verriet deren Zittern, denn der trübe rote Schein huschte in dem Raume hin und her. Ein starkes Pochen an der verriegelten Tür erscholl. Wie ein zum Sprunge bereites Tier erhob sich der Fischer. Sein Blick irrte umher und er wandte sich zu der Leiter, die zur Bodenluke führte. Lude Hekke fuhr zurück. Wenn jener hier heraufkam ? Und wer mochte da draußen sein ? Eine unbestimmte Angst ward auch in dem Rothaarigen rege.

„Öffnen Sie, Herr Tampke !" erscholl draußen eine fremde Stimme. „Ich muss Sie sprechen !" Der Fischer antwortete nicht. Lude Hekke, den Kopf wieder vorschiebend, sah, wie es in seinen Zügen arbeitete. Endlich rief er rauh :

„Wer ist draußen ?"

„Herr Rebacker schickt mich – – " tönte die Stimme wieder. Der Name schien die Besorgnis des Alten zu mildern. Er stellte die Lampe auf den Fußboden und schob zögernd den Riegel zurück. Aber in diesem Augenblicke ward die ihres Haltes beraubte Tür von kräftigen Händen weit aufgerissen, der volle Tagesschimmer flutete herein und zeigte den entsetzten Blicken des alten Fischers wie dem nicht minder entsetzten des heimlichen Lauschers an der Bodenluke drei Männer, die hereindrangen, und von denen zwei den wild sich Aufbäumenden ergriffen, während ein dritter, unbekannter, rief :

„Geben Sie sich gutwillig, Tampke ! Widerstand nützt Ihnen nichts. Folgen Sie uns ! Sie stehen im Verdacht, den Elbpiraten Hehlerdienste geleistet zu haben." Wild und rauh lachte der Alte auf : „Ich ? Suchen Sie doch mein ganzes Haus durch, ob Sie irgend was entdecken, was nicht mein ehrliches Eigentum wäre ! Ich bin ein armer, alter Fischersmann – und tue nichts Unrechtes !"

„Um so besser für Sie, wenn Sie den Verdacht zerstreuen können. Jetzt haben Sie uns zu folgen. Und ich rate Ihnen, im Guten mit uns zu gehen, dass ich nicht nötig habe, Sie fesseln zu lassen - "

„Mich – mich ?" wütete der Alte. „Das soll Ihnen teuer zu stehen kommen – und wer sind Sie überhaupt, dass Sie es wagen, in mein Haus zu dringen !"

„Das alles werden Sie bald erfahren. Folgen Sie uns jetzt und machen Sie keinen Fluchtversuch. Wenn Sie unschuldig sind und sich von dem Verdachte reinigen können, so muss Ihnen alles daran liegen, jedes Aufsehen zu vermeiden."

Der alte Fischer stand im sichtbaren, heftigen Kampfe mit sich selbst. Seine grau umbuschten Augen schossen wütende Blicke umher. Aber die Möglichkeit, den Händen dieser Männer zu entkommen, war vereitelt. Er musste sich fügen. Mit einem drohenden Blick auf Reimann, der seine Kahnknechtstracht mit seinem gewohnten Anzuge vertauscht hatte, rief er :

„Ich gehe mit Ihnen, weil Sie mich zwingen. Aber Sie sollen es mir vergelten, dass Sie meinen guten und ehrlichen Namen zu beschimpfen wagen und mich zum Hehler und womöglich noch zum Diebe stempeln. Durchsuchen Sie gleich mein Haus – vom Keller aus bis unter das Dach – dann werden Sie ja sehen, dass Sie einen Unschuldigen vor sich haben !"

Lude Hekke erbebte in seinem Verstecke. Wenn die Fremden, deren Beamtencharakter ihm nun nicht mehr zweifelhaft war, dieser Aufforderung folgten ! Dann war auch er entdeckt ! Und wenn sie Tampke hier festnahmen, waren nicht andere vielleicht schon auf der Suche nach ihm ? Wie ein wildes Tier, das keinen Ausweg mehr vor seinen Feinden findet, warf nun auch der Rothaarige

glühende Blicke um sich. Aber Reimanns Stimme ließ ihn aufatmen.

„Wir glauben schon daran, dass Ihr Haus nichts Unrechtes birgt,
Tampke. Aber es gibt in dieser Gegend der Verstecke genug – – – "

„Ich weiß keine – – – " knurrte der Alte im hellsten Grimme.

„Und nun lassen Sie uns gehen. Je schneller ich höre, was diesen
unsinnigen Verdacht gegen mich hervorgerufen hat, desto schneller werde ich wieder hier sein !" Er ging mit ihnen. In seiner Bestürzung verwahrte er die Tür nicht wieder durch das Vorhänge-
schloss. Er hatte ja Recht – sein Haus mochten sie durchsuchen –
wie sie wollten. Sie fanden keine geraubte Ware. Und das Versteck
seines Goldes – das fand auch die feinste Spürnase nicht !

Ängstlich stand Meta Streblow vor der Tür des Fischerhauses. Sie
starrte von den Männern zu ihrem Stiefvater.

„Was – – was – ist – – – ?" stammelte sie.

„Gar nichts ist," fuhr Tampke das junge Mädchen an, das Reimann mit stillem Interesse betrachtete. Also das war sie, die Fritz
Wölling liebte. Wusste auch sie um die Straftaten ? Er schüttelte
leise den Kopf, als er ihre Züge sah. Nein – in denen steckte nicht
Arglist und Trug.

„Gar nichts ist – " wiederholte der Alte heftig. „Was hast Du hier
draußen zu stehn ? Scher' Dich hinein und an Deine Arbeit ! Ich
geh' mit den Herren hier nach Dömitz hinein. Zu Mittag bin ich
zurück !" Willig ging er dann mit ihnen. Aber in seinem Hirn
kochte die Angst. Wer konnte sie verraten haben ? Und plötzlich
zischte er leise zwischen den Zähnen :

„Rebacker ! Aber nein, der hätte sich dann ja selbst ausgeliefert !"
Vielleicht war es wirklich nur ein haltloser Verdacht. Und finster
und entschlossen ging Tampke mit den Beamten den Fahrweg
zwischen den Weidenstümpfen an Gaarz vorüber der Fähre zu.
Niemandem fiel die kleine Gruppe auf. Erst als die Tür einer Zelle

hinter dem alten Fischer ins Schloss fiel und in demselben Augenblicke der fremde Beamte draußen sagte : „Ist von Lude Hekke noch keine Spur gefunden ?" da brach er zusammen. Sie waren auch Lude Hekke auf der Spur ? Dann wussten sie alles !

✶ ✶ ✶

Der Rothaaarige war wie betäubt an dem Lukenrande liegen geblieben. Der Weg zu Tampkes Golde war frei für ihn, aber er zögerte noch, hinabzusteigen und sich in den Besitz des Schatzes zu setzen. Die Verhaftung seines alten Helfershelfers spann ihn förmlich ein in ein Netz von wilden Gedanken, die auch ihn, den Furchtlosen, erzittern machten. Auch sein erster Gedanke galt dem Unbekannten, der die Häscher auf ihre Spur gelockt haben konnte. Ja, auch auf seine eigene Spur ! Denn Tampkes Verhaftung zeigte ihm, dass auch er nicht eine Minute mehr sicher war. Er knirschte plötzlich auf und seine Hand griff nach dem Nickfänger in seiner Tasche. Der Tangermünder Schiffer ! Von ihm musste der Anstoß zu ihrer Verfolgung ausgehen. Aber welcher Satan hatte ihnen entdeckt, dass die Schwarzbruderschaft gerade hier ihr heimliches Spiel trieb ? Die Gedanken machten sein Hirn kochend und erfüllten den Rothaarigen zudem mit den widerstreitendsten Plänen für seine eigene Sicherheit. Tampkes Gold würde er nehmen, aber wie würde er es mit der eigenen Person vor den Häschern retten, die, daran zweifelte er nun keinen Augenblick mehr, ringsum auf ihn fahndeten. Hier schienen sie ihn nicht zu vermuten, denn sonst wäre sofort eine Durchsuchung des Fischerhauses nach ihm vorgenommen worden. Das Tampkesche Haus bot ihm zunächst also noch Sicherheit.

Aber auf wie lange ? Jedenfalls würde die Gegend hier scharf beobachtet. Bei Tage also war hier ein Entweichen unmöglich. Er musste den Abend abwarten, wenn draußen alles still und dunkel würde und Meta allein im Hause war - - -

Meta a l l e i n !! Ein wilder Gedanke schoss dem Rothaarigen durch den Kopf, und trotz der drängenden Besorgnis verzog sich sein Mund zu einem zynischen Grinsen. Erst Tampkes vrborgenes Geld, dann seine Lust an dem Mädchen gekühlt und dann – hinaus in die Nacht, über den Strom und drüben im hannoverschen Lande Hamburg zu in die Freiheit!

20. Kapitel
Eine schwere Stunde

Frau Marie Rebacker saß in der kleinen Kammer an dem Bettchen ihres Mariechens mit sorgerfülltem Herzen. Die Kleine lag mit fieberheißen Bäckchen auf ihren Kissen und die matten Augen wollten sich noch immer nicht mit Schlaf füllen. Sie hatte sich eine Erkältung zugezogen. Der Arzt war früh dagewesen, hatte nichts Bedenkliches gefunden, aber etwas verschrieben, und sie hatte ihren Mann gebeten, das Rezept schnell in der Apotheke machen zu lassen. Er war auch damit fortgegangen. Aber sie wartete schon Stunde auf Stunde auf ihn, und immer schwerer wurde ihr Herz. nein, so weit konnte er nicht gesunken sein, dass er, während er sie hier in Angst um ihren Liebling wusste, mit der Arznei in der Tasche wieder spielen gegangen war!

Und doch – sie kannte ihn ja! Und mit den bittersten Gefühlen, an einen solchen Mann geschmiedet zu sein, den auch das Heiligste, die Gesundheit seines Kindes, nicht von seiner Spielerleidenschaft zurückhalten konnte, sank die arme, schwergeprüfte Frau mit rinnenden Tränen an dem Bettchen ihres Kindes nieder. Dieses war in einen ruhigen Schlummer gefallen. Es hielt mit den Händen die Finger der Mutter umfasst, die sich nicht zu regen wagte, um die Kleine nicht wieder zu erwecken.

Da hörte sie die Haustür gehen. Trieb es Rebacker jetzt, nach fast drei Stunden, doch nach Hause? Aber er riss nicht, wie sonst, ungestüm die Wohnstubentür auf. Dafür erscholl an dieser ein Pochen, ein leises, zaghaftes Pochen. Ein Fremder – und nicht er, der Vater des kranken Kindes! Der wehe Zug um den Mund der blassen Frau vertiefte sich. Sie hatte also doch nicht zu schlecht von ihm gedacht. Leise befreite sie ihre Hand aus den in Fieberhitze glühenden Fingerchen und trat auf den Fußspitzen ins Wohnzimmer, die Tür zur Kammer andrückend, damit eine laute fremde Stimme das Kind nicht erwecke. Dann öffnete sie die Stubentür. Aber mit entsetzt aufgerissenen Blicken starrte sie den Mann an, dessen Fuß zögernd nur die Schwelle zu betreten wagte.

„Herr – Herr Reimann!" stieß sie mit halberstickter Stimme hervor. Auch er war bleich, und sein Auge suchte den Boden.

„Ist Wilh – – –", er atmete schwer auf.

„Ist Herr Rebacker zu Hause?" Die blasse Frau wich vor ihm zurück, als fühle sie instinktiv, dass der überraschende Besuch dieses Mannes, dem ihr Herz dennoch laut entgegenschlug, Unheil bedeute.

„Was – können – Sie – von ihm – wollen?" stammelte sie tonlos.

„Marie!" flüsterte Reimann, in das Zimmer tretend. „Diese Stunde stellt an Sie wie an mich furchtbare Anforderungen – Sie müssen stark sein – – – " Der letzte Rest von Farbe wich aus ihren Wangen. Sie musste sich auf die Lehne eines Stuhles stützen, um nicht umzusinken.

„Sie – wollen – ihn – – zur Rechenschaft – ziehen, Reimann?"
Er schüttelte traurig den Kopf.

„Nicht ich. Was könnte es nützen ! S i e hat er von meiner Seite gerissen, Marie ! Und Sie wie ich müssen das Unvermeidliche tragen. Aber ein anderes - - - " Er verstummte. Das Entsetzen malte sich auf ihren Zügen.

„Ein anderes - - - ?" Sie wimmerte fast. „Hat - ist - um Gottes willen, Herr Reimann, sehen Sie denn nicht, wie die Angst mich foltert !"

„Dass gerade ich es sein muss, der Ihnen diesen Schmerz macht, Marie ! Nein, lassen Sie mich ruhig diesen Namen aussprechen ! Ich weiß, dass ich es darf, denn nichts lebt in mir, das mit diesem Namen einen unehrenhaften Wunsch verknüpfte. Und vielleicht ist es gut, dass ich Sie allein treffe, ohne Ihren Gatten - so ist es der Mund eines Freundes, wahrhaftig, Marie, des treusten und ergebensten Freundes, den Sie besitzen auf dieser weiten Welt, der Sie vorbereiten kann !"

Ihr Kopf fiel auf die Brust, gegen die sich ihre schmal gewordenen Hände pressten.

„Vorbereiten - ? Was ist geschehen ? Haben Sie doch Erbarmen mit mir. Drinnen liegt mein Kind krank - was ist mit Rebacker ?"

„Er hat sich vergangen - gegen das Gesetz !" kam es leise und schonend von Reimanns Lippen.

„Ich - ich - muss ihn der Gerechtigkeit zuführen - - - !"

Marie Rebacker schrie nicht auf; kein Stöhnen, kein Seufzer kam von ihren tief erblassten Lippen. Und mit einer Ruhe, die Reimann schlimmer erschien als die wildeste Erregung, sagte sie :

„Sie wollen Rebacker verhaften - - - Sie, Reimann !?"

„Ich muss ! Meine Pflicht führt mich hier her ! Und nichts anderes, als meine eiserne, unbeugsame, mich in diesem Augenblicke hart wie Sie treffende Pflicht !"

„Und - warum ?" Wie ein Hauch nur floss diese Frage über die Lippen der Frau.

„Ein schwerer Verdacht ruht auf ihm, das gefährliche Treiben der Elbpiraten unterstützt zu haben, indem er sich der Hehlerei der geraubten Gegenstände schuldig machte."

Es war, als ob ein Riss durch den Körper der gepeinigten Frau gehe. Die Knie knickten unter ihr. Der Stuhl, den ihre Hände noch umklammert hielten, klapperte auf den Dielen der Stube.

„Reimann," flüsterte Marie Rebacker tonlos – „Sie sagen es, und ich weiß, in dieser Minute würden Sie ihn lieber entschuldigen als anklagen, ihn, der uns beide in ein unseliges Leben hineingerissen ! Aber, Reimann, ich bin sein Weib, das seinen Namen trägt, und drinnen auf dem Kissen liegt unser unschuldiges Kindchen - - - Reimann, Sie haben mich lieb gehabt und ich weiß es nun, dass ich noch in ihrer Seele lebe - - -   Reimann, ich beschwöre Sie, um meines Kindes willen – lassen Sie ihn fliehen – überliefern Sie ihn nicht dem Gericht !" Sie war auf die Knie gesunken und erhob flehend die Hände zu ihm auf. Reimann wich vor ihr zurück. Sein Auge wandte sich zur Seite.

„Marie – Sie verlangen Unmögliches !"

Sie rutschte ihm auf den Knien nach.

„Reimann !" flüsterte sie in fieberhafter Schnelle – „ich will Ihnen alles offenbaren. Nie habe ich diesen Mann geliebt, dessen Namen ich führe, und als mir mein Kind in die Arme gelegt wurde - - - Gott verzeih mir diese Sünde ! – flogen meine Gedanken nicht zu seinem Vater, sondern zu Ihnen. Ihr Bild im Herzen, habe ich es geboren. Reimann, wenn ein Rest von Liebe für mich in Ihrem Herzen ist, so gönnen Sie ihm Zeit zur Flucht, und ich will Sie segnen in jeder Stunde, die ich noch lebe - - - "

Tief erblasst war Reimann zurückgertreten. Seligkeit und tiefer Schmerz stritten in ihm.

„Wenn ich Ihren Wunsch erfüllte, Marie - - so wäre ich ein Ehrloser. Und für mich bliebe nichts als die Waffe, um meinem also ehrlos gewordenen Leben ein Ende zu machen ! Und Gott ist in diesem Augenblick mein Zeuge, Marie – wenn es sich um mich und um mein Leben handelte, ich würde um Ihretwillen mit Schmach beladen in den Tod gehen. Aber es handelt sich hier um mehr. Der furchtbare Druck, der auf der Elbschiffahrt lastet, muss aufhören, und mit Rebacker würden die meisten der Fäden uns aus den Händen fallen, an denen wir die Übeltäter zu fassen hoffen."

Mit einem Wehlaut sank die beklagenswerte Frau zurück. Ein Wimmern des erwachten Kindes im Nebenzimmer antwortete ihr. Sie sprang auf und riss Reimann am Arm zur Schwelle der Kammer.

„Das Kind sollte den Namen eines Verbrechers tragen, Reimann – sehen Sie das unschuldige Kind an – haben Sie noch kein Erbarmen ?"

„Ich darf es nicht haben ! Ich d a r f es ja nicht !"

Dem starken Manne flogen die Glieder, als schüttle i h n das Fieber und nicht die zarten Gliedmaßen des Kindes. Da brach Marie Rebacker mit herzzerreißendem Schluchzen auf dem Bette ihres Kindes zusammen. Nun wusste sie, dass nichts mehr das Furchtbare aufhalten werde, das den Namen ihres Kindes für immer befleckte durch die Schuld des Vaters.

In diesem Augenblicke ward die Haustür auf- und zugeschlagen, und in der offen gebliebenen Wohnzimmertür erschien Wilhelm Rebacker. Wie vom Blitz getroffen starrte er Reimann an. Eine fahle Blässe machte der Weinröte auf seinem Antlitz Platz, und er musste sich an dem Türbalken halten. Seine Hand fuhr nach dem Halskragen, als drohe ihn etwas zu ersticken.

„Du ?" presste er hervor – – „Sie – – ?"

„Mama !" klagte drinnen die Kleine in der Kammer, und wieder folgte ein neues herzzerbrechendes Aufschluchzen der unglücklichen Frau. Rebackers Blicke suchten den Boden.

„Sie kommen – um Rechenschaft – von mir – – – " begann er mit stockender Stimme.

„Nein, Wilhelm Rebacker !" sagte Reimann halblaut und versuchte, seiner zitternden Stimme Festigkeit zu geben. „Ich komme – um Sie zu verhaften ! – Sie stehen unter dem dringenden Verdachte, den Kahnräubern auf der Elbe, den Elbpiraten, als Hehler Beihilfe geleistet zu haben !"

Die Wirkung dieser Worte auf den Schuldigen war eine niederschmetternde. Seine Augen traten aus den Höhlen, seine Lippen bewegten sich und seine Hände krallten sich an dem Türpfosten fest. Kalter Schweiß trat auf seine Stirn – seine ganze Erregung war e i n Schuldgeständnis ! In der Kammer daneben klangen das Schluchzen des Weibes und das Weinen des Kindes ineinander.

„Wilhelm Rebacker !" – ganz nahe trat Reimann an den Unseligen heran, und nur dessen Ohr vernehmbar flossen jetzt die Worte von seinen Lippen : „Was Du der da drinnen und mir getan – ein Höherer wird es richten, in dieser Stunde soll kein Vorwurf mehr über meine Lippen kommen ! Was Du aber an dem Gesetz gefrevelt hast, das m u s s seine Sühne erhalten, und vor ihr kann und darf ich Dich nicht schützen. Wenn es Dir aber für die schwere Zeit, der Du entgegengehst, Ruhe geben kann – so vernimm – jene da drinnen sollen nicht Not leiden, so lange ein Pfennig in meiner Tasche ist. Und nun" – hoch auf richtete sich der Beamte – „nun, Wilhelm Rebacker, folgen Sie mir. Sie sind verhaftet !"

Die Blicke des Unseligen irrten nach der Kammer hin, zu Weib und Kind, denen er weder ein rechter Gatte noch Vater gewesen war. Einen Augenblick schien es, als wolle er hineinstürzen. Seine Lippen bebten und sprachen Worte, die keinen Laut gewannen. Und wirklich machte er jetzt einen wankenden Schritt auf die nahe Kammertür zu, aber dann schien ein erwachendes Entsetzen vor dem wissenden Blick seiner betrogenen Frau, vor dem unschuldigen seines Kindes ihn zurückzureißen. Sein Kopf fiel auf die Brust. Diese Minute hatte den starken, hochgewachsenen Mann, der seine unselige Leidenschaft zu zügeln nicht imstande gewesen war, in einen vollständig Gebrochenen verwandelt.

Sanft schob ihn Reimann zur Tür. Selbst wund und wie zum Tode getroffen, schritt er neben dem Wankenden einher, dem neugierige und verwunderte Blicke der wenigen Passanten in den Straßen der kleinen Stadt Dömitz folgten. Das war die schwerste Stunde auch seines Lebens gewesen !

✳ ✳ ✳

Erst als die Tür des Gefangenenzimmers hinter Wilhelm Rebakker sich geschlossen, brach die Erkenntnis seines Schicksals mit voller Wucht über diesen herein. Er kannte das Gesetz gut genug, um zu wissen, dass eine lange und schwere Zuchthausstrafe ihm drohte, und er fühlte, dass jeder Mut, gegen eine solche anzukämpfen, von ihm gewichen war.

„Vergeltung !" brauste es an seinen Ohren. Jenen, dem er die Liebe Mariens durch die gemeinste Verleumdung und Fälschung gestohlen, gerade jenen musste das Schicksal auswählen, ihn der verdienten Strafe auszuliefern. Riesengroß stieg die Macht der Vergeltung vor ihm empor und erfüllte ihn mit Schaudern. Das Leben würde ihm keine Stunde mehr zu bringen haben, die des Lebens wert sei.

Sein Weib ? Nun wusste er, dass er nie ihre Liebe besessen. Dass sie nie ihm mit dem Herzen angehört hatte. Hinfort würde er auch ihre V e r a c h t u n g zu tragen haben. Der Unglückliche bog und krümmte sich wie unter einer schweren körperlichen Last, die auf ihn niedersinke. Ihre Verachtung – verdient und doch furchtbar ! Schon der Gedanke machte ihm das Weiterleben verhasst. Und sein Kind – – – !

In die Augen des schwachen, leichtfertigen und verbrecherischen Mannes trat eine Träne. Wenn sein Kind groß würde, und er seine Schande in dessen angstvollen von anderen sehend gemachten Augen später lesen müsste – – – nein – – – nein, nein, nur das, nur das nicht !!

Und dumpf und scheu stieg in dem verlorenen Manne eine Sehnsucht auf, die Sehnsucht, nicht mehr daran denken zu müssen, all den furchtbaren und quälenden Bildern zu entgehen – – – Noch schauderte er zurück vor dem Furchtbaren, aber als das Dunkel sich einzuspinnen begann in das schmucklose vergitterte kleine Gemach, aus dem es für ihn nur noch einen schlimmeren Tausch des Ortes gab – als die Nacht mit ihren schlaflosen, peinigenden Stunden winkte, da schien das Furchtbare ihm einer Erlösung gleich zu kommen. Leise wirft er Rock und Weste ab – die zitternden Hände greifen nach den Hosenträgern – – die Krampe da über der Tür – – ein irres Lachen bricht aus seinem Munde – – noch einmal eilt der Gedanke zu dem kleinen Häuschen in der Nebengasse, in das er den Frieden nicht getragen – – dann zerren die Hände den Schemel heran, gierig, als gälte es, schnell, nur schnell zu Ende zu kommen. – – – Zu Ende mit einem verfehlten, friedlosen Leben – friedlos durch eigene Schuld !

Der Wärter schließt das Gemach auf. Er will frisches Wasser in den Krug geben, wie es seine Vorschrift ist, und den Inhaftierten nach den bescheidenen Wünschen fragen, die er ihm erfüllen darf. Aber entsetzt prallt er zurück. Von der Wand grinsen ihm die verzerrten Züge eines längst Entseelten entgegen.

21. Kapitel
In höchster Not

Im Schneckengange sind die Stunden für Lude Hekke verstrichen. In seinen Taschen klirrt und klingt es. Eine kleine Last Goldes trägt er darin. Selbst seine unersättliche Habgier hat die gefundene Menge gestillt. Rebacker hatte recht gehabt – der alte Fuchs von Tampke hatte ein kleines Vermögen zusammengegaunert. Das ist nun des Rothaarigen Erbe geworden ! Spätnachmittag ist es; noch zu hell für sein Entweichen aus diesem Hause. Und dann – die Meta !

Er hat sich nahe der Luke, durch die er beim Tagesgrauen eingestiegen, im Heu des Bodens auf die Lauer gelegt. Sobald es dunkel ist, wird ihm der Rückweg aus dem Hause leicht. Er wird die Leiter zum Räucherraum benutzen, dessen Tür kein Schloss mehr hält, um die Hausecke schlüpfen und plötzlich vor der einsamen, Unbewachten, Willenlosen stehen. Und – Tod und Teufel ! – heute sollte sie ihm nicht mehr entgehen. Seine Hand ist breit und kräftig genug, um jeden Hilfeschrei ihres Mundes zu ersticken.

Und dann – hinaus ! Über den Elbstrom, in irgend einen Nachen hier am Ufer an den Fischerdörfern, wo genug davon im Wasser lagen. Mochte er dann, von seinem Fuß in die Flut gestoßen, zu Tal treiben, bis ihn jemand auffischte, wenn e r nur erst drüben auf der anderen Seite zwischen den Kiefern und Wacholderbüschen der hannoverschen Heide war ! Da sollten sie ihn lange suchen ! Ein paar Tage über Versteck in einem Walde, ein paar Nächte einsamer Wanderung, und das an tausend Schlupfwinkeln reiche Hamburg nahm ihn auf. Und seine goldbeschwerten Taschen öffneten ihm weiter jeden Weg !

Die Hände in ihrer Schürze vergraben, sitzt Meta Streblow in bangem Harren unten auf der Diele neben dem Herde, auf dem das Feuer erloschen ist. Ihr Stiefvater war weder zu Mittag noch überhaupt heimgekehrt, und eine dumpfe Angst schnürt dem Mädchen fast den Hals zu. Ihr Herz pocht in unruhigen, raschen Schlägen. Was nur hatte der Besuch der fremden Männer zu bedeuten? Nicht eben willig schien Tampke mit ihnen gegangen zu sein. Und nun kam er nicht wieder. Die Mittagszeit hatte er doch sonst zumeist eingehalten und sich um kurze Zeit nur einmal verspätet. Was ging um sie herum vor?

Das Misstrauen Metas gegen Lude Hekke entsprang zumeist dem Widerwillen, den sie gegen den rothaarigen, wilden Burschen von dem ersten Augenblick an hegte, der sie in seine Nähe geführt. Von seinem verbrecherischen Leben ahnte sie nichts, und nie war ihr der Gedanke gekommen, dass ihr Stiefvater Wege gehe, die ihn mit dem Gesetz in Konflikt bringen mussten. Soweit hatte sie nie gedacht, da jeder Anlass für sie dazu fehlte. Nun erst, seit der Szene heute morgen, die sie ängstlich und verwirrt machte, schweiften ihre Gedanken ruhelos umher und stießen auf allerhand, was ihr jetzt auffällig erschien und ihre Unruhe mehrte. Was hatte er, der Fischer, mit Lude Hekke zu tun? Und wie oft war er von nächtlichem Fernsein, wo sie ihn auf dem Fischfang auf dem Elbstrom vermutete, ohne Fische heimgekommen? Sie hatte sich nie zu fragen getraut, warum der Fang so ergebnislos gewesen, und sie hatte sich in ihrer schüchternen Art auch keine weiteren Gedanken darüber gemacht. Jetzt fiel ihr das alles auf, und eine dumpfe Ahnung des wahren Zusammenhanges glomm in ihr empor. Sie hatte ihren Stiefvater immer gefürchtet und seine Gegenwart sie mit Scheu erfüllt. Jetzt sehnte sie sich fast nach seiner Rückkehr, die all das Dunkle, Unbegreifbare um sie zerstreuen musste.

Elbfischer Zeichnung Paul Kretschmar

„Ich darf nicht müßig sein," sagte sie plötzlich laut, und die eigene Stimme erschien ihr, der doch die Einsamkeit Gewohnten, in dem leeren Hause so fremd, dass es sie überrieselte.

„Bei der Arbeit weicht das alles von mir ! – Kleinholz fehlt zum Feueranmachen !" stellte sie fest, als ihr suchender Blick nach einer Arbeit ging, die sie vornehmen konnte. Sie trat an den Hackeblock in der Nähe des Herdes, in dem das Handbeil stak, und hinter dem die kurzgesägten Kloben Holz lagen. Sie ergriff Holz und Beil und spaltete die Kloben. Das Geräusch der Schläge, das Bersten des Holzes und der Klang der niederfallenden Scheite machte sie freier – es unterbrach doch etwas die unheimliche Stille im Hause.

Ein Schatten fiel von der Tür her auf ihre Arbeit. Sie wandte sich hastig zur Seite. Eine gebückte Frauensperson mit einem Tragkasten stand auf der Schwelle und bot mit fremd klingender monotoner Stimme ihre Waren an.

„Ich danke schön ! Ich brauche nichts !" sagte Meta abwehrend. Aber da fiel ihr ein, dass die Fremde doch wenigstens ein menschliches Wesen sei, und sie hieß sie näher kommen.

„Wenn ich auch nichts brauche – Ihr seid gewiss müde vom Wandern. Und ein Glas Milch möchte Euch schmecken !"

Die schwarze Hanne nickte nur. Ihre dunklen Augen hingen noch an den Zügen Metas. Das war also das Mädchen, das Lude Hekke zugesprochen war ? Um dieser willen hatten seine Hände sie in die Tiefe der Zollelbe in Magdeburg zu zerren gesucht ? Lude Hekke ! Sie spürte ihre Füße kaum noch, so war sie, um ihn zu finden, heute umhergestreift. Aber er schien wie in den Erdboden hinein verschwunden. Den langen Karle hatten sie in dem von Hekke am Hafen gemieteten Häuschen schlafend gefunden und nach kurzer Gegenwehr dingfest gemacht. Ein Geraune ging durch die kleine Stadt. Man sprach von Verhaftungen, aber niemand wusste etwas Gewisses. Die Beamten hielten reinen Mund.

Auch dem Fritz Wölling war der Rothaarige nicht begegnet. Er hatte von Tampkes Festnahme durch die schwarze Hanne erfahren, die ihn auf dem Elbdamme unherstreifend gefunden. Etwas in ihm zog ihn doch immer wieder nach dem Fischerhause – – aber war es denn möglich, dass das Mädchen von dem verbrecherischen Treiben, das sich um sie herum abspielte, keine Ahnung haben konnte ? Sein Herz zog sich in wildem Schmerz zusammen, wenn er an sie dachte. Er durfte sie nicht wiedersehen. Nie wiedersehen ! Mit all den tausendfachen Wurzeln, die sie geschlagen, musste er die Liebe zu ihr aus seinem Herzen reißen !

Aber auch die schwarze Hanne hatte es nach dem Fischerhause getrieben, das jene bergen sollte, die ihr Lude Hekke genommen. Und wenn sie diesem auch die Verfolger auf die Fersen gehetzt – sie war Weib genug, um mit einem Gefühl von Hass an dies Mädchen zu denken. Die Lust, sie zu sehen, stieg brennend in ihr auf, als sie am Spätnachmittage in die Nähe des Hauses kam, das Wölling ihr mit bitterem Ton als das des Fischers Tampke bezeichnet hatte. Und ihrem Verlangen nachgehend, war sie eingetreten. Nun nahm sie aus der Hand ihrer Rivalin das Glas Milch entgegen, das diese ihr bot. Sie trank davon, aber dabei blieben ihre Augen auf deren Gesicht haften. Nein, diese da und Lude Hekke – – sie setzte das Glas von den Lippen ab und schüttelte heftig den Kopf.

„Schmeckt Euch die Milch nicht ?"

„Doch !" gab die Fremde einsilbig zur Antwort, und wie zur Bekräftigung trank sie in schnellen, durstigen Zügen das Glas aus. Eine Warnung vor dem Rothaarigen schwebte der schwarzen Hanne auf den Lippen. Aber sie unterdrückte diese unwillkürliche Aufwallung. Wenn ihre anfängliche Abneigung gegen das Mädchen jetzt, nachdem sie es gesehen, in Mitleid umschmolz, wer hatte mit i h r Mitleid gehabt ?

Und hastig das Glas auf den Herd setzend, dankte sie mit überstürzten, kaum verständlichen Worten für die Labung und ging. Dicht um die große wilde Gartenhecke bog sie und schritt die Böschung zum Elbdeich hinauf. Hier wandte sie sich um und blieb stehen – unschlüssig, ob sie zurückkehren solle. Es bannte sie hier plötzlich etwas an dieses stille und einsame Haus. Sie wusste selbst nicht, was. Dämmerschleier woben sich um das Fischerhaus. Von hier oben sah sie nieder auf das Gärtchen und die Hinterfront des niedrigen Gebäudes. Scharf vor ihrem ins Weite gerichteten Blick schnitt die Giebelseite ab, über die der blätterreiche Baum seine Äste spannte. Schon hob das Mädchen den Fuß, weiterzugehen. Auch das Schicksal jener da drinnen mit den reinen Zügen und den klaren Augen, die nichts von Leidenschaft wussten, war ja besiegelt, mochte man Lude Hekke greifen oder nicht. Hierher kam er sobald nicht wieder.

Da öffnete sich ihr fest verschlossener Mund, und sie hielt an sich, um nicht einen Schrei der Überraschung von sich zu geben. Zwischen den an der Giebelwand hinstreifenden Blättern tauchte etwas Lebendiges auf – ein Kopf ward in der viereckigen Öffnung des Giebels sichtbar. Alles Blut drängte sich ihr zum Herzen zurück. Sie wusste, wem der Kopf gehörte, auch ohne dass sie weitere Merkmale unterscheiden konnte. Lude Hekke hatte in dem Fischerhause eine Zuflucht gesucht ! Dass sie an diese Möglichkeit auch nicht eher gedacht ! Nun ging sie mit eiligen Schritten den Elbdamm gegen Gaarz hinauf. Wenn jetzt die greifenden Hände zur Stelle waren – kein finsterer Dämon schützte den Mann mehr vor ihrer Rache ! Ihr Schreiten ging in Laufen, ihr Laufen in Springen über, bis sie in einem einsamen Wanderer Fritz Wölling auf dem Damme erkannte. Mit zehn hastigen Worten hatte sie ihm Mitteilung von ihrer Entdeckung gemacht.

Alles, was an zornigem Unmut und schmerzlichem Leid in der wunden Seele des jungen Schiffers lag, wallte mächtig empor bei dieser Kunde. Nach allem, was diese letzten Tage ihm offenbart, musste er in dem Rothaarigen den Quell all dessen sehen, was sein Leben fortan in Dunkel und Gram hüllte. Ihm verdankte er die kaum geheilte Wunde, kein Zweifel daran blieb ihm mehr ! Ihm verdankte er das weit Schlimmere, dass er mit Groll und Zweifel an jene denken musste, an die er alle Hoffnungen seines Lebens geknüpft hatte. Er warf die Arme in die Luft ! Bei den Magdeburger Pionieren einst ward seine Kraft oft von Vorgesetzten und Kameraden gerühmt. Und steckte ihm auch die Schwäche von seiner Verwundung noch in dem Körper – in d e m Augenblick, indem er den Verhassten vor sich sah, würde sie von ihm weichen. Dieser Lude Hekke mochte nachher dem Gesetz und der Sühne verfallen sein, die es über den Schuldigen verhängt, j e t z t gehörte er ihm !

Und so schnell, dass ihm das Mädchen nicht folgen konnte, stürmte er den Elbdeich hinauf, dem ersten Hause des Dorfes Baarz zu.

Da schallte durch die niedersinkende Dämmerung ein gellender Angstruf. Die Stimme eines Weibes war's, die ihn ausstieß. Und ein zweiter folgte, aber er verstummte, kaum dass er hörbar ward. In wilden Sprüngen hastete Fritz Wölling zu dem Fischerhause nieder. Mit wogender Brust, gegen den Schwindel der Mattigkeit, der sie befallen hatte, kaum noch ankämpfend, folgte ihm das Mädchen, die den hindernden Tragkasten die Böschung hinab von sich schleuderte. Lude Hekke mit dem blassgesichtigen Mädchen – sie allein ahnte, welche Szene sich jetzt auf der Diele des Fischerhauses, welche die über dem Herde hängende rußende Lampe kaum erhellte, abspielen mochte.

∗ ∗ ∗

Das Beil fuhr, von Metas Hand getrieben, in den Hackblock. Sie hatte genug Vorrat an Kleinholz für die nächsten Tage und die Dunkelheit wehrte ihr zudem in ihrem Tun. Sie entzündete mit eiliger Hand die über dem Herd am eisernen Haken hängende Öllampe mit dem langen schwelenden Docht – in diesen alten, flachgedeckten niedrigen Häusern mit den wenigen Lichtöffnungen war es schon dunkel, wenn draußen erst die Dämmerung ihr graues Gespinst über die Fluren wob. Wenn nur ihr Stiefvater erst heimkehren wollte ! Sie hatte den kleinen Viehstand des Hauses versorgt. Ihre Tagesarbeit war getan. Lastender als je drückte sie dieser stille Abend. Sie würde die Tür mit der eisernen Krampe schließen und dann wach bleiben. Kam Tampke zurück, ehe sie die Tür verschloss, so stand sie bereit, ihm diese zu öffnen. Sie schritt auf den roten blanken Backsteinen, welche den Fußboden der Diele bildeten, der Tür zu, aber ehe sie diese erreichen konnte, um sie ins Schloss zu drücken, stand ein Mann in der Türöffnung vor ihr. Lude Hekke !

Und nun war es nicht ihre Hand, welche die Türe ins Schloss warf, sondern die seine. Sie flüchtete gegen den Herd zurück. Sie wollte schreien, aber ihre Kehle gab keinen Laut von sich. Wie ein Vogel, der den starren Blick der Schlange auf sich gerichtet sieht und von ihm gelähmt wird, sah sie ihn an – mit schreckensstarren Augen. War sie sonst bei dem Anblick Lude Hekkes in Furcht und Verwirrung geraten, so war sie jetzt beim Anblick des Rothaarigen von einem Entsetzen erfüllt, das ihr eisige Schauer über den Körper jagte.

„Bin ich wirklich solch ein Popanz [79], der jungen Mädchen Schrecken einjagt ?" fragte er mit halblauter Stimme, aus der die unterdrückte Leidenschaft dennoch hervorklang. „Andere haben den Lude Hekke mit ungeduldiger Erwartung kommen sehen – Mädchen, auch in Deinen Adern fließt rasches, lebendiges Blut, und ich bin es, der es wecken will !" Geduckt, mit vorgestreckten Händen, näherte er sich ihr. Noch lähmte sie der Bann, den die Nähe des Verhassten, Schrecklichen auf sie ausübte. Ihre Augen hatten sich zu übernatürlicher Größe geöffnet, alle Gedankentätigkeit versagte in ihr.

Da umschlangen seine Arme sie in wilder Gier.

„Mein musst Du werden, jetzt – " wehte es ihr heiß von seinen Lippen zu, und jetzt erst fand sie die verlorene Kraft wieder. Mit Armen, denen die Verzweiflung erhöhte Karft verlieh, wehrte sie sich gegen seine Umschlingung. Und jetzt gewann ihre trockene Kehle den Laut zurück. Gellend brach ein Angstschrei von ihren Lippen :

„Zu Hilfe – – Hilf'– – – "

---

[79] hier: bedrohliche Schreckgestalt, Schreckgespenst

Eine roh zufassende Hand presste sich auf ihren Mund, und ein heißer Mund flüsterte an ihrem Ohr :

„Jetzt gehörst Du mir – und keiner entreißt Dich meinen Armen mehr !" Sie rang gegen seine brutalen Hände. Die Kraft der letzten Verzweiflung entwickelte sich in ihr. Noch einmal drang ihr Schrei durch das stille Haus.

„Schweig – " raunte er ihr zu – „oder – soll ich Dich stumm machen für immer !" Seiner Kraft gegenüber brach die ihre – sie fühlte sich wehrlos werden – sie war verloren !

Da flog vor einem anstürmenden Körper die Tür auf – eine hohe Gestalt erschien auf der Schwelle, und ein Wutschrei des die Situation erkennenden Ankömmlings hallte durch den Dielenraum. Meta Streblow fühlte die eisernen Hände des Rothaarigen von sich ablassen.

Er – Er ! den sie seit Wochen ersehnt, vergeblich ersehnt – – –

„Rette mich !" stieß sie mit schwindenden Sinnen hervor. In ihren letzten Verzweiflungsruf mischte sich ein Wutgebrüll. Der Rothaarige hatte den jungen Schiffer erkannt. Sein Messer hervorreißend, rannte er gegen ihn an. Unter dem furchtbaren Anprall wankte, stürzte Fritz Wölling in die Knie. Mit geschwungenem Messer hob sich über ihm Lude Hekke. Mochte nun werden, was da wollte, diesem hier sollte kein Tag mehr leuchten. Der Tod schien dem jungen Schiffer gewiss. Mit der Rechten sich auf den Boden stützend, griff er mit der Linken nach oben, um den blinkenden Stahl von seinem Herzen abzuhalten.

Aber der Fall des Geliebten, die drohende Gefahr für sein Leben, hatte Meta Streblow die Sinne wiedergegeben. Nur von dem einen Gedanken erfüllt, dem Niedergesunkenen zu helfen, riss sie das Beil aus dem Hackblock und ließ es mit der stumpfen Kante niedersausen auf den Kopf Lude Hekkes. Dem fiel das Messer aus der erhobenen Rechten. In die Knie einknickend, aufröchelnd wie ein

Stier, brach er neben dem aufschnellenden Schiffer mit dumpfem Aufprall auf den Backsteinen zusammen. Ein Zittern rann durch den Körper des Gefällten. Seine Hände zuckten greifend weit vom Körper weg, dann lag er still und regungslos, während ein blutiger Strom von seinem Hinterhaupt sich zu einer dunklen Lache auf die Diele ergoss.

Still und regungslos standen auch Meta Streblow und Fritz Wölling. Der ersteren war das Beil mit klirrendem Aufschlag auf die Steine aus der Hand gefallen. Und ehe in ihren von dem Plötzlichen, Unfassbaren versteinerten Körper die Fähigkeit, zu fühlen, in ihre Sinne die Fassung des Geschehenen einkehrte, geschah etwas Unerwartetes.

In der offenen Tür erschien atemlos, die Hände in die schmerzenden Seiten gepresst, die schwarze Hanne. Auch ihr zeigte ein Blick, was geschehen war. Sekundenlang stand sie erstarrt wie Meta und Fritz Wölling, dann aber stieß sie einen Schrei aus, der nichts Menschliches mehr hatte, und warf sich neben dem Leblosen auf den Boden. Sie hob den Kopf des Toten, von dem es noch immer niederrieselte, in ihren Schoß und begann mit leisen, leidenschaftlichen Worten auf ihn einzureden :

„Bist Du nun endlich wieder mein – Lude Hekke ? Wie still Dein Auge geworden ist, wie Deine Hand ruhig liegt und keinen Menschenhals mehr würgt ! Jetzt schwimmst Du auch den großen dunklen Strom hinab – den Totenstrom – auf dem ich Dir unser Kind voraussandte – – " Die Worte gingen in eine fremde klagende Melodie über, und dabei streichelte die schwarze Hanne, in deren Augen der Irrsinn aufzuflackern begann, das blutige Haar des Erschlagenen. So voll unheimlichen Grauens war dieses Spiel des Wahnsinns, dass Meta Streblow die Hände vor das Gesicht schlug und, auf die offene Tür zustürzend, ins Freie eilte. Fritz Wölling aber fühlte seine Füße und seinen Willen noch gefesselt; er vermochte ihr nicht zu folgen.

War denn das alles nicht nur ein wüster Traum? Aber alles hier zeigte die furchtbare Wahrheit. Der Gesang des schwarzhaarigen Mädchens, dessen Sinne dem wilden Ansturm der Geschehnisse nicht Stand gehalten hatten, der Dunst des Blutes, der aus dem Haupte des Verbrechers zu ihm aufstieg, das Beil, das dicht vor seinen Füßen auf dem Ziegelboden lag. Die Hand, die es auf das Haupt Lude Hekkes niederfahren ließ, hatte ihn, Fritz Wölling, von einem sicheren Tode gerettet. Wäre sie nicht gewesen, so läge er jetzt blutend und tot an des Rothaarigen Stelle. Ein Schauder erfasste ihn. Und die rettende Hand gehörte Meta Streblow! Dem jungen Mädchen, das er seiner Liebe unwürdig glauben musste, verdankte er sein Leben!

Er fühlte sich keines klaren Gedankens mächtig, nur eins wusste er jetzt: der vor dem furchtbaren Anblick hier Geflohenen musste er nach – Großer Gott, wohin konnte sie sich gewandt haben? Eine wilde Angst sprang in ihm auf. Der nahe Fluss – ihre sichtbare Verzweiflung – schon flog er über den Elbdeich und auf das Uferland hinaus, mit angstvoll spähenden Blicken von Busch zu Busch springend.

„Nur das nicht, mein Gott! Einmal nur lass sie mich noch wiederfinden, dass ich ihr alles abbitten kann, was mein Herz an schweren Anklagen für sie getragen hat!" Aber Meta Streblow war, als sie, bleich vor Grauen und Entsetzen über ihre eigene Tat, das Fischerhaus und das schreckliche Schauspiel darinnen verließ, nicht zum Flusse gelaufen. Der Gedanke, dort ein schnelles Vergessen zu suchen, lag ihr fern. Aber sie musste all das Leid, das nun bergehoch auf ihrem Inneren lastete, ausweinen in eines Menschen Schoß.

Frau Rebacker ! das Bild der blassen Frau war vor ihr aufgestiegen, als die Abendluft draußen sie umfing und sie sich besann, wohin sie ihre Schritte lenken sollte. Und nun sahen die alten Weidenstämme des holprigen Fahrwegs zwischen Gaarz und der Löcknitzfähre ein junges, angstgetriebenes Menschenkind in flüchtigem Lauf daherkommen und dem nahen Dömitz zu.

Marie Rebacker hatte keine Träne mehr, seitdem sie das Schrecklichste von allem, was dieser Tag ihr bot, erfahren. Ihre Bitternis gegen den ungeliebten Gatten schmolz in Mitleid um mit dem Schwachen, Haltlosen, mit dem nun ein erbarmungsvoller höherer Richter als der menschliche abrechnete. Mit schmerzenden Schläfen saß sie an dem Bettchen ihres Kindes, das sich unruhig in den Kissen umherwarf. Da pochte es an die Tür, die sie verschlossen hatte, um vor Nachbarinnen-Neugier, die sich nur in plumpes und doppelt schmerzendes Bedauern hüllt, sicher zu sein, und eine Stimme rief halblaut :

„Machen Sie mir auf, Frau Rebacker, ach, machen Sie mir doch auf !" Das war eine Stimme, die Angst und Verzweiflung durchklang und die ihr bekannt schien. Sie öffnete. Mit entstelltem Antlitz stand Meta Streblow vor ihr. Halb ohnmächtig fiel das junge Mädchen in ihre Arme.

„Helfen Sie mir, Frau Rebacker, helfen Sie mir – ich habe den Hekke erschlagen !"

Mit fliegenden Worten erzählte das Mädchen der Aufhorchenden das furchtbare Geschehnis, und tiefbetroffen hörte sie wiederum das Leid, das heute die blasse Frau und ihr Kind betroffen. Wieder hatten sich zwei Weinende umschlungen. Tiefes Herzeleid bindet fester als gemeinsam empfundene Freude. Und auf diese beiden unschuldigen Frauen scheint sich alles Leid der Welt herabgesenkt zu haben ! Trostlos liegt die Zukunft vor ihnen !

22. Kapitel
Über allem die Liebe

In Dömitz, in den Fischerdörfern der Lenzener Wische nicht nur, sondern elbauf und -ab, soweit die Kiele der Lastkähne den Elbstrom durchfurchen, gibt es nur einen Gesprächsstoff : Die Verhaftung der Hehler der „schwarzen Bruderschaft" und der gewaltsame Tod eines ihrer Führer.

Reimann, der von seiner von allem telegraphisch unterrichteten Behörde den Auftrag erhalten hat, an Ort und Stelle zu bleiben und allen Fäden nachzuspüren, die sich zeigen, ist mit den ihm nachgesandten Beamten in vollster Arbeit. Einen Anhalt, wie weit sich die Verbindungen Tampkes und Rebackers erstrecken, hat sich aus den beschlagnahmten Geschäftsbüchern des letzteren ergeben, der nun in einer Ecke des kleinen Friedhofes der ewigen Vergeltung, die zu der Gerechtigkeit das himmlische Erbarmen fügt, entgegenschlummert. Eine ganze Reihe von Handeltreibenden am Ort und jenseits der Elbe sind kompromittiert [80] und werden zur Verantwortung gezogen, ein Teil von ihnen wegen Verschleierungsgefahr sofort verhaftet. Schon ist der Untersuchungsrichter mit gleichem Eifer in Tätigkeit. Aber er stößt auf eine unübersteigbare Schranke. Sie leugnen alle, und die durch die Tatsache Überführten, wie der alte Fischer Tampke, der erst mürbe ward, als er vor sein Versteck in der Wische geführt wurde, beantwortete keine Frage nach den eigentlichen Tätern. Die Furcht vor der „schwarzen Bruderschaft" schließt allen den Mund. Ist Lude Hekkes Mund auch verstummt und sein Arm nicht mehr zu fürchten – es gibt der messerbewehrten Arme mehr unter den Elbpiraten, um jede Angeberei blutig zu

---

[80] bloß gestellt

rächen. Der „lange Karle" will nur eine Hilfshand des Rothaarigen für dessen ehrlichen Handel gewesen sein und nichts anderes wissen. Diejenigen, die den Schleier ganz heben könnten, sind tot.

Und an des ärgsten Verbrechers Leiche musste es sein, wo Meta Streblow und Fritz Wölling einander wieder trafen. Von Marie Rebackers Seite hatte man die erstere dorthin geführt. Sie war gefasst gefolgt. Ihre Hand hatte einen Menschen getötet, das Gesetz musste sie unter Anklage stellen. Schaudernd blickt sie auf die Leiche des Verbrechers nieder und gibt dann dem das Verhör leitenden Beamten mit zagender Stimme, aber willig und wahrheitsgemäß, eine Schilderung des ganzen Vorganges. Fritz Wölling vermag nur die letzte Szene zu bestätigen. Ihre Tat hat ihm das Leben gerettet. Aber diese Tat ist und bleibt ein Totschlag, wenn auch aus den lautersten Motiven. Die Formalität des Gesetzes muss erfüllt werden.

„Fräulein Streblow," sagte der Untersuchungsrichter. „Ich muss Sie in Untersuchungshaft nehmen. Aber sie wird keine schwere für Sie sein – nach Lage der Sache ist ihre Freisprechung zu erwarten. Was ich tun kann, um eine schnelle Erledigung Ihres Prozesses herbeizuführen, das soll gewiss geschehen !"

Stumm und gefasst folgt Meta Streblow dem sie abführenden Beamten. Sie weiß, dass sie recht getan, und dass sie im gleichen Augenblick noch einmal so handeln würde. Aber wenn das Gesetz sie auch von aller Strafe freisprach – sie selbst bezahlt ihre Tat mit dem Kostbarsten, was sie besitzt, mit ihrer Liebe. Nie kann Fritz Wölling eine blutbefleckte Hand in seine ehrliche legen ! Auf dem Gange, auf dem sie an dem jungen Schiffer vorübergeführt wird, tauchen noch einmal beider Blicke tief ineinander. In dem Metas liegt das schmerzvollste Entsagen, in dem Fritz Wöllings leuchtet ein fester, männlicher Entschluss. Und in seinem Blick ist etwas, was sie in ihre Haftzeit hineinbegleitet wie ein leises Trösten : Darf er auch sein Leben nicht mit dem ihren verknüpfen, seine Achtung und Dankbarkeit wird sie begleiten in das ungewisse Leben, das nun vor ihr sich öffnet.

Die schwarze Hanne muss einer Irrenanstalt zugeführt werden. Mit Gewalt nur konnte sie von Lude Hekkes Leiche losgerissen werden. Es ist um ein Frauenherz doch ein seltsam Ding ! In dem Augenblicke, in dem das Mädchen seine Rache erfüllt sah, ertrank in dem Blute des einst mit wilder Leidenschaft Geliebten der Hass. Und eine milde Vorsehung, die ihre vielleicht längst gestörten Sinne vollends verwirrte, nahm alle Selbstqual von ihr, vielleicht auch Schlimmeres. Denn in ihrer Zelle singt die Unglückliche von ihrem Kindlein, vom nächtlichen dunklen Elbstrom und von einer schaurigen Tat. War es allein der Wahnsinn, der aus ihr sprach, oder deckte die Vergangenheit, die sie mit dem Erschlagenen innig verbunden haben musste, noch Grauenvolleres, das sich nie an das Licht wagte ? Niemand wird die Wahrheit erfahren !

Ehe Fritz Wölling Dömitz verließ, um nach Tangermünde heimzukehren, nahm er aus Reimanns Munde eine Gewissheit mit sich, die ihm seinen Zukunftspfad wieder hell und licht erscheinen ließ. Es war unumstößlich festgestellt, dass Meta Streblow gar keine Ahnung von dem verbrecherischen Treiben ihres Stiefvaters gehabt, dass sie frei von jedem Anteil an seiner Schuld !

$$* \; * \; *$$

In Neu-Ruppin vor dem Gerichtsgebäude steht ein junges, blasses Mädchen. Vor einer Stunde hat man sie freigesprochen da drinnen. Der Staatsanwalt selbst hat es beantragt. Fritz Wöllings Zeugnis und die ganzen Umstände haben ergeben, dass sie in Notwehr allein gehandelt, denn sie musste eines neuen schmählichen Angriffes auf sich gewärtig sein, wenn Lude Hekke sich des jungen Schiffers erledigt hatte. Still und bleich hat sie die Aussagen des Geliebten gehört, mit klopfendem Herzen, ohne die Augen zu ihm zu erheben. Und nach der Freisprechung hat man ihre geringen Habseligkeiten, die sie, zu einem Bündel zusammengeschnürt, in der Hand trägt, ihr zurückgegeben und ihr bedeutet, nun könne sie gehen.

Nun kann sie gehen, aber ihr Fuß wurzelt hier am Boden. Wohin soll sie sich wenden? In das Fischerhaus in Baarz zurück? Nie – nie!! Nach Tangermünde zur alten Großmutter, die kaum selbst das Nötige zum Leben hat? Eine wüsste sie, die ihr in den ersten Tagen mit Rat und Tat beistehen würde, aber wo sie finden: Marie Rebacker hat mit ihrem genesenen Kinde Dömitz verlassen und ist in ihre Heimatstadt Magdeburg zurückgekehrt. Mit tiefem Seufzer hebt sie den Fuß, um zu dem Bahnhof zu gehen. Man hatte ihr eine Summe Geldes mit ihren Habseligkeiten eingehändigt; es sei für sie eingezahlt worden zur Erleichterung ihrer Haft. Wenig davon hat sie verbraucht. Sie ahnt den Geber des Geldes. Der Mann, den sie rettete, zahlte seine Dankbarkeit pünktlich. Der Zug wird sie über Berlin führen. Dort in der Riesenstadt will sie einen Dienst suchen. Dort taucht soviel Leid unter.

Ein Schritt klingt an ihrer Seite, und jemand fasst sanft ihren Arm. Und eine Stimme, die sie durchbebt, sagt die Worte:

„Nun komm, Meta!" Fritz Wölling steht an ihrer Seite. Er hat ihren Arm genommen und führt sie hocherhobenen Hauptes von dannen. Und in seinem Antlitz stehen zwei leuchtende Augen. Sie lässt sich von ihm führen, willenlos. Ist's ein Traum, so will sie nicht wieder erwachen. Und doch erschrickt sie tief, tief über seine klingende Stimme, die nun fortfährt:

„Denn nun gehören wir zusammen, Meta! Für jetzt und alle Zeiten." Sie will sprechen und kann es nicht. Die Tränen fluten über ihr Gesicht, und der Mann, der sie so fest und kraftvoll in eine neue Zukunft führt, weiß nun, was sie gelitten hat um seinetwillen.

Und miteinander führt sie der Zug von dannen – in stundenlanger Fahrt. Und ob sie auch schweigend nebeneinander sitzen, der junge Schiffer hält ihre Hand immer in der seinen. Ihr ist wundersam geborgen zumute. Um dieser Stunden willen will sie gern den Kampf mit dem Leben aufnehmen.

Der Abendzug der Stendal-Tangermünder Nebenbahn hält vor dem kleinen Bahnhof der alten Stadt. Meta und Fritz Wölling schreiten auch hier nebeneinander her, und er lässt ihre Hand nicht los. Durch die Anlagen an den Resten der alten inneren Mauer dieser Stadt vorbei schreiten sie hin : einen Umweg machen sie, aber er w i l l sie ihn machen lassen. Und da stehen sie wieder vor dem prächtigen mittelalterlichen Neustädter Tor, und er beugt sich zu ihr nieder :

„Weißt Du noch – hier fand ich Dich !" Sie nickt unter Tränen. Dann will sie zum Tanger hinunter, zur alten Rossfurt, in das Stübchen der Großmutter. Aber er schüttelt den Kopf und zieht sie durch das Tor an dem alten Rathausbau vorbei in die Straße, in der seine Eltern wohnen. Erschreckt will sie's wehren, aber fest hält sie seine Hand, als er eine Haustür aufklingt; und in eine wohnliche Stube, in der bei seinem Eintritt ein ergrauter Schiffer und eine ältliche Frau mit guten, freundlichen Zügen von den Sitzen auffahren, zieht er das zitternde Mädchen :

„Vater, Mutter ! Hier bringe ich Euch die, die mich gerettet und alles um mich gelitten hat. Aus Not und Verlassenheit bringe ich sie Euch, die ich liebe und nicht lassen will ! Und wenn Ihr nicht wollt, dass ich mit ihr für immer von dieser Schwelle gehe, so nehmt sie auf. Denn eine Bessere kann ich Euch nicht ins Haus führen !"

Drei Jahre sind ins Land gezogen. Wieder liegt ein glühender Julitag über Magdeburg, mit einem Goldschimmer übergießt er den herrlichen Elbstrom und kleidet alles in seine sonnige Pracht. Aus dem „goldenen Schiffchen" beim Jakobsförder tritt ein Schiffer, kraftvoll, sonngebräunt, aus dessen ganzer Gestalt Kraft und Gesundheit, aus dessen Antlitz mit den leuchtenden Augen aber Glück und Zufriedenheit sprechen. Die Werftstraße hastet er mit eiligen Schritten hinauf. Sein Kahn liegt drüben in der Zollelbe, und er ist nicht gern allzu lange fort von ihm. Denn der rote Kahn, auf dessen Bug nunmehr „F r i t z Wölling" in weißen Buchstaben steht auf blauem Grunde, sieht jetzt in seiner Kajüte ein junges Weib mit frischem, heiterem Antlitz, von dem das Leid für immer geschwunden ist, und auf ihren Armen ein lustig krähendes Büblein – Fritz Wöllings Erster und der Verzug [81] der Großeltern in Tangermünde ! Eine echte Schifferfrau hat er an Bord und das Glück dazu – das schwererrungene Glück ! Und das wird er mit Herz und Hand sich wahren nun für alle Zukunft !

Auf der Strombrücke streift der Eilende hart einen Herrn, der vor ihm geht. Er rückt an der Mütze und murmelt, sich halb umblickend, eine Entschuldigung. Aber dann bleibt er mit gefesseltem Fuße stehen, und ein Freudenruf ist's, den er ausstößt :

„Herr Reimann !"

Lange haben die beiden sich nicht gesehen. Reimann ist versetzt worden als Kriminalkommissar in eine andere Stadt. Eine Berufssache hat ihn heute nach Magdeburg geführt. An den Schläfen Reimanns schimmern Silberfäden. Vorzeitig haben sich Furchen in seine Stirn und ein bitterer Zug um seinen Mund gelegt. Ihn hat das Leben zum Einsamen werden lassen.

Fritz Wölling in seinem Glück ahnt nicht, dass er mit der Schilderung desselben dem Hörer weh tut. Und doch mag dieser ihm die Bitte nicht abschlagen, ihn hinüber nach seinem Kahn zu be-

---

[81] Verzug von „verzogen" bei verwöhnter Erziehung..

gleiten. Schon hält die junge Schifferfrau, mit dem lebendigen Kleinen auf dem Arm, Ausschau nach dem Gatten. Dieser kommt jetzt mit einem Herrn an Bord, bei dessen Anblick das Blut aus ihren Wangen weicht. Sie erkennt den Beamten, und die Vergangenheit taucht wieder vor ihr auf. Aber die glückliche Gegenwart lässt die alten Bilder nicht wieder in ihren grellen Farben sich entrollen. Reimann sieht und fühlt das Glück der jungen Schiffersleute. Und er drückt Wölling die Hand.

„Sie sind doch ein ganzer Kerl, Wölling ! Ich gönne Ihnen das Glück, das Sie sich mit Ihrer starken Hand erobert haben !"

Und während er diese Worte sagt, gibt es ihm einen Stich durchs Herz. hat e r den Mut gehabt, sein Glück zu erobern ? Einsilbig gibt er auf die Fragen nach seinem Ergehen Antwort. Hinter seiner Stirn pocht es. Muss das Glück auf dem Elbkahne hier ihm den Weg zeigen zu dem eigenen ? Hastiger als sein Kommen ist sein Abschied, obwohl herzlich genug. Aber ihm ist, als habe er Jahre verloren und müsse mit eilendem Fuß nun das Verlorene einholen. Nicht aus den Augen verloren hat er das Weib seiner Liebe. Ihm ist's ernst gewesen mit dem Versprechen, das er Wilhelm Rebacker bei dessen Verhaftung gab. Er hat für dessen Frau und Kind sorgen wollen. Aber das hat Marie Rebacker abgewiesen. Ihre Hände sind geschickt, und sie braucht so wenig. Und in der Sorge für ihr kleines Mädchen hat sie neuen Mut für das Leben gefunden.

Reimann kennt die kleine Wohnung in der Friedrichstadt, die sie birgt. Oft haben seine Gedanken sie aufgesucht. Nun grollt er sich, dass er nur seine G e d a n k e n sandte. War er nicht feige gewesen, dass er nicht die Hand ausstreckte nach ihr, wie dieser junge Schiffer nach dem Weibe seines Herzens :

„Wir gehören zusammen ! Genug haben wir gelitten – nun lass uns e i n e s Weges ziehen !"

Und doch pocht dem ernsten Manne mächtig das Herz, als er vor der kleinen Wohnung mit dem weißen Schildchen : „Marie Rebakker, Modistin !" steht. Und im nächsten Augenblick steht er vor ihr selbst. Der Kummer hat seine Spuren auf ihrem Antlitz gelassen, aber ihre Augen blicken ruhiger. In diesem Augenblick freilich spiegelt sich Überraschung und Verlegenheit darin, und ein flammendes Rot steigt in ihre Wangen.

„Reimann !" „Marie !"

Die Rufe hallten ineinander. Drinnen im Zimmer hat der Mann ihre Hände gefasst, die sie ihm vergebens zu entziehen sucht.

„Marie !" stammelt der Mann in einer Bewegung, die ihm fast den Atem raubt. „Verzeih' mir ! Längst hätte ich zu Dir kommen sollen und sagen : Bei mir ist Dein Platz ! Die Zeit der Trauer hat ihr Recht gehabt. Nun heischen die Lebenden ihr Recht. Noch einmal komme ich, Marie, willst Du mich noch einmal allein von Dir gehen lassen ?" Sie atmet schwer, und die Lippen zittern, als sie antwortet :

„Ja, Ernst – denn für uns ist die Vergangenheit nicht tot, sie würde sich immer wieder in unsere Gegenwart hineindrängen, ein Schatten steht zwischen uns !"

„Ich habe den Mut, mit ihm den Kampf aufzunehmen ! Und Dein Mariechen – lass es meinen Namen tragen – nichts Lieberes wünsche ich mir ! Wir haben mehr gelitten um unserer Liebe willen, Marie, als hunderttausend andere – nun darf ich auch mein Recht fordern. Und dass Du es weißt, Marie, ich lasse Dich nicht mehr ! Nie mehr !" Er riss sie in seine Arme, und sie fühlte, wie stark sein Herz pochte. Ja, auch ihre Liebe besaß Rechte, und sie durften sie ihr nicht mehr nehmen. Mit leisen Tränen sank sie an die Brust des Mannes, dem ihr ganzes Empfinden immer gehört.

Über alles hebt sie doch ihr strahlendes Haupt – die echte, wahre L i e b e , die den Kampf aufnimmt mit allen Widrigkeiten des Lebens !

★ ★ ★

Im ewigen Laufe fluten die Wasser der Elbe zu Tal, stille und ruhiger, wenn wolkenlos der Sonnenhimmel über ihnen blaut; in reißenden Wirbeln, die Ufer überflutend, alles nicht fest Wurzelnde mit sich führend, wenn die Frühjahrsstürme über die fruchtbare Elbniederung daherbrausen.

Tausende von mächtigen Kähnen trägt der Elbstrom auf seinen starken Wellenschultern jahraus, jahrein zu Berg und zu Tal dem Ziel des Schiffers entgegen. Tausende von arbeitsfrohen, genügsamen und ehrliebenden Menschen finden in den engen Kajütenabteilen dieser Lastkähne ihre bescheidene Heimat. Bei den meisten wohnt die Zufriedenheit mit ihnen in den engen Gelassen, an denen der rauschende Strom ihnen das Abendlied singt, die klopfende Welle sie erweckt zu neuem rastlosen Tun.

„Hier gute und ehrliche Elbschiffahrt allewege !"

Das ehrende Wort gilt von Tausenden und Abertausenden, denen unser prächtiger Strom Nahrung und Lebensziel zugleich gibt !

Und solch Wort kann nicht zu schanden werden durch das lichtscheue Treiben Einzelner, die immer nur angesichts der vielen Tausend wackerer Schiffer Einzelne sein und bleiben werden. Auch sie führt der Elbstrom geduldig und schweigsam zu Tal und zu Berg, und die Nacht, die den rechtschaffenen Müden zur Quelle neuer Kraft wird, deckt zugleich mit hüllendem Mantel jener Einzelnen schändliches Tun, bis die Sonne endlich, welche den Elbstrom goldgelb aufschimmern lässt, auch in das Verdorbene und

Dunkele hinableuchtet und das Lichtscheue vor aller Augen zu Tage treten lässt – – –

Und wenn in der vorstehenden Erzählung, die, wie unsere heimischen Leser wissen, nicht nur einer reichen Phantasie entsprungen ist, sondern deren Grundlinien einer Wahrheit nachgezeichnet sind, die vor Jahren elbauf und elbab alle, welche unserer Schiffahrt lebendiges Interesse entgegentragen, in atemloser Spannung hielt – – – wenn in dieser Erzählung das Finstere und Lichtscheue aus trüben Tagen der Elbschiffahrt den breitesten Raum für sich beanspruchte, so weiß sich der Verfasser doch mit allen seinen Lesern darin einig, dass es immer nur Einzelne waren, die den glänzenden Ehrenschild unserer E l b s c h i f f a h r t mit ihrem heimlichen Tun befleckten, und dass diese in ihrer Allgemeinheit r e i n und u n a n t a s t b a r dasteht als eine s c h w i m m e n d e W e l t d e r A r b e i t s f r e u d e , d e r w a c k e r e n T ü c h t i g k e i t u n d d e r u n w a n d e l b a r e n E h r s a m k e i t ! Und dieser großen Gemeinschaft gilt auch als Abschiedswort des Verfassers jener Spruch, den er an die Spitze seiner Handlung setzte :

Een Strom, de föhrt op jeden Schritt
ln sinem Water Mudde mit ;
So geiht't ok bi de Schifferi :
Bi veele Gode is een Slechten bi !
Den driwwt wi ut bilang mit Schand un Spott.

Ein Strom, der führt auf jedem Schritt
In seinem Wasser Modder mit :
So geht's auch bei der Schifferei :
Unter vielen Guten ist ein Schlechter bei !
Den trieben wir bisher aus mit Schande und Spott.

De ehrsam Schiffahrt - de bewohr uns Gott !

✳   ✳   ✳

Dankadresse

Dem DigiService der Staatsbibliothek zu Berlin sei gedankt, dass er diese Schrift, die nicht mehr einfach zugänglich ist, für uns digitalisiert hat. Das Digitalisat ist die Vorlage zu dieser Ausgabe.

Einwände gegen den Abdruck der im Abbildungsverzeichnis aufgeführten Photos und Skizzen wurden von den angegebenen Einrichtungen nicht erhoben. Dem Museum Festung Dömitz sei gedankt, dass der Museumsshop diesen Roman anbieten will.

Quelle und Literaturhinweise

Crome-Schwiening, Carl : Die Elb-Piraten. Ein Roman aus dem magdeburgischen Schifferleben. Magdeburg : Fabersche Buchdruckerei, 1905. – Bestand Staatsbibliothek zu Berlin (Sign.: Yx 36762) und Universitäts- und Landesbibliothek Sachsen-Anhalt in Halle an der Saale (Sign.: Dd 556)

Ansull Oskar: Carl-Crome-Schwiening – Journalist, Schriftsteller, Dramatiker. In Ders.: Heimat schöne Fremde. Celle Stadt & Land. Literarische Sichtung in vier Teilen. Hannover : Wehrhahn, 2019. S. 466-471

Buchholz, Wolfgang: Zum Schiffs- und Güterverkehr auf der mittleren Elbe am Ende des 16. Jahrhunderts. In: Magdeburger Blätter, Jahresschrift für Heimat- und Kulturgeschichte im Bezirk Magdeburg. 1985, S. 32-41

Burmester, Hugo: Die Elbschiffahrt bis zum Beginn des 19. Jahrhunderts. Kiel : Uni. Phil. Diss., 1921

Höhne, Reinhard; Kilian, Erich: Elbefahrt durch Deutschland. Dresden : Sachsenverlag, 1958

Huchthausen, Martina; Keune, Martin: Tangermünder Tage (Hausbuch). Berlin : Zitrusblau, 2019

Niemz, Günter; Wachs, Reiner: Personenschiffahrt auf der Oberelbe. Bielefeld : Delius, Klasing & C., 1981

Petsch, Peter (Hg.): Schauplatz Magdeburg – die Stadt in der schönen Literatur. Eine Anthologie. Oschersleben : Ziethen, 2005.- Mit einem kurzen Auszug aus den „Elbpiraten".

Scharnweber, Jürgen (Hg.): 775 Jahre Dömitz. Was zu Häusern und Plätzen zu erzählen ist – eine Wanderung durch 775 Jahre Dömitzer Stadtgeschichte. Horb am Neckar : Geiger, 2012

Stadtplanungsamt Magdeburg (Hg.): Leben an und mit der Elbe : IBA-Pfad Magdeburg – Ein Wegweiser durch die städtische Elblandschaft. Calbe (Saale) : Graf. Centrum Cuno, 2010

Süßenbach, Sylvio: Hafenstadt am „Blauen Band" – die Magdeburger Elbschiffahrt. Das Magdeburger Schiffahrtswesen von den Anfängen bis heute. Hrsg. Alfred Eichel. Magdeburg : Delta, 2003

Wachs, Reiner: Die Dampfer der ersten Dampfschiffahrtsgesellschaft auf Elbe und Havel. Rostock : Hinstorff, 1975

Zöllner, Emil: Elbvolk – Elbfischer, Elbschiffer und Elbflößer. Schilderungen und Geschichten. Leipzig : Brandstetter, 1934

Abbildungsnachweis

00 Umschlagsbild „Die Elbpiraten", 1905

06 Portrait C. Crome-Schwienings, in: „Die Elbpiraten".

12 Dömitz und Umgebung. Nach Reichskarte, Einheitsblatt 49, 1:100.000 von 1928

16 Schornstein-Signal „E". Photo Eckbert Busch, in: Süßenbach: Hafenstadt, S. 111

20 Tangermünde von der Elbe aus. Photo Erich Kilian, in: Höhne: Elbefahrt, S. 189

23 Tangermünde: Rossfurt mit Elbtor. Ansichtskarte 1927

26 Tangermünde Altstadt, Plan angelehnt an eine Skizze in: Huchthausen, Martina; Keune, Martin: Tangermünder Tage (Hausbuch). Berlin : Zitrusblau, 2019, S. 20-21

49 Mittelelbe zwischen Magdeburg und Dömitz. Zeichnung H.P. nach: Institut für Angewandte Geodäsie: Deutschland in den Grenzen von 1937, 1:1.000.000, Frankfurt a.M. 1965

58 Magdeburg Altstadt und Elbarme. Vereinfacht nach Brockhaus 1895

70 Zollbrücke in Magdeburg: Konstruktion und Bau Karl A. Rosenthal, 1879, Urgroßvater der Autorin. Photo Meinert 2009, Wiki Commons, verfremdet.

72 Stromelbe mit Schleppzug in Magdeburg. Photo Hermann Dieck, in: Süßenbach: Hafenstadt, S. 71

77 Am Steuerbaum eines Elbkahnes. Zeichnung Paul Kretschmar 1934, in: Zöllner: Elbvolk, S. 32/33

81 Eisenbahnbrücke bei Dömitz 1873 - 1945. Ausschnitt aus Ansichtskarte Fotobestand Museum Festung Dömitz.

83 Lenz(en)er Wische. Skizze H.P. nach Reichskarte

1:100.000, Einheitsblatt 49, 1928, stark vereinfacht.

99   Dynamitfabrik Dömitz. Ansichtskarte von 1901, in: Geschichtsspuren.de

106   Dömitzer Hafen um 1905. Ansichtskarte Fotobestand Museum Festung Dömitz.

164   Zollelbe mit Zollhafen, der Strombrücke und dem Dom, um 1890. Photo Eckbert Busch, in: Süßenbach: Hafenstadt, S. 61

165   Königsbrücke Magdeburg. Ansichtskarte von 1903

183   Fischerkähne. Photo Erich Kilian, in: Höhne: Elbefahrt, S. 182

187   Reichskassenschein 10 Mark

233   Elbfischer. Zeichnung Paul Kretschmar 1934, in: Zöllner: Elbvolk, S. 64

257   Pension Crome-Schwiening Celle: Ansichtskarte um 1900

258   Grabstein Crome-Schwiening. Photo H.P. 2.9.2021

264   Wappen von Dömitz

268   Wappen von Magdeburg

270   Wappen von Tangermünde

Anhang

Vita und Werke Carl Crome-Schwienings   257

Ortsangaben zu Dömitz   263

Ortsangaben zu Magdeburg   265

Ortsangaben zu Tangermünde   269

Glossar   271

Anmerkung: Allgemein zugängliche lexigraphische Quellen, wie auch die Wikipedia, sind nicht angegeben.

Vita und Werke Crome-Schwienings

Nach Ansull: Heimat, S. 466-471, Wikipedia und Bibliothekskatalogen.

Töchterheim Crome-Schwiening   Ansichtskarte um 1900

Carl Crome-Schwiening wird am 13.02.1858 in Syke/Bremen geboren, wo sein Vater als Rechtsanwalt und Notar tätig ist. Nach dem frühen Tod des Vaters zieht seine Mutter, eine geborene Dietz, mit zweien ihrer Töchter und Sohn Carl 1870 zu ihrem Vater nach Celle. Hier besucht Carl das Gymnasium. Sein militärisches Einjährige verbringt er im 2. Hannoverschen Infanterieregiment. Danach studiert er in Berlin und Leipzig, wo er als Journalist beginnt, und seit 1881 verfasst er auch Romane und Erzählungen. Zu nennen sind seine Historischen Romane, wie „Und Bebel sprach !" von 1893, „Von Friedrichscron bis Friedrichsruh" von 1896, „Der Peter von Danzig – Ein Roman aus einer glanzvollen Zeit" von 1906 oder „Die Bajadere – Ein anglo-indischer Roman".

1887 wird er Dramaturg an der Städtischen Bühne in Leipzig. 1890 redigiert er die Zeitschrift „Schalk", den „Kunst- und Theater-Anzeiger" und die „Allgemeine Modezeitung", die in Leipzig erscheinen. 1890 und 1891 schreibt er für Operetten des Komponisten und Pianisten Heinrich August Platzbecker (1860 - 1937) die Texte der Gesänge zu „König Lustik" und „Jenenser Studenten".

1902 nimmt er in Hannover als Nachfolger von Hermann Löns die Stelle als Chefredakteur des „Hannoverschen Anzeigers" an. Hier entstehen seine Romane „Unter dem springenden Pferd – Ein hannoverscher Roman aus dem Kriegsjahr 1866" und der Fortsetzungsroman „Der Fund in der Eilenriede", bei dem es sich um ein Findelkind dreht.

In seiner hannoverschen Zeit ist Carl Crome-Schwiening auch öfters bei seinen Schwestern im Töchterheim am Alten Bremer Weg 10 in Celle zu Besuch. Nach seinem Ableben am 24.06.1906 lassen sie ihn auf dem Hehlentor-Friedhof, dem „Bürgerfriedhof" oberhalb der städtischen Allerbrücke in Celle, bestatten.

Das Zitat aus dem Johannes-Evangelium auf seinem Grabstein lautet :

„Und wir haben erkannt und geglaubt die Liebe, welche Gott zu uns hat. Gott ist Liebe, und wer in der Liebe bleibt, bleibt in Gott und Gott bleibt in ihm."

258

Werke

Trotzköpfchen : ein Spiel in Versen für junge Mädchen.
In: Die Jugendbühne. Schauspiele für Mädchen zur Aufführung
bei Schul- und Familienfesten, Nr. 45.
Leipzig : Im. Tr. Wöller, 1918

Das Recht des Herzens : Lustspiel in einem Aufzuge.
In: Die Jugendbühne Nr. 44. Leipzig : Wöller, 1918

Der Spiegel der Erkenntnis : ein Märchen für junge Mädchen.
In: Die Jugendbühne Nr. 42. Leipzig : Wöller, 1918

Die kleine Marquise : Lustspiel in einem Akt.
In: Die Jugendbühne: Nr. 40. Leipzig : Wöller, 1918

Die gelbe Rose : Blumenmärchen in einem Akt.
In: Die Jugendbühne Nr. 38. Leipzig : Wöller, 1918

Die kleinen Weltreisenden : ein Spiel in einem Aufzuge.
In: Die Jugendbühne Nr. 3. Leipzig : Wöller, [1916]

Tausch und Täuschung : Lustspiel in einem Aufzuge.
In: Die Jugendbühne Nr. 3. Leipzig : Wöller, [1915]

Im Knaben-Pensionat : Lustspiel in einem Aufzuge.
In: Die Jugendbühne Nr. 2. Leipzig : Wöller, [1916]

Der kleine Tartuffe : Lustspiel in einem Aufzuge.
In: Die Jugendbühne Nr. 1. Leipzig : Wöller, [1916]

Lilli's Geburtstag - Ein Lustspiel.
In: Die Jugendbühne Nr. 1. Leipzig : Wöller, 1915

Die Bajadere : Ein anglo-indischer Roman. Berlin : C. Duncker,
1908

Unter fremdem Willen. Fortsetzungsroman in: Didaskalia. Unter-
haltungsbeilage der Frankfurter Nachrichten und Intelligenz-Blatt.

Ab Nr. 113 (24.04.1912, 19.05.1912 etc.) Frankfurt a.M. 1912

Der Peter von Danzig : Roman aus einer glanzvollen Zeit. Danzig : Danzigs Neueste Nachrichten, 1906

Der Fund in der Eilenriede : ein hannoverscher Roman. Hannover : Hannoverscher Anzeiger, 1905

Unter dem springenden Pferd : ein hannoverscher Roman aus dem Kriegsjahr 1866. Hannover : Hannoverscher Anzeiger, 1905

Die Elb-Piraten : ein Roman aus dem magdeburgischen Schifferleben. Magdeburg : Faber, 1905

Durch die Kneipp-Kur : Schwank in 1 Akte. Leipzig : Jäckel, 1903

Festspiel zur Jubelfeier des 50jährigen Bestehens der Firma Giesekke & Devrient. Dichtung. Leipzig : Giesecke & Devrient, 1902

Im Bühnen-Zwielicht. Roman. Leipzig : Tiefenbach, 1900

Über Presse und Philatelie : Vortrag geh. beim 10. Deutschen-Philatelisten-Tage zu Dresden. Dresden, [um 1900]

Ders.; Kautzsch, R. u.a. : Prolog und Reden zur Gutenberg-Feier der Innung Leipziger Buchdruckereibesitzer am 16. und 17. Juni 1900. Leipzig : Breitkopf & Härtel, W. Drugulin, 1900

Fritz, der Sammler : eine Geschichte für die Jugend. Leipzig : H. Krötzsch, 1899

Burlesken nach Hans Sachsens Manier.
Bd. 1: Die verlor'ne Nadel. Der Stein der Wahrheit. Das Weibermittel. Lügen steckt an.
Bd. 2: Die Wunderkur. Das Eh'-Turnier. Das Streittuch. Der fahrend Schüler. Leipzig : Reclam, 1898

Von Friedrichscron bis Friedrichsruh : Zeitroman. Leipzig, 1896

Die neue Miss : Lustspiel in einem Aufzuge.
In: Die Jugendbühne Nr. 36. Leipzig : Wöller, 1895

Ders.; Herold, Karl: Kapti-Tage : Schwank. Regiebuch. Leipzig : Hermann, ca. 1895

Im Horste des rothen Adlers : Ein Roman aus der jüngsten Vergangenheit. Halle a.S. : W. Kutschbach, 1895

Unter dem roten Zwang ! : Einfache Geschichten. Leipzig : Bergmann, 1894

Wir von der Infanterie! : Aus den Erinnerungen eines „Sandhasen". Berlin & Leipzig : Laverrenz, 1894

Marsch, marsch, hurra! : Lustige Geschichten aus d. Soldatenleben im Frieden. 2. Aufl. - Berlin : Neufeld & Henius, 1894

Manöverbilder : Rauchlose Soldatengeschichten. 2. Aufl. - Berlin : Neufeld & Henius, 1894

Garnisongeschichten : Heitere Bilder vom Exerzierplatz und aus der Mannschaftsstube. 2. Aufl. - Berlin : Neufeld & Henius, 1894

Die Launen der Königin : Historisches Genrebild in einem Aufzug für Mädchen. In: Die Jugendbühne Nr. 34. Leipzig : Wöller, 1894

Die Neugierigen : Lustspiel in 1 Aufzuge.
In: Die Jugendbühne: Nr. 32. Leipzig : Wöller, 1894

Der Berggeist : (Rübezahl) ; phantastisches Tanzmärchen in drei Bildern von Lucas Sunder [Textbuch]. Leipzig : Breitkopf und Härtel, [1893]

Charley : Lustspiel in einem Aufz. Leipzig : I. T. Wöller, 1893

Der Hundertmarkschein : Schauspiel in 2 Akten. Leipzig : I. T. Wöller, 1893

Und Bebel sprach ! Zeitroman in zwei Bänden. Leipzig : Herr-mann, 1893

Allerhand humoristische Kleinigkeiten : Novelletten und Skizzen. Leipzig : Reclam, 1891

Jenenser Studenten. Komische Operette in 3 Akten (Text der Ge-sänge). Musik von Heinrich August Platzbecker. Leipzig, 1891

König Lustik. Operette in drei Akten (Text der Gesänge). Musik von Heinrich August Platzbecker. Leipzig : Schuberth, 1890

Nur keinen Lieutenant : Lustspiel. Leipzig : Agentur der Deutschen Genossenschaft dramatischer Autoren und Componisten, 1889

Krieg im Frieden : humoristischer Roman aus dem modernen Garnisonleben. Zeichnungen G. Sundblad. 3. Aufl. - Leipzig, 1885

Hammelsprünge : parlamentarische Indiskretionen. 4. Aufl. - Leipzig : Licht & Meyer, [1885 ?]

Der neue Plutarch : Federzüge aus der Welt der Feder. 3. Aufl. - Berlin : Eckstein, 1885

Mirza Schaffy im Waffenrock : Ein lustiges Vademecum für den Einjährig-Freiwilligen. Celle : Schulze, 1884

Dramatische Solo-Scenen. Erfurt : Bartholomäus, o.J.

Kaiser's Geburtstag : Lustspiel in einem Aufzuge. Berlin : Rembe & Zipf, o.J.

Reinhardt, Carl: Naturgeschichte der weißen Sklaven von Tin-te-hohn-tse. Aus dem Chinesischen übersetzt. 5. Aufl. umgearbeitet und ergänzt von C. Crome-Schwiening. Leipzig : Werther, 1888

Ortsangaben zu Dömitz

Badeanstalt : Flussbad an einer Ausbuchtung der Elbe.

Dynamitfabrik Dömitz : Werk der 1892 errichteten Sprengstoff-werke Dr. R. Nahnsen & Co. Herstelung von Explosivstoffen und Zündmitteln ausschließlich für den Bergbau, v.a. für Minen in Transvaal, Japan, Australien und USA. 1912 von Dynamit Nobel übernommen. [Vgl. URL: www.geschichtsspuren.de (2021-07-04)]

Elb-/Eisenbahnbrücke : War ein großes Projekt auf der Eisen-bahnstrecke Berlin – Wittenberge – Dömitz – Dannenberg – Lüneburg - Hamburg. Die Strecke Wittenberge – Lüneburg wurde 1870-1872 gebaut und von der Hamburg-Berliner-Eisenbahn-gesellschaft betrieben. Der Bau der Brücke wurde von 1870 bis 1873 ausgeführt. Die Brücke hatte eine Gesamtlänge von 1.050 Metern und wurde zweigleisig ausgelegt. An der Westseite besaß sie 16 und an der Ostseite 4 Pfeiler. Sie wurden durch Fachwerk-träger aus genietetem Stahl mit rund 34 Metern Stützweite über-brückt. An der Ostseite befand sich zwischen den Brückenjochen noch eine zweiarmige Drehbrücke mit 2 x 19,15 Metern Stützwei-te. Von den vier über den Strom liegenden großen Brückenjochen hatte jeder die Spannweite von 67,79 Metern. Auf der südlichen Seite der Brückenbögen war auf Konsolen ein Fußweg angebracht.

An jedem Brückenende befand sich zur militärischen Verteidi-gung ein wehrhaft ausgebautes Brückenhaus, da die nahegelegene Dömitzer Festung zur Bauzeit der Brücke noch militärisches Ob-jekt und Standort eines mecklenburgischen Regimentes war.

Die Brücke stand 72 Jahre bis zum April 1945, als die Brücke durch einen Angriff alliierter Bomber zerstört wurde. Die Brücke wurde nicht wieder aufgebaut. Ihre Pfeilerruinen dienen in Privat-besitz als Mahnmal. [Vgl. URL: www.doemitz.de/tourismus]

Festung Dömitz : Einst größte Festung Mecklenburgs. Im 16. Jh. als fünfeckige Zitadelle mit fünf Bastionen angelegt. Bis 1894 militärisch, dann zivil für Wohnungen und Verwaltungsgebäude genutzt. In der Festungsanlage befand sich auch das Zucht- und Irrenhaus. Jetzt beherbergt sie das Museum Festung Dömitz, mit einem Raum zur Erinnerung an die Festungshaft des Schriftstellers Fritz Reuter von 1838 bis 1840.

Lenzener Wische (auch Lenzer Wische) : Wische steht auf Niederdeutsch für Wiese. Sie ist ein nur dünn besiedeltes Feuchtgebiet im Nordwesten Brandenburgs, zwischen den Flüssen Elbe und Löcknitz, etwa im Dreieck der Orte Gorleben, Dömitz und Lenzen.

Löcknitz : Um ihren Abfluss in die Elbe, die ein stärkeres Gefälle hat, zwecks Hochwasserschutz zu verbessern, wurde die Löcknitz 1973 etwa einen Kilometer vor der Mündung bei Dömitz - Klein Schmölen parallel zur Elbe um etwa zehn Kilometer verlängert. Seitdem mündet der Fluss nicht mehr elbaufwärts zwischen Dömitz und Gaarz, sondern elbabwärts bei Wehningen nordwestlich von Dömitz in die Elbe.

Scheunenviertel : Wohnviertel in Dömitz, südöstlich der Festung am Wall, zwischen Elbe und Elde-Mündung bzw. „kleiner Elbe".

Zingel : Von lat. cingulum, Gürtel, Wall, Festungsanlage. Hier auf steinigem Grund ruhende Landzunge, die bogenförmig in die Elbe hinein reichte.

Wappen von Dömitz

Ortsangaben zu Magdeburg

Bastion Kronprinz : Eine der fünf Bastionen der 1702 vom Kurfürsten Friedrich III. von Brandenburg erbauten Zitadelle.

Bibelgasse : Vormals von ca. 1683 bis ca. 1807 „In der Bibel". Der Name dieser Straße beruhte auf dem unter der Adresse „Magdalenenberg 1a" befindlichen Haus „Zur goldenen Bibel". Infolge des sich nicht an die historische Stadtstruktur haltenden Wiederaufbaus der Stadt nach dem Zweiten Weltkrieg wurde diese Straße überbaut. An der Stelle der von Westen nach Osten in Richtung Elbe verlaufenden Gasse befindet sich heute die Fahrbahn des in Nord-Süd-Richtung verlaufenden „Schleinufers". Die Gasse befand sich etwas südlich der heutigen Bebauung am Petriförder.

Cracau : Der ostelbische Stadtteil nordöstlich der Altstadt gelegen. Von slawischen Siedlern wurde er „Ort des Krak", Krakov genannt. Der Cracauer Anger war der Exerzierplatz der in Magdeburg stationierten Militäreinheiten.

Herrenkrug : Auf einem Gelände im Nordosten von Magdeburg gehörten dem Magistrat (den Ratsherren) Weiden und Wald, heute Park. Das Gelände erhielt ein Wärterhaus mit Schankrecht, das als der „Herren Krug" bezeichnet wurde.

Jakobsförder : Straße an der Elbuferpromenade, die von der Elbe in Richtung Sankt-Jakobi-Kirche in der Altstadt führte. Förder bezeichnet eine Straße, die als Einschnitt in einem hohen Ufer gleichmäßig ansteigend wie in einer Schlucht den Höhenunterschied überwindet. An dieser Stelle befindet sich heute eine Grünanlage und das Schleinufer.

Knochenhauerufer : Die Straße führte, parallel zum heutigen Schleinufer verlaufend, vom Bereich südlich der heutigen Strombrücke bis zum "Alten Fischerufer". Der Name geht auf die dort ansässigen Knochenhauer (Fleischer) zurück, die dort auch ihr Innungshaus hatten. Im Zweiten Weltkrieg wurde der Bereich durch Bombenangriffe schwer zerstört. Der Wiederaufbau der Stadt missachtete die historischen Stadtstrukturen. Das südliche Ende der Straße wurde mit dem Bau der Strombrücke überbaut. Im nördlichen Bereich befindet sich ein Park. Das Knochenhauerufer war in diesem Bereich dann ein Parkweg ohne Namen. Mit Beschluss des Stadtrates vom Mai 2005 erhielt der Weg wieder seine ursprüngliche Bezeichnung „Knochenhauerufer".

Königsbrücke : Die Stadt Magdeburg war früher in der Hauptsache auf dem linken Elbufer gelegen. Mit der Industrialisierung entstanden auf dem rechten Ufer fortwährend neue Fabriken und Lagerplätze. Da der in der Stadtmitte gelegene Brückenzug mit Strombrücke, Zollbrücke und Langer Brücke dem zunehmendem Verkehr nicht mehr gewachsen war, mussten neue Brücken geschaffen werden. Man entschied sich für eine nördlich gelegene Brücke, die „Königsbrücke", die zugleich den Vorteil bot, dass das Militär mit den Kasernen der Infanterieregimenter nicht mehr die bestehende Strombrücke benutzen musste, da der große Exerzierplatz, "der Cracauer Anger", im Norden der Stadt auf dem rechten Elbufer lagen. [Vgl. Zentralblatt der Bauverwaltung, Berlin 09. Mai 1903, in: www.magdeburger-chronist.de]

Lange Brücke : Brücke in östlicher Verlängerung von Strombrücke und Zollbrücke. Verbindung der Stadt nach dem Osten.

Magdalenenberg in der Magdeburger Altstadt. Bis 1720 lässt sich für die Erhebung am Ufer der Elbe kein Name nachweisen. Bereits seit dem 13. Jahrhundert bestand jedoch in unmittelbarer Nachbarschaft das Kloster Mariae Magdalenae. 1722 wurde auf Veranlassung des Gouverneurs Fürst Leopold von Anhalt-Dessau auf der östlichen Seite des Bergs in der alten Klosterkirche ein Lazarett eingerichtet, worauf bis 1853 die Benennung als „Lazarettberg" beruhte. Später wurde das Militärlazarett zum Domplatz Nr. 6 verlegt. Die alte Bebauung wurde 1848 abgerissen. Anknüpfend an das seit 1687 im ehemaligen Kloster bestehende Magdalenenstift und die in der Nähe befindliche Magdalenenkapelle trug die Straße seit 1853 die Bezeichnung „Magdalenenberg".

Beim Wiederaufbau der Stadt nach den Zerstörungen des Zweiten Weltkrieges hielt man sich nicht an die gewachsene Stadtstruktur und die Straßenbezeichnung verschwand. An selber Stelle besteht aber auch heute noch ein Fußweg zwischen Stephansbrücke und Knochenhauerufer, der die heutige Julius-Bremer-Straße in Richtung Elbe verlängert.

Odeum : Gesellschafts- und Liederhaus für die Aufführung von Musik- und Theaterstücken sowie für Tanzveranstaltungen. In Magdeburg wurde 1860 auf dem Werder das Schauspielhaus „Odeum" eröffnet, das auch als Konzertsaal genutzt wurde.

Packhof: In seinen Hallen wurden die stapelpflichtigen Waren für mehrere Tage gelagert und zum Verkauf angeboten.

Stromelbe : Stadtseitiger Hauptarm der Elbe vor Magdeburg.

Wallonerberg : Dieser Straßenzug entstand im Jahr 1720 in der Altstadt. Fürst Leopold I. von Anhalt-Dessau, der „Alte Dessauer", ließ diese Straße als weitere Verbindung von der Stadt zum Elbvorland durch die ursprüngliche Bebauung brechen. Vorher hatte das Gelände zum Augustinerkloster gehört, zu dem auch die Wallonerkirche gehörte. Vom Kloster zur Elbe hin befand sich zuvor bereits eine Pforte zum Alten Fischerufer. Auf der anderen Seite des Klosters befand sich eine Zufahrt zum Friedhof. Diese Verbindung wurde dann durchgängig und befahrbar gemacht. Der Name

Walloner rührt von der auf der Südseite befindlichen Wallonerkirche her. Die Kirche war nach der Entstehung der Pfälzer Kolonie der aus Glaubensflüchtlingen bestehenden *Wallonischen Gemeinde* zugewiesen worden. Die Bezeichnung *Berg* ergibt sich aus dem steilen Anstieg von der Elbe in Richtung Altstadt.

Werftkeller : Gaststätte in der Nähe der ehemaligen Werft am Westufer der Elbe, in der Werftstraße zwischen Neuem und Altem Packhof, heute Schleinufer.

Zollbrücke : 1879-1882 erbaute Brücke über die Zollelbe in Magdeburg, gegenüber der Bastion Kronprinz der Zitadelle gelegen. Plan und Bauausführung erfolgten unter Leitung von Karl Albert Rosenthal, einem Urgroßvater der Herausgeberin, großmütterlicherseits.

Zollelbe : Altarm der Magdeburger Elbe mit Schleuse zur Stromelbe. Ehemals auch „Mittelelbe" genannt. Ausbau zum Zollhafen und Winterhafen. Magdeburg besaß Stapelrecht und Zollhoheit. Mit der Zollelbe brauchten Güter nicht mehr am Elbufer des Hauptstromes umgeschlagen werden und konnten ohne den Durchgangsverkehr auf der Stromelbe zu stören vom Zoll im Zollhafen abgefertigt werden. Zwar war seit 1815 mit der Wiener Schlussakte die Schiffahrt auf Flüssen frei, aber die Abschaffung der Zölle zog sich noch bis 1871 hin. [Vgl. Wikipedia : Zollelbe; Niemz/Wachs: Personenschiffahrt auf der Oberelbe.]

Wappen von Magdeburg

Ortsangaben zu Tangermünde

Rossfurt : Im Mittelalter war die Rossfurt der einzige Weg von der Elbpromenade, vom Hafen direkt in die Stadt. Da die Innenstadt etwa 15 m oberhalb des Elbewasserstandes liegt, mussten die gehandelten Waren mühsam mit Pferdegespannen über einen 120 m langen, mit Mauern gefassten steilen Hohlweg hinauf transportiert werden. Der Beginn des Hohlweges wurde durch einen Wehrturm, das Elbtor, auch Rosspforte genannt, das im 15. Jahrhundert errichtet wurde, geschützt. Bis ins 20. Jahrhundert war die Rossfurt der einzigen Zugang zur Stadt von der Elbseite her.

Schlossfreiheit : Eine Zeile von Häusern und die daran liegende Straße in Nähe des Schlosses (Burg), in denen ursprünglich, zur Zeit als Residenzstadt der Brandenburger Kurfürsten, Hofleute und Adlige, die Burgmannen unter der Rechtsform der Burgfreiheit wohnten. Der „Schlossfreiheit" wurden vom Schlossherrn einige Freiheiten gewährt, wie die Befreiung vom Grundzins, vom Wachdienst oder von militärischen Einquartierungen. Im Gegenzug wurde erwartet, dass in den Häusern das Gefolge von Gästen des Hofes untergebracht wurde.

Große Minde : Straße, benannt nach „Grete Minde", eigentlich Margarete von Minden, die in Tangermünde lebte. Am 13. September 1617 brannte die Stadt fast vollständig ab. Die Schuld daran gab man – zu Unrecht – der Waise Grete Minde, die aus Rache für das ihr vorenthaltene Erbe gehandelt haben sollte. Sie wurde zum Tode verurteilt und 1619 auf dem Scheiterhaufen verbrannt. Theodor Fontane inspirierte dieses Ereignis zu seiner 1880 erschienenen Novelle „Grete Minde".

Hünerdorfer Tor : Ehemalige Doppeltoranlage, die den nördlichen Zugang zur Stadt sicherte und durch das man einst zum außerhalb der Stadt gelegenen Hospital oder zur Burg gelangte.

Münnichswerder : Den Mönchen des Dominikanerklosters zugeordneter Werder zwischen Elbe und Tangerfluss.

Steigberg : Mit einen Wehrturm überbaute Treppe über die Stadtmauer als Zugang von der Stadt zum Flussufer hin.

Türme : Das Elbtor (Rosspforte) führt mit der Rossfurt zum Flussufer. Der Eulenturm war ein Teil des Hünerdorfer Tores. Im Schrotturm wurden Bleikugeln, Schrot, hergestellt. Die Putinnen sind zwei Türme, die die Stadtmauer bewehrten.

Wappen von Tangermünde

Glossar

Allgemein zugängliche lexigraphische Quellen, wie auch die Wikipedia, werden hier nicht angegeben.

Besatzung eines Elbkahnes. Dazu zählten der Schiffer (Schiffseigner, Schiffsherr), seine Frau, der fest angestellte Steuermann, die Bootsleute, Schiffsknechte und Schiffsjungen. Nur zeitweilig bei Bedarf eingestellte Schiffsknechte brachten das Zugseil am Mast an, mit dem der Kahn getreidelt wurde. Für das „Trecken" der Schiffe bei Bergfahrt wurden extra „Schiffstrekker" oder „Bomätscher" angeheuert. [Vgl. Süßenbach S. 25-26]

Böhmische Braunkohle : Seit dem 15. Jahrhundert im nordböhmischen Becken (Teplitz-Komotauer Becken) abgebaute Braunkohle. Verschiffung über den Fluss Biela zur Elbe bei Aussig.

Budiker : Inhaber eines einfachen Ladens, eines Lokales oder einer kleinen Kneipe, oft mit Herberge. An „Bude" angelehnte Verballhornung von „Boutique".

Buhnen : Dämme vom Ufer zur Flussmitte hin, die das Ufer vor Auswaschung schützen und zugleich die Fahrrinne vertiefen.

Buganstrich : Plakativer, auffälliger farbiger Anstrich des Buges eines Schiffes, um Aufmerksamkeit zu erregen.

Central-Anzeiger der Provinz Sachsen, Heimatblatt Magdeburgs, wurde von der Faberschen Buchdruckerei herausgegeben, die auch die „Elbpiraten" gedruckt und verlegt hat.

Dampfschiff(fahrts)gesellschaften :
* Dampfschiffgesellschaft, deutsch-österreichische : Über eine im Roman genannte derartige Dampfschifffahrtsgesellschaft ist nichts bekannt. Dagegen:

* Elb-Dampfschiffahrts-Compagnie, Magdeburg. Schornsteinabzeichen: „E" zwischen zwei roten Streifen auf weißem Grund. Betrieb Dampfschlepper, die antriebslose Kähne auf der Elbe stromaufwärts schleppten, auch Ketten-Schleppschiffahrt.

* Koeniglich Preußisch Patentirte Dampfschiffahrths-Gesellschaft, Berlin.

* Magdeburger Dampfschiffahrts-Compagnie, 1838

* (Neue) Deutsch-Böhmische Elbeschiffahrt AG, Dresden.

* (Neue) Norddeutsche Fluß-Dampfschiffahrts-Gesellschaft N.N.F.D.G., Hamburg.

* Prager Dampf- und Segelschiffahrtsgesellschaft, Prag.

* Sächsisch-Böhmische Dampfschiffahrtsgesellschaft, in der 1849 die K.K. private Dampfschiffahrtsgesellschaft und 1867 die Dresdner Frachtschiffgesellschaft aufgegangen waren.

[Vgl. Niemz/Wachs: Dampfschiffahrt; Wachs: Die Dampfer ...; Süßenbach: Hafenstadt]

Vereinigte Hamburg-Magdeburger Dampfschiffahrts-Compagnie, 1847

Eildampfer : Selbständig fahrendes Frachtschiff, schraubengetrieben mit Dampfmaschine (Selbstfahrer), für die Beförderung eiliger Güter. [Vgl. Süßenbach, S. 88]

Eisstoß : Durch Eisgang und Stauung (Stöße) in fließendem Gewässer aufgetürmte Eisplatten und Eisbrocken.

Ferge : alter Ausdruck für Fährmann

Galathee : Statue der Nymphe Galathee, in die sich ihr Schöpfer, der griechische Bildhauer Pygmalion, so verliebt, dass er die Göttin Venus bittet, ihr Leben einzuhauchen, mit fatalen Folgen.

Haupter : Lotse auf der Elbe, der in einem Boot den zu lotsenden Schiffen voraus (am Haupt) fährt und so den Schiffahrtsweg anweist.

Kalkstummel : Seit dem 17. Jh. waren die langen weißen Tonpfeifen der Holländer weit verbreitet. In der Wohnstube hatte man ein "Pfeiffenreck" an der Wand, ein Bord, auf dem eine Anzahl Pfeifen in Halterungen lag. Einem Gast bot man eine von ihnen an, die er aus dem auf dem Tisch stehenden Tabakstopf füllen durfte. An dem mit Glut gefüllten Kohlenbecken entzündete er ein Schwefelholz, mit dem er seine Pfeife in Brand setzte. War die Pfeife ausgeraucht, so brach der höfliche Gast das Stück des Stieles ab, das er im Mund gehabt hatte, und die Pfeife kam zurück an ihren Platz im Pfeifenreck, jedenfalls, solange sie hierzu noch lang genug war. Von diesem Brauch rühren die vielen Kalkstummel her, die man an manchen Orten findet, wohin sie im Abfall oder Müll gelangt sind. [Detlefsen Museum, Glückstadt, URL: mein-wilster.de]

Kettenschiffahrt : Schiffe, Schlepper, Dampfer, auch Raddampfer, die sich entlang einer längs im Flussbett verlegten stählernen Kette vorwärts zogen. Die Kette wurde am Bug des Schiffes über einen Ausleger aus dem Wasser gehoben und über das Deck entlang der Schiffsachse zum Kettenantrieb in der Mitte des Schiffes geführt. Die Kraftübertragung von der Dampfmaschine auf die Kette erfolgte meist über ein Trommelwindwerk. Von dort führte die Kette über das Deck zum Ausleger am Heck und wieder zurück in den Fluss. Durch die seitliche Beweglichkeit des Auslegers und die beiden sowohl vorne als auch hinten angebrachten Ruder war es möglich, die Kette auch bei Flussbiegungen wieder in der Flussmitte abzulegen. Derartige Schiffe waren in der zweiten Hälfte des 19. und in der ersten Hälfte des 20. Jahrhunderts auf vielen europäischen Flüssen eingesetzt.

Krammarkt (auch Kramer- oder Krämermarkt) : Handelsmarkt für Krämer (Händler) von Gebrauchsgütern. Oft mit einem Volksfest verbunden.

Kupfermünze : Im Deutschen Reich waren die Ein- und Zweipfennig-Münzen aus Bronze, einer Zinn-Kupfer-Legierung. Da der Kupferanteil mit 60 % hoch war, sahen die Münzen rötlich wie Kupfer aus.

Lampreten : Neunaugen, Steinsauger oder Bricke genannte aalähnliche, kiefernlose niedere Wirbeltiere (auch als Knorpelfische bezeichnet) mit neun Kiemenöffnungen (Augen). Gelten als leckere Speise.

Marktbezieher : auch Marktbeschicker genannt. Verkäufer / Händler auf Märkten, die einer Zulassung und der Zuweisung eines Marktstandes während eines Marktes bedürfen.

Mudde : Schlamm aus organischen oder mit Mineralien versetzten organischen Ablagerungen in Gewässern. Auch Modder genannt.

Nachen : „Einbaum", einfacher flacher Flusskahn zum Rudern.

Nickel : Münze aus Kupfer-Nickel, wegen seiner hellen weißen Farbe einfach „Nickel" genannt. Um 1900 wurden im Deutschen Reich die 5-, 10-, 20- und 25-Pfennig-Münzen in Kupfer-Nickel geprägt.

Schifferbrüderschaft : Vereinigung einer Gruppe von Schiffern zu dem Zweck, in Not (besonders durch Tod eines Angehörigen) geratene Schifferfamilien zu unterstützen. Eine Art von Lebensversicherung.

Schifferverkehr : Bezeichnung für Wirts-/Gasthäuser mit Logis für Schiffer / Bootsleute.

Staken : Lange „Stocher-Stange" zur Fortbewegung von kleinen bis mittleren Wasserfahrzeugen ohne Antrieb (Boote, Kähne) durch Abstoßen vom Grund eines Gewässers. Oft mit einer Krükke, einem gewinkelten oder abgebogenem Griff, versehen, um sich kräftiger abstoßen zu können.

Steuerbaum : Stange, Balken als Hebel zur Bewegung des Schiffssteuers, -ruders. Auf kleineren Fahrzeugen, wie Segelbooten, Pinne genannt.

Schiffsknecht : Für einzelne Fahrten angeheuerte Schiffsleute. Manchmal wurden auch die Leute auf dem Treidelpfad, die für die Bergfahrt die Kähne an Schleppseilen zogen, so genannt. Üblicherweise gehörten die „Schiffstrekker" und „Bomätscher" aber einer eigenen Zunft an. [Vgl. Süßenbach, S. 25-26]

Schlippe : Von „schlüpfen", durch einen engen Durchgang, ein schmales Gässchen.

Schwarze Bruderschaft, Schwarzbruderschaft oder Schwarzbrüderschaft: Geheime Organisation, die im Roman „Die Elbpiraten" auf Kähnen der Mittelelbe Raub beging und im Länderdreieck Mecklenburg, Brandenburg und Hannover verhehlte.

Wenden : Bevölkerung slawischer Abstammung im deutschsprachigen Raum.

Wische : Niederdeutsch für Wiese, hier insbesondere die Lenzer oder Lenzener Wische beim Ort Lenzen.